SUTTON KRIMI

Klaus Paffrath

MORDSKUNST

Ein Thüringen-Krimi

SUTTON KRIMI

Sutton Verlag GmbH
Hochheimer Straße 59
99094 Erfurt
www.suttonverlag.de
www.sutton-belletristik.de

Lektorat, Gestaltung und Satz: Sutton Verlag
Umschlaggestaltung: der uhlig, Augsburg, www.deruhlig.com
Titelbild: picture alliance/ZB
Druck: CPI books GmbH, Leck

ISBN: 978-3-95400-630-4

Über den Autor

Klaus Paffrath, Jahrgang 1961, ist seit 1993 als Jurist in der Thüringer Landesverwaltung tätig. Aber das ist nicht der einzige Grund für mörderische Fantasien: Seit vielen Jahren schreibt er Kurzkrimis, 2014 gewann er mit »Sonne, Wind und Tod« souverän den Thüringer Krimipreis. Mit »Mordskunst« lässt er 2015 den nächsten Band der beliebten Krimireihe um Johannes Fielding folgen.

1

Der Mann, der sich als John Patton vorgestellt hatte, atmete hektisch und viel zu schnell, als habe er nach einem Tauchgang mit dem letzten Rest Sauerstoff den Wasserspiegel durchstoßen. In seiner grenzenlosen Wut rang er um Luft und Fassung. Früher hätten sie seine Eltern und Großeltern in den Vernichtungslagern umgebracht, heute würden sie einen wirtschaftlich eliminieren. Das sei Terror mit anderen Mitteln, presste er hervor.

Sein Deutsch war gut, wenngleich mit einem deutlichen amerikanischen Akzent. Es hätte beinahe lustig geklungen. Auch die Kleidung Pattons trug durchaus einen Hauch von Komik und passte in die Vorstellungswelt seines Gegenübers, dass Amerikaner gerne bunte Kleidungstücke kombinierten, teure, ausgesuchte Designerware, aber eben sehr bunt. Ein rehbraunes Sakko, lindgrünes Einstecktuch, rotes Hemd und eine grüne Feincordhose, dazu fuchsrote Slipper. Das volle silberne Haar passte zu allem. Die Krönung war eine Hornbrille mit perlmuttschillernden Bügeln, als wollte ihr Träger schon von Weitem signalisieren, dass hier ein kunstsinniger Ästhet aufträte. Oder ein eitler Papagei.

Allerdings war dem Mann, der Patton gegenüber saß, nicht nach Lachen zumute. Er wusste, was Patton vorgebracht hatte, würde eine schwierige Sache werden. Sie hatten den Bogen überspannt, aber nachdem es direkt beim ersten Mal so wundervoll geklappt hatte, versuchten sie es gleich noch einmal, abermals erfolgreich, und danach galt jeder als schwach, der den Schwanz einzog und sein Glück nicht erneut herausforderte.

Glück! Glück wäre es, wenn er den Tag überleben würde. Glück wäre es auch, wenn er die anderen überzeugen könnte, aufzuhören, mit dem zufrieden zu sein, was sie erreicht hatten.

»Enough already«, rief Patton, »your damned order of …«, dann verschluckte er im Zorn einige Silben.

»Order of withdrawal of prosecution« wird Patton gemeint haben, wenn er das Genuschel richtig deutete. Das war die Einstellungsverfügung der Staatsanwaltschaft. Wütende Männer hatten immer etwas Unterhaltsames, wenn man in der Beobachterposition war. Diese Perspektive musste er für sich leider verneinen. Er fühlte sich nicht als bloßer Beobachter.

Dazu stecke ich selbst zu tief in dem Sumpf von ..., ach was, er wischte die Gedanken zur Seite, die ihn daran erinnern wollten, wie er in die Verbrechen hineingezogen worden war. Er blickte wieder auf den aufgebrachten Patton. Wütende alte Männer hatten zudem immer etwas Dramatisches, Bedrohliches. Das unfreiwillig Komische wollte sich bei Patton jedoch nicht einstellen. Vielleicht auch, weil er für Patton Verständnis aufbrachte. Sie hatten es mit ihm übertrieben und der Amerikaner, der zuvor bei anderen Gelegenheiten viel Geld verloren hatte, erschien als leichtes Opfer, sodass sie ihn immer wieder gerne kontaktierten, um mit ihm Geschäfte abzuwickeln. Daher versuchte er auf der anderen Seite des Tisches, so ruhig wie möglich auf Patton zu wirken, doch gerade das musste den noch mehr provozieren.

»Sie meinen die Einstellungsverfügung«, sagte er zu Patton.

Die Aufregung hatte Patton englisch sprechen lassen, doch dann fiel er ins Deutsche zurück. »Sie stecken mit den Betrügern und Fälschern unter einer Decke!«, rief er erregt. »Sie sind von denen geschmiert worden. Wo ist Ihr Kollege, mit dem ich zu tun hatte? Entweder Geld oder Sie unterschreiben mir das!« Mit diesen Worten knallte er seine cognacfarbene Collegemappe auf den Schreibtisch, die für nur einige Blätter Papier deutlich zu schwer war und zu laut auf die Tischplatte knallte. Irgendetwas beulte die Mappe aus.

Geld konnte sich Patton abschminken, also griff der Mann nach dem Blatt Papier, das Patton aus der Mappe gezogen und vor ihm auf den Tisch geworfen hatte. »Schuldanerkenntnis« stand oben, dann auf Englisch die Übersetzung in Kursiv, jede Zeile auf Deutsch und darunter die Übersetzung in Pattons Muttersprache. »... schulde ich (Name, Vorname, Kopie des Passes) John D. Patton jr. fünf Millionen US Dollar«, in Klammern ein Betrag in Euro, jetzt hätte er doch lachen können, über die absurd hohe Summe, »zahlbar bis spätestens zum Ende des nächsten Monats« und ein zweistelliger Prozentsatz für Verzugszinsen.

Er wusste, würde er den Zettel zerreißen, spränge Patton über den Tisch und würde ihn würgen, bis seine Augen aus den Höhlen quollen und er blau anliefe. Deshalb schob er das Blatt langsam wieder zurück auf die andere Tischhälfte. Patton wirkte drahtig, obwohl er über sechzig Jahre alt sein dürfte, aber als Privatier und Milliardenerbe hatte er sich mit guter ärztlicher Betreuung, einem Personal Trainer und täglichen Besuchen seiner Wellness-Oase auf den Stand eines Fünfzigjährigen konservieren lassen.

»Unterschreib«, forderte Patton mit seinem breiten amerikanischen Akzent, aber sein Gegenüber zuckte nicht einmal und ließ sich nur zu einem »das Blatt zeige ich meinem Anwalt« hinreißen, betont ruhig, um deeskalierend zu wirken.

»In euer Rechtssystem habe ich kein Vertrauen mehr. Unterschreib!«, beharrte Patton.

»Sie können mir nichts beweisen.«

»Beweise? Wie wäre es damit?« Patton zog ein kleines Diktiergerät aus dem Sakko, das ein Display wie ein Smartphone aufwies. »Hören Sie zu!«

Er drückte eine Taste und aus dem Lautsprecher ertönte eine Männerstimme, die mitteilte, dass aufgrund ergebnisloser Ermittlungen das Verfahren gegen Unbekannt eingestellt werden musste. Auf dem Display tanzte im Rhythmus der Wörter eine Amplitude, die je nach Tiefe und Höhe der Stimme die Farbe wechselte. Es hatte etwas von einer Mini-Disco. Dann drückte Patton weiter und eine Männerstimme bestätigte einen Termin. Den heutigen Tag. Wieder tanzte die Amplitude und ein grünes LED-Lämpchen sprang an und blinkte aufgeregt. Hektisch und nervös wie Patton selbst.

»Das ist noch nicht alles und muss nichts bedeuten. Aber dann rief ich im Auktionshaus Lamberti an, an einem Wochenende, wenn auch mal der Chef da ist. Und wieder die gleiche Stimme«, erklärte Patton. Er ließ die nächste Tonaufzeichnung ablaufen. Die Männerstimme erklärte das eingereichte Gemälde als echt und aus der Sammlung Eisenstein stammend. Die grüne LED wollte sich überhaupt nicht mehr beruhigen.

»Ich weiß nicht, ob wir Amerikaner es erfunden haben, aber wir wenden es an. Es ist ein primitives System, aber wirksam. Voice

Verification. Simple Software. Ihre Stimme. Exakte Übereinstimmung. Sie haben das Verfahren eingestellt und mir den heutigen Termin bestätigt. Es war leicht, ich musste nur reihum Ihre Kollegen anrufen und um einen Termin bitten, wieder absagen und den nächsten fragen, bis hier mein niedliches Gerät grün blinkte.« Seine Stimme wurde immer lauter. »Absolut identisch bedeutet das. Sie sitzen in der Tinte. Und eine letzte Aufforderung: Hier muss Ihre verdammte Unterschrift drauf!«, rief er.

Pattons Gegenüber griff nach dem Blatt, zögernd, als stehe es unter Strom, dann entschlossen, mit einem Ruck und im selben Moment heulten alle Alarmsirenen im gesamten Gebäude auf. Es war ein ohrenbetäubender, alles durchdringender Ton.

Patton musste davon ausgehen, dass der Griff nach dem Blatt Papier ein Ablenkungsmanöver dafür war, dass sein Gesprächspartner zeitgleich einen Alarmknopf unter dem Tisch gedrückt hatte und nun mit dem Blatt verschwinden würde. Patton musste zudem annehmen, dass er wieder umsonst aus den Staaten angereist war und sein Vermögen endgültig abschreiben könnte. Er griff in seine Aktentasche und zog eine verchromte schlanke Pistole hervor.

»Unterschreib!«, schrie er wieder, zog den Schlitten der Waffe zurück, lud die Pistole durch und drückte den Sicherungshebel nach unten.

Das war dem anderen nicht entgangen, obwohl die Sirenen das hässliche Geräusch des Durchladens überdeckten. Jetzt musste er schneller sein und den Überraschungseffekt ausnutzen. Er stürzte sich über den Schreibtisch auf Patton, der mit dem Angriff nicht gerechnet hatte.

Im Alter lassen die Reflexe doch nach, dachte der Angreifer. Der Schwung seines Sprungs über den Schreibtisch drückte den Stuhl mit Patton gegen die Wand. Eine Hand des Angreifers ging zur Waffe und drehte sie mit dem Lauf nach oben, sodass sie Patton aus der Hand gezogen wurde und der Abzug für ihn nicht mehr erreichbar war.

Patton wollte seinem Gegner in die Nieren boxen, doch der drückte immer weiter gegen seinen Arm mit der Waffe, wodurch sie in Schräglage gerieten, sich von der Wand abdrückten und schließlich beide mit dem Stuhl nach hinten kippten. Der polternde Krach der stürzenden Männer und des Schreibtischstuhls, dessen Lehne an der Verschraubung knallend abbrach, wurde von den Alarmsirenen übertönt, die immer noch schrill durch das Haus dröhnten.

Einen Moment blieb Patton benommen liegen. Der Angreifer nutzte seine Chance und nahm ihn in den Schwitzkasten. Patton griff erneut nach der Waffe. Der andere war beim Fallen auf ihn gerutscht, hatte den Arm um seinen Hals gelegt, dabei aber die Kontrolle über die Pistole verloren. Patton wusste, er hatte nicht viel Zeit, ihm wurde die Luft abgedrückt. Die Aufregung hatte ihn kurzatmig bleiben lassen, er schnappte nach Luft. Sein Arm ruderte über den Nadelfilzteppichboden und fand schließlich die Griffschale der Pistole. Er versuchte, unter seinem Gegner hindurch weiter in Richtung Waffe zu rutschen, bekam sie zu fassen und zielte. *Nur nicht verreißen und mich selbst treffen*, dachte er.

In dem Augenblick, als der Schuss krachte, hatte der Angreifer Patton mit dem anderen Arm unter das Kinn gegriffen und mit einem Ruck den Kopf zur Seite gedreht. Das dumpfe Knacken ging im Sirenenalarm unter und er spürte, dass Pattons Körper schlaff unter ihm lag.

Ihm blieb nicht viel Zeit. Gleich würde ein Atemschutztrupp der Feuerwehr das Gebäude durchsuchen, vielleicht vorher noch der Sicherheitsbeauftragte der Verwaltung. Er suchte das Einschussloch der Kugel, die an ihm vorbeigezischt war. Sie hatte nicht nur seinen Kopf, sondern auch knapp ein Fenster verfehlt und war in der Rigipswand stecken geblieben. Er zog die Zimmerpalme ein paar Meter weiter. Das Loch war erst einmal verdeckt und für Pattons leblosen Körper fiel ihm ebenfalls sofort eine Lösung ein.

2

Der erste Tag in der Staatsanwaltschaft begann für Johannes Fielding mit einigen Irrtümern.

Fielding hatte die Innenstadt von Erfurt erreicht und verließ sich ausschließlich auf sein Navi, das an einem Saugnapf an der Windschutzscheibe seines alten schwarzen Golf Diesel im Dialog der Drehzahlen vibrierte. Vor einigen Tagen war er extra vor dem Wechsel vom Bundeskanzleramt in die Erfurter Staatsanwaltschaft zum Friseur gegangen. An einer roten Ampel stellte er schnell den Rückspiegel auf sich und begutachtete erneut den Schnitt, der unterwegs nicht besser geworden war. Er fand jedes Mal, er sähe wie geleckt aus, wenn er den Friseur aufgesucht hatte. Aber vielleicht erwartete der Behördenleiter, der Leitende Oberstaatsanwalt, genau das von ihm, korrekt, verlässlich, tugendhaft und beispielgebend zu sein. Dazu gehörten nun einmal ein akkurater Haarschnitt, mithin wie geleckt auszusehen, und eine Krawatte, die er sich widerwillig umgebunden hatte. Er war wild entschlossen, wenigstens dieses Teil am zweiten Tag wegzulassen. Seiner Frisur hingegen halfen nur Wochen. Das Sakko war relativ neu. Den Ausspruch »da können Sie nichts falsch machen« des Verkäufers zur langweiligen mausgrauen Farbe hatte er noch im Ohr. Sonst trug er lieber schwarze Jeans, heute jedoch eine anthrazitfarbene Tuchhose, um den ersten Eindruck perfekt zu machen. Insgesamt war er mit sich zufrieden, sah ordentlich aus und mit seinen gut dreißig Jahren wirkte er fast wie ein Fünfundzwanzigjähriger.

Die Ampel schaltete auf Grün. Im Anfahren stellte er den Rückspiegel wieder in Position. Er bemühte sich, die Eindrücke seiner ersten Fahrt zur Staatsanwaltschaft einzufangen und in seinem Kopf zu speichern. Die Summe von allem Erlebten wuchs trotz steigendem Lebensalter nicht, da sie vom Vergessen gejagt und fortlaufend dezimiert wurde. Für sich aber hatte er entdeckt, dass er sich Dinge besser merken konnte, wenn er wie ein Forschungsreisender den Fuß zum ersten Mal ganz bewusst auf unbekanntes Terrain setzte.

Sich unter Druck zu setzen, war immer schon eine glänzende Therapie, sich vor dem Vergessen zu wappnen, dachte er und verfiel in die Rolle des Chronisten, der an seinem ersten Arbeitstag alles in sein Innerstes aufsaugte, um später den prall gefüllten Schlauch des Wissens über seine Freundin Tina Brinkts, seinen Eltern und Bekannten auszuschütten. Heute war es seine Expedition in eine fremde Berufswelt, in einen Kosmos, der von einem Außerirdischen betreten wurde. Seine Endeavour war sein Golf Diesel, schwarz wie die gekachelte Unterseite des Space Shuttles, damit der heiße Asphalt dem Golf nicht zu sehr zusetzte.

Er erinnerte sich, als er damals zu Studienbeginn die ersten Schritte vom Hauptbahnhof zur Uni gegangen war, wie er aus der Bahnhofshalle in das Licht der Theodor-Heuss-Allee getreten war, die quirlige Haupteinkaufsstraße. Dann hatte er sich den damals schon betagten Golf zugelegt und war von da an stets über das Autobahnkreuz in die Universitätsstadt gekommen. Nie mehr sollte er diese Stadt vom Bahnhof aus betreten, doch die Erinnerung an dieses erste Mal war so stark, dass er Premieren fortan eine ganz besondere Magie zuschrieb. Sein Gedankenspiel als Forscher, um seine ihm als lästig empfundene Nervosität vor dem ersten Tag im neuen Job klein zu halten, wurde unterbrochen, als er sich in dem Gewirr von Einbahnstraßen konzentrieren musste und ihn zugleich seine Freundin Tina Brinkts anrief.

Tina hatte sich eine Redakteursstelle in Berlin suchen wollen, um eine Wochenendbeziehung zu vermeiden, weil Fielding zuvor als Persönlicher Referent des Bundeskanzlers in der Hauptstadt lebte. Er war schlicht davon ausgegangen, dass das mit ihrer Stellensuche nicht so einfach klappen würde, und hatte sich auf die Stelle in der Staatsanwaltschaft Erfurt beworben. Letztlich hatte sie eine Stelle in Berlin bekommen – und er den Posten in der Staatsanwaltschaft. Immerhin konnte das ganze Dilemma, jetzt erneut eine Wochenendbeziehung führen zu müssen, durch den Wegfall der Wohnungssuche abgemildert werden. Sie lebte in seinem Berliner Appartement und er würde heute nach Feierabend ebenfalls quasi im Untermieterverhältnis ihre Wohnung beziehen.

»Und, schon am Ziel?«, fragte sie kurz. Ihre Stimme klang heiser und dumpf, als sei ihre Nase verstopft.

»Fast«, sagte er in die Freisprechanlage, die er sich gekauft hatte, als er die Zusage als neuer Staatsanwalt in Erfurt schriftlich in Händen hielt. Zuverlässig hatte der betagte Golf ihn von Berlin nach Erfurt gefahren und dennoch vermutete er, den Wert des alten Diesels vor Fahrtantritt verdoppelt zu haben, indem er die Freisprechanlage installiert hatte. »Du klingst verschnupft«, fügte er noch an.

»Das wundert dich? Du hast mich angesteckt mit deinem Kuss«, näselte sie.

»Du meinst die Speichelprobe heute früh?«

»Johannes, du bist unmöglich.«

»Als Staatsanwalt muss ich mich um ein anderes Vokabular bemühen. Meine Erkältung ist übrigens abgeklungen, mein Kopf wieder klar. Just in time.«

»Na ja, lassen wir das. Bestimmt wird es bei deiner Ankunft ein ... ein Empfangs...komitee geb... geb...«, ein lautes Niesen beendete den Satz.

»Gesundheit, du bist wirklich nicht ganz fit heute. Empfangskomitee? Ich denke nicht, ich bin doch nicht mehr als Persönlicher Referent mit dem Bundeskanzler unterwegs«, sagte er, »das war immer beeindruckend. Ich kam am Veranstaltungsort an und plötzlich standen ein- oder zweihundert Menschen vor mir, in Erwartung des hohen Gastes. Egal ob die Sonne runterbrannte oder es regnete, sie standen auf den Vorplätzen wie bei einer Demo, nur die Plakate und selbstgemalten Transparente fehlten. Manchmal hatte ich den Eindruck, ich bin nicht mit dem Bundeskanzler, sondern mit einem Popstar unter...« Fielding stockte. »Oh Gott, was ist denn hier passiert?«

»Was ist los?«, fragte Tina. »Eine Panne?«

»Ich glaub es nicht, Tina, hier stehen vielleicht vier- oder fünfhundert Menschen. Tina, ich bin am Ziel!« Fielding starrte auf die Menschenansammlung, es musste wirklich jeder Mitarbeiter aus dem Justizzentrum auf den Vorplatz gekommen sein.

Er wusste aus dem Einstellungsgespräch mit Staatsanwalt Dirk Paulsen, dass sie lange um die neue Stelle gerungen hatten, aber dass sie nun quasi einen Staatsakt aus der Besetzung machten? Nie hätte er das für möglich gehalten. Er war gerührt, drückte wie in Trance das Telefonat mit Tina weg und sah gebannt durch die Schlieren der verschmutzten, insektenfressenden Frontscheibe auf die Menschen, obwohl ihm der Anblick einer großen Menschenmenge, die auf eine einzige Person fokussiert war, nicht fremd war. Allerdings stand in diesen regelmäßig beobachteten Fällen stets sein früherer Chef im Mittelpunkt, Bundeskanzler Werner Kolb. Sich nun selbst im Zentrum der Aufmerksamkeit zu sehen, überwältigte ihn.

Er war derart gerührt, dass Tränen in seine Augen schossen. Aufgrund der damit einhergehenden Unschärfe und seiner schmutzigen Windschutzscheibe übersah er die rot-weiße Absperrkette, die zwischen mehreren Pollern gespannt war. Er fuhr mit dem Kühlergrill dagegen, doch anstatt auseinanderzureißen, erwies sie sich als unerwartet robust, sodass die Pfosten wie Dominosteine der Reihe nach umfielen. Er würgte den Motor ab und vermied damit ein weiteres Pollersterben. Dann stieg er aus, um freudig in die Menge zu winken.

Zu seinem Erstaunen sah er bei genauerer Betrachtung, dass die Menschen mit dem Rücken zu ihm standen und sich ein Teil der Menge nur aufgrund des Knirschens der umknickenden Pfosten zu ihm hindrehte, aber nicht synchron, wie ein Schwarm Sardinen, sondern schleppend, widerwillig, von einer völlig anderen Sache abgelenkt, die sie weit mehr zu fesseln schien.

Aus der Innenstadt waren Martinshörner zu hören. Irgendjemand zeigte auf Dirk Paulsen, der Arm eines Unbekannten ruderte unwirsch durch die Luft und am Ende der zackigen Bewegung blieb der Arm in seiner Richtung stehen. Paulsen kam auf Fielding zu.

»Das heißt wohl angekommen auf Berlinerisch«, sagte Paulsen zu Fielding und reichte ihm zur Begrüßung die Hand. Er trug lässige Bluejeans, ein braunes Jackett und ein blaues Hemd ohne Krawatte. Er mochte Anfang vierzig sein, hatte bereits die ersten grauen Haare an den Schläfen, die Fielding schon vor ein paar Wochen bei ihrer ersten Begegnung aufgefallen waren. Damals hatte er ihm seine Bewerbungsmappe übergeben.

»Es ist besser, Sie setzen sich sofort eine Sonnenbrille auf und ziehen ihr Jackett aus, sonst erkennt Sie der Leitende Oberstaatsanwalt noch«, riet ihm Paulsen. »Es könnte sich unvorteilhaft auf das erste Gespräch mit dem Chef auswirken, denn bis hier vor das Hauptportal hat es noch nie einer mit dem Wagen gebracht. Zumindest nicht in den acht Jahren seit Bezug des Zentrums«, fügte er nüchtern an.

Die Martinshörner wurden lauter.

»Sorry, es ist sonst nicht meine Art, mit der Tür ins Haus zu fallen, aber mit meinem früheren Chef, Kanzler Kolb, war es Vorschrift, direkt zu den Haupteingängen vorzufahren. Außerdem war ich so überrascht über Ihr Empfangskomitee«, sagte Fielding.

»Über was, bitte?«, schrie Paulsen laut heraus, um den Lärm zweier Löschfahrzeuge zu übertönen, die gerade in die Auffahrt zum Justizzentrum fahren wollten und abrupt vor Fieldings schwarzem Golf stoppen mussten. Fielding ließ Paulsen stehen und lief den Feuerwehrleuten entgegen. Der Einsatzleiter stieg aus dem vorderen Fahrzeug und wurde sofort von Fielding angesprochen.

»Das sind doch nur billige Poller, ein wenig Zement, Wasserwaage und die Dinger stehen wieder wie 'ne Eins. Deswegen müssen Sie doch nicht gleich mit zwei Löschzügen anrücken. Oh Mann, das nimmt ja kein Ende«, rief Fielding. »Für die Einsatzkosten werde ich nicht aufkommen, das ist absolut übertrieben.«

Die Martinshörner der nachfolgenden Einsatzwagen überdeckten jedoch jedes Wort und so konnte man nur erkennen, dass Fielding den Mund bewegte. Wie in einem Stummfilm oder wie ein Karpfen auf dem Trockenen.

»Junger Mann, Sie behindern hier eine Einsatzübung. Wir haben Feueralarm«, sagte der Einsatzleiter, als die Martinshörner abgestellt worden waren und nur noch die Blaulichter rotierten. »Ist das etwa Ihr Pkw?«, fragte er und zeigte auf den Golf.

»Peter, der gehört zur Übung, ich hole die hydraulische Spreizschere. Liegt ein Opfer im Wagen?«, fragte der Maschinist, der aus dem Führerhaus ausgestiegen war und die Alu-Jalousien zu den Gerätschaften hochschob.

»Okay, ich fahr ja schon«, murmelte Fielding, setzte sich in den Golf, fuhr über die Kette, an der die umgerissenen Poller hingen und ließ noch einen weiteren Poller wie beim Kegeln nach langem, unentschlossenem Tänzeln umkippen. Er fuhr über den Gehweg, suchte sich einen Parkplatz und dachte mit Dankbarkeit an den Sakkoverkäufer, der ihm die mausgraue Tarnfarbe empfohlen hatte.

Der Einsatzführer erkundete die Lage, ließ seine Mannschaft antreten und gab den Einsatzbefehl zum Löschangriff. Mit Atemschutzgeräten lief der Angriffstrupp in das Gebäude. Währenddessen hoben der Wasser- und Schlauchtrupp die schweren Pumpen aus den Fahrzeugen und platzierten sie in der Nähe des kleinen Teichs, an dessen Ufer ein Schild »Löschwasserentnahmestelle« stand. Das Gewusel der Feuerwehrleute kuppelte Saugschläuche aneinander, ließ die langen schwarzen Röhren wie große Schnorchel ins Wasser und kuppelte erneut, diesmal die Saugschläuche an die Tragkraftspritzen. Jeder Handgriff saß. Der Verteiler wurde gesetzt, die Haspel abgerollt und die B-Schläuche angeschlossen. Der Motorlärm der angeworfenen Tragkraftspritzen überdeckte die klimpernden Alukupplungen der Schläuche auf dem Pflaster sowie die Befehle der Feuerwehrleute.

Nach einer Weile kamen die Atemschutzträger aus dem Gebäude. Sie hatten nicht nur an der Ausrüstung mit Sauerstoffflaschen und Masken schwer zu tragen, sondern transportierten zusätzlich die simulierten Verletzten auf Tragen aus der Gefahrenzone, die entsprechend der aufgemalten Verletzungen durch Ersthelfer verbunden und versorgt wurden.

Truppführer, Melder und Maschinisten, die ihre laut röhrenden Motoren abgestellt hatten, kamen zur Einsatzbesprechung zusammen. Der Feueralarm wurde aufgehoben. Während die Bediensteten langsam wieder in das Gebäude zurückgingen, begann der Wehrleiter mit der Auswertung der Übung. Er wirkte zufrieden: »Die beiden Verletzten wurden durch unsere Atemschutzträger rasch aufgefunden und erstversorgt. Das hat diesmal deutlich besser geklappt, war eine ordentliche Leistung, Kameraden!«

»Drei Verletzte«, sagte einer aus der Gruppe der Atemschutzträger, »der Einsatzbefehl hätte hier klarer formuliert werden müssen.«

»Im Ernstfall wisst ihr auch nicht, wie viele Verletzte euch erwarten, deshalb seid ihr mit Funkgeräten ausgestattet, um Unterstützung anzufordern. Diesmal gab es die klare Ansage, zwei Verletzte sind zu retten und zu sichern«, sagte der Wehrleiter, »das kleine Einmaleins wird jetzt nicht wiederholt, eins plus eins gleich zwei!«

»Und drei!«, sagten die Atemschutzträger und traten zur Seite. Hinter ihnen auf einer Behelfstrage lag ein weiterer Verletzter.

»Na ja, war Probealarm«, sagte Paulsen zu Fielding, als der an den Löschzügen entlang wieder auf den Vorplatz kam. Er trat gegen einen umgefallenen Poller. Der schwere Gusseisenpfahl wackelte und mahlte dabei mit hellem Knirschen kleine Steinchen zu Sand.

»Wir melden das hier beim Hausmeister und dann sollten Sie mit Ihrer Versicherung reden. Wir gehen erst mal in mein Büro.«

Paulsen schlenderte mit Fielding zurück zur Gruppe, die bereits weitgehend wieder in das Gebäude zurückgeströmt war. Sie kamen an den Verletzten vorbei, die sich ihre Verbände vom Oberarm oder Bein abwickelten. Nur einer blieb regungslos auf der Trage liegen. Ein Mullverband verdeckte wie ein zu tief gerutschter Turban sein Gesicht, die Arme hingen schlaff an der Trage herunter, der Brustkorb blieb ruhig. Weder senkte noch hob er sich.

Fielding blieb stehen. Sein Instinkt sagte ihm, dass an der Situation etwas nicht stimmte.

»Herr Paulsen, kommen Sie mal bitte«, rief er.

Zusammen beugten sie sich über den leblosen Körper. Fielding zog den Mullverband über der Stirn hoch. Das Gesicht des Verletzten wies eine wächserne Blässe auf. Die farbenfrohe Kleidung ließ die unnatürlich bleiche Haut noch stärker hervorstechen. Die Augen waren geschlossen. Die dünnen, mit einem Blauschimmer belegten Lippen und die leicht nach oben gezogenen Mundwinkel strahlten eine unheimliche Ruhe aus, die Fielding und Paulsen schweigen ließ.

»Sammelt die Tragen und alle Gerätschaften ein und dann Aufsitzen und Abrücken«, durchbrach der Befehl des Einsatzleiters die Stille.

Zwei Kameraden kamen hinzu und wollten die Trage abholen, auf dem der Körper des ungefähr Sechzigjährigen lag.

»Stopp!«, rief Paulsen, »hier wird nichts angefasst. Das ist ein Tatort.« Es war, als wäre er aus einer tiefen Meditation erwacht. Mit einem Ruck schoss er aus der hockenden Stellung hoch und lief zum Wehrführer. »Sofort wieder sammeln. Sie müssen als Zeugen befragt werden. Ich sorge dafür, dass umgehend Ihre Personalien aufgenommen werden.«

3

Das Smartphone in Fieldings Jackettinnentasche vibrierte. Er war dankbar für die Ablenkung, um sich von dem Toten abwenden zu können, und ging ein paar Schritte zur Seite. Bundeskanzler Kolb rief an.

»Wollte mich nur mal melden, mein guter Ex-Kollege, wie war dein erster Tag? Kerscht, dein Nachfolger, schlägt sich wacker.«

»Na ja«, murmelte Fielding, »es gibt keine richtige Einweisung. Aber was heißt hier, wie war der erste Tag, ich bin noch mitten drin. Frag mich mal später, nach den berühmten einhundert Tagen.« Fielding wollte das Gespräch nicht in die Länge ziehen, was sollte er Tolles über die ersten Stunden erzählen. Dann bekam er jedoch ein schlechtes Gewissen, seinen früheren Arbeitgeber, Bundeskanzler Werner Kolb, so knapp abzufertigen. Andere würden strammstehen, wenn der Kanzler sie anrufen würde. »Werner, was ich schon sagen kann, ist«, fuhr Fielding fort, »ich hatte gedacht, ich laufe hier ein paar Stationen zum Kennenlernen durch, bin aber direkt ins kalte Wasser geworfen worden.«

»Und das heißt? Dein erster Fall? Aber damit ist zu rechnen, wenn man bei der Staatsanwaltschaft beginnt, oder?«

»Ja, richtig, aber hier gab es eine Leiche, in den ersten fünf Minuten. Und das in der Staatsanwaltschaft!«

»Nein, sag jetzt nichts, das war mir klar, Johannes. Du ziehst das Verbrechen mal wieder an wie, na, wie …«

»… wie Scheiße Fliegen, sag's einfach. Bist doch sonst nicht so zimperlich.«

»Wenn du die Nase voll hast, kommst du zurück. Ist nur ein Angebot. Wir finden schon was. So, ich muss jetzt. Tschüss.«

Das musste Fielding seinem alten Chef lassen: Kanzler Kolb hing an ihm. Fielding wusste, wie vielbeschäftigt Kolb war, dass er Pausen einbauen musste, um nicht wieder dem Stress zu erliegen, der ihm damals mit der Kur im Thüringer Wald eine längere Auszeit eingebracht hatte. Die Wochen ohne jegliche Präsenz in Berlin waren als

Rückzug gedeutet worden und seine Partei wie auch die Opposition hatten sich bereits um Neuwahlen Gedanken gemacht. Dass er dann in einem der wenigen stillen Momente an seinen ehemaligen Referenten dachte, berührte Fielding.

Er drehte sich nach Paulsen um, der ein paar Beamte um sich geschart hatte und dirigierend mit den Armen in der Luft ruderte. Er schien die innere Ruhe verloren zu haben und Fielding hatte keine Lust, sich jetzt von ihm anstecken zu lassen. Er wollte sich bemühen, analytisch an die Sache heranzugehen. Dabei störte ihn der Tote. Lieber hätte er mit einem theoretischen Fall aus einer klinisch reinen Akte begonnen.

Er ging ein paar Meter vom Fundort der Leiche weg und wählte Tinas Nummer, um ihr von den Ereignissen zu erzählen. Vielleicht richtete es sie ein wenig auf, wenn er ihr berichtete, dass es anderen weit schlechter ging als ihr. Kurz bevor die Mailbox ansprang, nahm sie das Gespräch entgegen. Er beschrieb den Fund des unbekannten Toten während der Feuerwehrübung, bis Tina ihn unterbrach: »Pass auf, es geht mir nicht gut und dass es bei euch nicht nur um Kaufhausdiebstähle geht, kann ich mir denken. Ich muss jetzt zum Arzt, bevor mir noch elender wird.«

Damit hatte sie das Telefonat abrupt beendet. Fielding überlegte, was er falsch gemacht haben könnte. Selbstverständlich hatte er aus der Ferne nur Anteil nehmen wollen und können, aber sollte er jetzt jede Stunde nach ihrem ärztlichen Bulletin fragen?

War es das, was Partnerschaft ausmachte, über jede Faser und Gewebeprobe des anderen Bescheid zu wissen? Zu jeder Tages- und Nachtzeit? *Vielleicht bin ich ihr zu nahe gekommen,* spekulierte er.

Paulsen holte ihn aus seinen sentimentalen und selbstkritischen Gedanken zurück. »Sie wissen, was jetzt zu veranlassen ist?«

»Nein, aber Sie werden es mir verraten«, antwortete Fielding.

»Bei Kapitalverbrechen, und davon müssen wir zunächst ausgehen, alarmieren wir die Tatortgruppe des Landeskriminalamtes. Sie wird die Befragung der Feuerwehrleute übernehmen, die das Gebäude betreten haben und die Räume auf der Suche nach Personen abgelaufen sind. Dann wird gleich die Leiterin des Dezernats

›Höchstpersönliche Rechtsgüter‹ der Kripo eintreffen. Ah, da kommt sie gerade, ich stelle sie Ihnen vor.«

Paulsen ging auf einen weißen Kombi zu, der sich an den Löschzügen der Feuerwehr vorbeigemogelt hatte und an den abgebrochenen Pollern parkte. Die Fahrerin war rasch ausgestiegen, Fielding konnte nur einen kurzen Blick auf ihre sportlich schlanke Figur werfen, bevor sie sich einen weißen Ganzkörperoverall anzog und durch das weit geschnittene synthetische Gewebe binnen Sekunden einen Zentner zugenommen zu haben schien.

Wie ein Hähnchen nach drei Wochen in einem Mastbetrieb oder wie ..., da unterbrach Paulsen Fieldings Gedanken. »Frau Homburg, darf ich vorstellen, das ist Johannes Fielding, unser neuer Mitarbeiter.«

»Herr Paulsen, Tach auch, was macht ihr für Sachen? Bei euch im Haus hab ich ja noch nie ermittelt. Na ja, Mord und Totschlag kommen eben in den besten Familien vor. Und Sie sind der neue Kollege? Habt ihr die Stelle endlich besetzen können? Ich dachte, sie hätten sie wieder gestrichen. Bei uns hat die von Strobel einen kw-Vermerk.«

»Kawe-Vermerk? Was heißt das?«, fragte Fielding und schüttelte Frau Homburg die Hand. Dabei dachte er mit Blick in ihre Augen und auf eine blonde Haarsträhne, die sich unter der weißen Haube hervorgemogelt hatte, dass ein nettes Gesicht nichts entstellen könnte. Jede ihrer Bewegungen ließ das weiße Kunstfasermaterial knistern, während sie auf das Gebäude zuging.

»Kw steht für künftig wegfallend. Das galt unserem Senior-Ermittler. Seit Kurzem ist er im Ruhestand und die Stelle kann nicht neu besetzt werden. Einsparmaßnahme. Die Arbeit wird auf den Rest der Leute verteilt. Und dieser Rest wird immer kleiner.«

»Hätte ich mir denken können«, sagte Fielding, »aber bei der Kripo dachte ich da an packendere Auflösungen irgendwelcher Abkürzungen. Wo wir schon mal beim kleinen Einmaleins sind, was hat es denn mit dem Dezernat ›Höchstpersönliche Rechtsgüter‹ auf sich, das habe ich auch noch nie gehört.«

»Das ist ganz simpel die Mordkommission, wie der Laie es bezeichnen würde. In Thüringen haben wir aber keine zentrale Mordkommission.«

»Warum nicht, das hört man doch in jedem Krimi. Mordkommission! Dann hält der Kommissar dem Zeugen oder Verdächtigen eine Polizeimarke vor die Nase«, sagte Fielding.

»Nein, wir haben Sokos, Sonderkommissionen, die können zusätzlich von der Tatortgruppe vom Landeskriminalamt unterstützt werden. Das sind derzeit drei Frauen und drei Männer, drei von ihnen sind immer in Rufbereitschaft.«

Während Paulsen einige Fragen zu einem früheren Fall stellte, in dem Verena Homburg offenbar einbezogen war, musterte Fielding die junge Frau unauffällig. Er war fasziniert von dem madonnenhaften ovalen Gesichtsausschnitt, den der Schutzanzug frei ließ, von dem Teil des Gesichts, der beim Toter-Mann-Spiel aus dem Wasser ragen würde. Vielleicht erinnerte er ihn auch an eine Nonnentracht, die ähnlich rigide alles ausblendete, was von der äußeren Hülle auf die Persönlichkeit schließen lassen könnte. *Nicht viel Fläche, um zu überzeugen,* dachte Fielding, *aber wie viele Quadratzentimeter bräuchte es, um einen Menschen auf den ersten Blick sympathisch zu finden?*

Von ihr war er sofort hingerissen, der zarte Nasenrücken, die schmalen Wangen und vollen Lippen. Ihre grau-blauen Augen waren eine Wucht. Es hatte nur eines Blickes in ihre Augen bedurft, um sie bezaubernd zu finden.

Fielding wunderte sich über die Worte, die ihm zufielen, hingerissen und bezaubernd, wie in den Filmen aus den Fünfziger- und Sechzigerjahren. Vielleicht war es der Abstand zu den Dialogen früherer Filme, der auch der Distanz zu ihr entsprach, einer unnahbaren Person, die zu einer Schwärmerei führte, die weder erwidert noch erfüllt werden konnte. Doch nach dem heutigen Telefonat mit Tina und der plötzlichen Kühle, die daraus hervorgekrochen war, schien sich die Entfernung zu anderen Frauen zu verringern.

Paulsen musste etwas Lustiges gesagt haben, denn Verena Homburg lachte und zeigte zwei blendend weiße Zahnreihen wie aus der Zahnpastawerbung.

»Kommen Sie eigentlich frisch von der Uni?«, fragte sie Fielding unvermittelt.

»Weil ich so naive Fragen stelle? Als Volljurist ist zumindest das Referendariat zu durchlaufen«, beeilte sich Fielding anzufügen, denn Verena Homburg war kurz stehen geblieben und eilte dann zum Wagen zurück, in dem sie offensichtlich durch die Unterhaltung mit ihm etwas vergessen hatte. Mit Schwung hob sie einen schweren Alu-Koffer aus dem Kofferraum, warf mit der freien Hand die Heckklappe zu und ging mit schnellen Schritten auf das Justizzentrum zu.

Warum stellt sie komplexe Fragen, um die Antworten dann doch nicht abzuwarten?, fragte er sich und befand sich mitten in der Analyse, die ihm zeigte, dass jemand Kopfmensch blieb, wenn er als Kopfmensch auf die Welt gekommen war. Er musste eine Person immer erst analysieren, bevor er eine emotionale Bindung zu ihr herstellen konnte. Der Teil des Gehirns, der für die Emotionen zuständig war, wäre bei ihm unterentwickelt, versuchte ihm Tina beizubringen. Tina wiederum dachte mit dem Herzen, was für eine investigative Journalistin, die sie sein wollte, nicht richtig stimmig war. Sie wäre viel zu emotional, hatte sie ihm einmal eingestanden. Vielleicht wären sie deshalb zusammen, um ihre konträren Eigenschaften auszugleichen. *Sind wir jetzt überhaupt noch zusammen?*, überlegte Fielding. Es gab nur wenige Augenblicke, an denen er heute nicht an Tina gedacht hatte. Einer davon war, als Verena aus dem Auto gesprungen war. Dynamisch, anpackend, einem inneren Masterplan folgend. Keine Frage, analytisch. Nach dem kühlen und kurzen Telefonat mit Tina war seine Welt durcheinandergeraten. Das Einzige, das ihn davon abhielt, noch mehr über Tina nachzudenken, war der Todesfall.

Verena Homburg war inzwischen im Gebäude verschwunden.

»Waren Sie schon einmal bei einer Obduktion dabei?«, holte ihn Paulsen wieder aus seinem Tagtraum zurück.

»So halb.«

»Ah, wie halb schwanger. Dabei umgefallen?«

»Nein, das nicht. Ich hatte als Referendar eine Ausbildungsstation im Polizeipräsidium Trier. Das ist in einem Hochhaus gegenüber den Kaiserthermen untergebracht. Im obersten Stockwerk haben sie eine Art kleines Museum, ein paar Fallakten mit den

Ermittlerfotos. Sie hatten uns Referendare eingeladen und uns eine Akte gezeigt, in der Obduktionsbilder klebten. Furchtbare Bilder. Oben war auch die Cafeteria, ein grandioser Überblick über die römische Stadt, den Thermenanlagen, dem kurfürstlichen Palais und der Palastaula. Aber das Museum war abgedunkelt, da war nichts von Aussicht und Ablenkung, man musste zwangsläufig auf die Exponate sehen. Einer, ein baumlanger Typ, der bei Wind und Wetter mit seinem Moped durchs Land düste, einer, der so richtig robust wirkte und nie kränkelte, der fiel um wie ein Baum.«

»Oh, hier geht es nicht um Bilder, das ist alles in 3D.«

Es folgten zunächst Routineaufgaben. Die Kripo vernahm noch vor Ort die Feuerwehrleute und die Bediensteten des Justizzentrums, notierte ladungsfähige Anschriften, prüfte Personalien und protokollierte die Aussagen. Es würde noch Tage dauern, bis jeder, der an diesem Tag in dem Gebäude Dienst hatte, befragt werden konnte.

4

Paulsen lud Fielding zu einem Kaffee in seinem Büro ein und beschrieb das weitere Vorgehen. Frau Homburg würde die Überführung des Toten zur Obduktion veranlassen. Irgendwann wäre immer das erste Mal, daher schlug er vor, dass sie anschließend in die Gerichtsmedizin fahren würden und Fielding mit ihm die Sektion verfolgte. So erhielten sie die Informationen direkt, könnten dem Mediziner Fragen stellen und manchmal wären es nur deshalb die richtigen Fragen, weil sie vor einem Toten stünden, dem sie die Antwort schuldig wären, warum er dort läge.

Mit Paulsens Privatwagen fuhren sie in die Gerichtsmedizin in der Nordhäuser Straße.

»Es ist eine Außenstelle von Jena, dem Institut für Rechtsmedizin des dortigen Universitätsklinikums. Diese elende Umstrukturiererei war stark in der Kritik, weil man hier alles abbauen und auf nur einen Standort konzentrieren wollte. Das, was Sie gleich sehen, haben wir halten können. Sonst wäre jetzt alles in Jena«, sagte Paulsen und er schien nicht nur wegen der langen Rotphase vor der Ampel schlecht gelaunt.

In der Gerichtsmedizin öffnete er mit einem Chip, der an seinem Schlüsselbund hing, alle Türen in einer Lässigkeit, als würde er dort als Mediziner täglich hindurchlaufen. Fielding hatte immer noch die Worte von 3D im Ohr. Seine Beklemmung wuchs mit jeder Tür, die sie passieren mussten.

»Die Obduktionsräume sind im Keller. Wegen der Kühle. Und die Räume sind nicht von außen einsehbar«, erklärte Paulsen.

Tatsächlich wurde es im Flur kühl und ein merkwürdiger Geruch lag in der Luft, eine Melange aus Reinigungs- und Lösungsmittel, vielleicht auch aus Gasen von sich zersetzendem, biologischem Material. *Verwesende Körperzellen,* dachte Fielding.

»So, da wären wir, Pit«, sagte Paulsen, als sie die letzte Tür zum Obduktionsraum passierten, und schlang den Arm halb um den

Rücken eines Mediziners, wie sich Fußballer vor dem Training begrüßen würden. Der Gerichtsmediziner hatte ein Skalpell in der Hand, das er vor Paulsens temperamentvollem Armschwenk in Sicherheit brachte.

»Schon angefangen?«, fragte Paulsen.

»So gut wie«, sagte der Mann im weißen Kittel, den Paulsen Pit genannt hatte.

Vor ihnen lag auf einem Edelstahltisch die mit einem hellgrünen Tuch abgedeckte Leiche. Daneben stand ein Regalwagen, ebenfalls aus Edelstahl, der wie bei einem Zahnarzt mit allen möglichen Gerätschaften bestückt war, jedoch alles ein oder zwei Nummern größer und bedrohlicher. Pit faltete das Leichentuch behutsam zusammen und legte den fahlen Körper des Toten frei.

Fielding war nicht erschrocken. Er wunderte sich selbst, wie ruhig er beim Anblick der Leiche blieb. Ohne Beklemmungen, wie ein objektiver, neutraler Beobachter, der sich aus der Ferne alles am Videobildschirm anschaute. Der Mann schien einfach zu schlafen, hatte die Augen geschlossen. Die weiß-graue Hautfarbe war das einzig Auffallende und wurde in manchen Büros auch durch die schlechte Auswahl der Neonröhren hervorgerufen.

»Das ist übrigens unser neuer Mitarbeiter, Johannes Fielding. Mach die Sache nicht so blutig. Es ist sein erstes Mal. Ansonsten kennt er das hier nur in Papierform, im illustrierten Aktenstudium ist er aber standfest geblieben.«

»Immerhin«, sagte Pit, »schon mal gute Voraussetzungen. Da vorne gibt's Gesichtsmasken und in der Flasche ist Mentholöl. Einfach ein paar Tropfen auf die Maske geben. Hilft. Meistens. Ansonsten gilt: Nach fünf Minuten hat man sich an den grässlichen Geruch gewöhnt. Dass er aber immer noch da ist, erfährt man spätestens zu Hause, wenn man sich vor der Haustür umziehen soll.«

Fielding beobachtete nur mit einem kurzen Blick, wie Pit das Skalpell für den Y-Schnitt ansetzte, um sich dann mit anderen Dingen abzulenken. In aller Ruhe stellte er den Gummizug der Maske auf eine angenehme Weite, griff sich die Mentholflasche und sah einigen Tropfen des Öls hinterher, die von der wattierten Nasenausstülpung aufgesogen wurden.

Das mit dem Menthol war zwar nett gemeint, aber für die Ohren war nichts vorgesehen. Als Pit die Minikreissäge einschaltete, die wie ein kleiner Tischstaubsauger in seiner Hand lag, fraß sich das Sägeblatt mit kreischendem Heulton in den Knochen des Brustbeins und überzog Fieldings Rücken abwechselnd mit einem eiskalten und einem heißen Schauer.

Schlagartig änderte sich das mit der inneren Ruhe und dem Vorsatz, die Untersuchung mit Abstand und der notwendigen Neugierde beobachten zu wollen. Er sah auf den Boden, an die Wände, verfolgte die Querträger, die als Unterzüge die statische Last auffingen, sah sich die Neonröhren an den Decken an und zählte die Streben, die quer über den Lampen hingen und Spiegel hielten, die das Licht verstärkten. Das Rohrsystem für Wasser und Abwasser war über dem Putz verlegt. Kostensparend. Er sah auf den Edelstahltisch, der den Toten aufgenommen hatte.

Ich muss mich ablenken, dachte Fielding. Er betrachtete weiter den sauber polierten Tisch und vermied es, die Stellen anzusehen, die mit kleinen Fleischfetzen, Knochenmehl und Blut besprenkelt wurden. In den Autoprospekten, die er sich neulich geholt hatte, wirkten die Armaturenbretter mit den großen Flächen gebürsteten Aluminiums, als würden sich die Autos nur Gerichtsmediziner kaufen, die sich mit dem Interieur schon während der Fahrt auf ihren Arbeitsplatz einstimmen wollten.

Das Geräusch von brechendem Knorpel, reißenden Sehnen und Knochen verriet, dass Pit den Brustkorb geöffnet hatte. Dann war ein Quietschen zu hören, als würden Rädchen auf eine Gewindestange gedreht, die seit Ewigkeiten kein Öl mehr gesehen hatten.

Es könnten Spreizer sein, mit denen Pit die Rippen auseinanderhält, um die Organe zu entnehmen. Eine bloße Vermutung Fieldings, denn er sparte in seinen Rundumblicken die Leiche und den damit beschäftigten Pit aus. Er sah stattdessen auf die Schuhe der Anwesenden. Pit trug weiße Clogs, innen mit Korkeinlage, die bis über den Rand lief und daher sichtbar war. Paulsen trug schwarz polierte Halbschuhe mit Budapester Muster. Der Bodenbelag bestand aus grauem, hochbelastbarem Noppen-Industrie-PVC. Dann wiederholte Fielding seinen Rundblick. Decke, Wände, Boden. Im Wandkalender mochte er nicht blättern, das wäre zu eindeutig, dass er den Ausführungen Pits nicht folgen wollte. Die Wände im Keller, die die Last des achtstöckigen Baus aufzufangen hatten, wurden durch Rechtecksäulen unterstützt. Er versuchte, sich die Merkmale dorischer, ionischer und korinthischer Säulen in Erinnerung zu rufen.

Dorische Säulen sind einfach und unauffällig, ionische weisen an den Voluten doppelte Spiralformen auf und korinthische – die Säge schien im Rückgrat stecken geblieben zu sein. Das helle Sirren stockte. Pit schaltete an dem Gerät herum, das Sirren ging in ein gequältes Heulen über und kam im Rückwärtsgang wieder in die Ausgangsfräsfrequenz.

Korinthische Säulen verfügen über schmucke florale Voluten, memorierte Fielding, *kunstvolle Verzierungen der Kapitelle.* Diese Säulen hier im Obduktionssaal waren derart schlicht, dass sie in kein Schema passten, schmucklose, glatte und rechteckige Träger. Typ Weimarer Bauhaussäule.

»So, meine Herren, zunächst Lob an Herrn …«

»Fielding«, soufflierte Paulsen.

»Also, großes Lob, Sie haben tapfer durchgehalten. Keine Übelkeit, nichts? Sehen Sie gerne Splatter-Filme oder haben Sie früher Frösche mit dem Mikroskop-Kasten seziert?«

Fielding schüttelte den Kopf und sagte: »Ich wollte mal Architektur studieren.«

Mit dieser Antwort konnte Pit nichts anfangen und zuckte mit den Schultern.

»Schon eine Aussage möglich?«, fragte Paulsen.

»Du weißt, toxikologische Untersuchungen brauchen ihre Zeit. Aber«, er machte eine Kunstpause, in der er sich die Latexhandschuhe abstreifte und in eine Abfalltonne warf, »Alkohol null. Drogen wissen wir noch nicht, ich vermute negativ. Alter circa sechzig, Pfeifenraucher. Er hat Nikotinverfärbungen an den Schneidezähnen, aber keine gelben Nikotinspuren an den Fingern bis auf eine Fläche am letzten Glied des linken Zeigefingers, genauer an der Fingerspitze, mit der der Raucher den Tabak nachdrückt. Das machen manche auch ohne Pfeifenbesteck.«

»Herkunft?«

»Chinese.«

»Chinese? Sicher?«, fragte Paulsen verwundert.

»Quatsch! In allen Etiketten steht ›made in China‹. Demnach sind fünfundneunzig Prozent der Menschheit Chinesen.« Pit lachte über seinen Scherz und dass Paulsen darauf reingefallen war. »Es scheinen trotz der gewagten Farben teure Designerklamotten zu sein. Die Haute Couture produziert offensichtlich inzwischen auch in Asien. Ich tippe aber auf Amerikaner.«

»Kannst du ihn mir herrichten, schminken und so, wir brauchen ein vorzeigbares Bild für die Öffentlichkeit.«

»Wird gemacht.«

»Okay, wir warten draußen im Flur.«

»Warum, auf was?« Dann dämmerte es Pit. »Was denn? Etwa heute noch, machst du Witze?«

»Nein, sofort!«

»Herr Fielding, Sie haben einen unmöglichen Kollegen. Damit Sie sich dessen Unverschämtheiten nicht angewöhnen, muss ich Ihnen gleich mal darlegen, was nach Paulsens Worten heute noch erfolgen soll: Das erwähnte toxikologische Gutachten zu Blut und anderen Körperflüssigkeiten kommt nicht von mir. Dafür stehen Toxikologen zur Verfügung. Ich mache hier nur die Sektion. Die Spuren am Körper sowie die Ergebnisse der Kriminaltechniker der Polizei werden von forensischen Genetikern untersucht. Sie extrahieren die DNA.«

»Den genetischen Fingerabdruck«, warf Fielding ein, um zu zeigen, dass er sich auskannte, wobei den Begriff und die Bedeutung von DNA mittlerweile bereits Kinder aufgrund diverser Krimiserien verstanden.

»Was erzähl ich da, Sie sind ja bestens informiert«, sagte Pit in leicht spöttelndem Unterton, »dann dürfte Ihnen das Verfahren ja auch bekannt sein. Mittels der Polymerase Chain Reaction, kurz PCR, wird die Erbsubstanz DNA in vitro vervielfältigt.«

»Selbstverständlich, weiß doch jeder«, spöttelte Fielding zurück.

»Nur noch zur Erinnerung, ich sagte eben, ich brauche eure Ergebnisse sofort. Du kannst ja mal Herrn Fielding in deine Vorlesung einladen, heute musst du dich kürzer fassen, auch wenn's schwerfällt«, mahnte Paulsen.

»Ja, ja, ist mir klar, ich wollte nur darlegen, wie unmöglich dein Terminregime ist. Das ist nicht machbar. Oder du bekommst Ergebnisse, die nicht belastbar sind. Und du weißt, was dann droht?« Zu Fielding gewandt, ergänzte Pit, dass Paulsen schon eine Revision hätte in Kauf nehmen müssen, weil Gutachten im Strafsenat zerpflückt worden wären. Handwerkliche Fehler würden sich auch bei Sachverständigen einschleichen, wenn sie gehetzt würden. Dann ging Pit in einen Nebenraum. Aus den Oberlichtern blitzte es grell in den Flur. Nach einer Weile kam er mit einem DIN-A4-Ausdruck zurück. »Hat jetzt nicht gerade Barbara-Klemm-Qualität, aber fürs Erste reicht's. Sonst schickst du mir noch mal euren Polizeifotografen her.«

»Ist doch voll in Ordnung«, sagte Paulsen, als er das von Pit angefertigte Portrait des Obduzierten betrachtete. »Vielen Dank, Pit.«

Draußen erklärte Paulsen das weitere Vorgehen. »Im Sekretariat können wir das Foto einscannen, schicken es an alle Taxibetriebe, Zeitungsredaktionen, die es sofort auf ihre Homepages bringen. Sie werden sehen, entweder sie kommen sofort mit Hinweisen oder aber, wenn die Öffentlichkeit schweigt, dann wird es ein schwieriger Fall.«

5

In der Staatsanwaltschaft wurde das Bild des Toten wie zuvor von Paulsen beschrieben vervielfältig und verteilt. Anschließend schlug Paulsen einen Hausrundgang vor, um dabei die Kollegen, das Schreibbüro und die Kantine kennenzulernen. Der Zeitpunkt schien günstig, denn so konnte die Fahndung nach der Identität des Toten reifen. Manchmal kam postwendend die Antwort, die den Ermittlungen den notwendigen rückenwindartigen Schub gab.

Fielding war froh, dass er an seinem ersten Tag ein frisches und gebügeltes Hemd anhatte. Er registrierte bei dem Rundgang mit Genugtuung, dass sich kaum einer der Kollegen mit Krawatte maskiert hatte. Sie liefen recht leger herum und vermittelten den Eindruck, dass die Energie des Tages in die Arbeit und nicht in ein harmonisch komponiertes Outfit gesteckt wurde. Wenige Namen blieben haften, wie immer bei Vorstellungsrunden.

Aber dafür gibt es ja Türschilder mit Dienstbezeichnung und Dezernatsangaben. Am Ende der Woche habe ich alle Kollegen im Kopf, dachte er, *nur eine Frage der Konzentration.* Dagegen wirkte ein anderer Umstand für ihn als echte Herausforderung, der wiederum bei seinen Kollegen vermutlich nur Schulterzucken hervorrufen würde, weil es ihnen schlicht als etwas Selbstverständliches vorkam: sich einzuordnen, was bei ihm gleichbedeutend mit unterordnen war. Das gefühlte Unterordnen kannte er beim Kanzler nicht, da er sich mit nicht einmal dreißig Jahren als gleichberechtigter Ideengeber und Berater des Kanzlers fühlen durfte.

Im Flur trafen sie auf Peer Hildebrandt, einen älteren Kollegen, dessen braune Haut von einem entspannten Urlaub erzählte. Er war deutlich älter als Paulsen, ungefähr Mitte fünfzig, hatte ausgeprägte Geheimratsecken, die durch die streng zurückgekämmten und gegelten grau melierten Haare noch stärker betont wurden. Ein Hauch Rotblond war noch zu sehen, eine im Abgang befindliche, sich dem Alter beugende Farbe. Hinten im Nacken auf dem weißen Hemdkragen kräuselten sich die Haare verschwenderisch und eine

Spur zu lang für den eher konservativ Gekleideten. Mit seinem anthrazitfarbenen Nadelstreifenanzug wirkte er wie der Chef des Hauses, den Fielding noch nicht kennen gelernt hatte. Seine randlose Brille sollte das volle Gesicht filigraner wirken lassen, was ein aussichtsloses Unterfangen war, da die Wangen von der Gravitation bereits beeinflusst leicht nach unten hingen.

Paulsen wollte ihm Fielding gerade als neuen Kollegen vorstellen, als ein älterer Herr im bunten kurzärmligen Hemd laut dazwischenrief.

»Von wem bekomme ich denn jetzt das Geld?« Er hatte einen silbergrauen Haarkranz und sich mit kühnem Schwung eine Strähne quer über die kahle Stelle des Schädels gelegt. Jetzt flatterte die Strähne über dem Ohr Richtung Kragen. »Ich bin ja wohl der Erste, der die Leiche identifiziert hat, oder war etwa jemand schneller?«

Paulsen sah Hildebrandt fragend an.

»Sehen Sie, also bekomme ich auch die Belohnung.« Triumphierend sah der Mann auf die drei Staatsanwälte.

»Entschuldigung, aber worum geht es überhaupt?«, fragte Paulsen, »vielleicht stellen Sie sich erst mal vor.«

»Also, Fred Bauer und Taxifahrer. Ich habe den Unbekannten vom Erfurter Flughafen chauffiert.«

»Meinen Sie den hier?«, fragte Paulsen. Er hatte das Foto, das ihm Pit noch schnell aus dem Obduktionssaal mitgegeben hatte, auseinandergefaltet.

Hildebrandt sah auf das Blatt. »Woher kennst du denn John Patton. Der sieht aber nicht gesund aus auf dem Bild. Was ist passiert?«

»John Patton soll er heißen. Du kennst die Person? Bist du sicher?«

»Ja, klar, ich hatte vor ein paar Monaten Kontakt zu ihm, er schneite hier herein und wollte eine Aussage machen. Er war nicht lange bei mir, ich hatte ihn nach den Personalien gefragt, er erzählte von sich, von seinem Unternehmen, von Fehlspekulationen, Falschberatung von Investmentbanken und Betrügereien am Kunstmarkt. Ein Auktionshaus habe ihn reingelegt. Dann überlegte er es sich noch mal und war dann wieder weg. Er wollte in diesen Tagen wiederkommen, aber ich hatte Urlaub und heute früh war ich bei dem Zwischenfall im Hotel.«

»Da kommt einer aus Amerika zur Erfurter Staatsanwaltschaft, erzählt ein wenig von sich, um dann wieder zu gehen? Verstehe ich nicht.« Paulsen schüttelte nachdenklich den Kopf.

»Ich denke, es ging ihm mit der Erfassung der Personalien zu langsam, zu förmlich, dachte wohl, ich stürze sofort mit einer Armada der Polizei zu dem Übeltäter, der ihn gelinkt hat, aber davon hatte er noch kein Wort gesagt, ist jetzt nur so eine Vermutung von mir«, sagte Hildebrandt, »ich hol mir noch mal die Akte, die ich angelegt hatte.«

»Was ist denn jetzt mit der Belohnung?«, fragte der Taxifahrer und hielt die Hand auf.

»Sie hören ja, der Mann ist längst identifiziert. Außerdem gibt es keine Belohnung, es könnte sich auch alles als ein Unglück herausstellen. Unfall. Sturz.« Dann wandte sich Paulsen wieder an Hildebrandt. »Was denn für ein Vorfall in welchem Hotel?«

»Also keine Belohnung, Ihr letztes Wort?«, unterbrach ihn der Taxifahrer beleidigt.

»Keine Belohnung!«, zischte Paulsen scharf zwischen den Zähnen hervor.

Der Taxifahrer schlich langsam über den Flur in Richtung Etagentür.

»Also, welches Hotel?«, wiederholte Paulsen genervt.

»Im Superior. Der Hotelier hatte angerufen. Im Hotel sei geschossen worden«, sagte Hildebrandt, »ich muss los, mich mit der Kripo abstimmen, ich komme aber gleich noch mal rein, sorry.«

Der Taxifahrer, der die Flurtür noch nicht zugezogen hatte, öffnete sie wieder mit Schwung. »Eben, ins Superior, da habe ich den Amerikaner auch hingefahren, aber das will ja keiner wissen.«

Paulsen winkte ihn weg und fuchtelte mit den Armen, als verscheuchte er ein paar lästige Stubenfliegen. Er ging in Richtung seines Büros, dann erst schien er einen Zusammenhang zu begreifen.

»Halt, haltet ihn auf!«, rief er und stürzte dem Taxifahrer hinterher. Zwei Polizisten, die dem Mann im Treppenhaus entgegenkamen, handelten geistesgegenwärtig und überwältigten den verdutzten Mann.

»Finger weg, was soll denn das!«, schrie der Taxifahrer erschrocken.

»Nein, nein! Entschuldigung, er ist kein Täter«, rief Paulsen den Polizisten zu, als er das Treppenhaus erreicht hatte. »Sie können ihn loslassen, alles in Ordnung.«

Die Beamten schüttelten den Kopf und setzten ihren Weg fort.

»Also noch mal, wohin haben Sie ihn gefahren? Vielleicht auch noch der Hinweis: Sie sind Zeuge in einem Verfahren und sind zur Aussage verpflichtet, es sei denn, Sie stehen mit ihm in einem besonderen Verwandtschaftsverhältnis oder würden sich selbst belasten. Nur dann können Sie die Aussage verweigern. Und für die Aussage gibt es keine Belohnung. Klar, oder?«

»Klaro«, sagte der Taxifahrer. Obwohl an diesem Tag kein Geld mehr an ihn fließen würde, beruhigte sich Fred Bauer mit dem Gedanken, dass er nun sein gesamtes Wissen an den Mann bringen würde und das nicht an irgendwen, sondern an die Kripo und die Staatsanwaltschaft. Nach seiner Aussage würde der gesamte Trupp ausrücken und er hätte damit der Gerechtigkeit zum Sieg verholfen.

Sie hatten ihm einen Kaffee spendiert und weil Bauer noch nie so einen guten Automatenkaffee getrunken hatten, bald einen zweiten Becher.

»Er kam also mit einem Learjet nach Erfurt? Was hat der denn beruflich gemacht? Ein Ölmagnat? Hat er während der Fahrt etwas von sich erzählt?«, fragte Paulsen

»Wir standen am Gothaer Platz im Stau. Er hat meist interessiert aus dem Fenster geschaut, aber wenig Fragen gestellt. Ich hatte den Eindruck, er sei schon mal hier gewesen, kannte sich aus und würde deshalb keine Fragen stellen. Ich habe versucht, eine Unterhaltung zu beginnen, ihn gefragt, was denn in dem großen flachen Karton steckte, der so gerade eben in den Kofferraum gepasst hatte. Ein Bild, meinte er nur trocken. Ich habe noch gesagt, nur ein Bild, so wenig Gepäck und das meiste davon ein Bild? Sie bleiben wohl nicht lange in Erfurt? Nur zur Ausstellung und dann zurück. Ausstellung, hm, er wäre wohl Maler. Nein, das auch nicht, Sammler.«

»Hat er die Ausstellung benannt?«, wollte Paulsen wissen.

Bauer überlegte kurz. »Ja, jetzt fällt es mir wieder ein, Kunsthaus Apolda. Ob ich ihn da gleich hinfahren soll, habe ich ihn gefragt. Ist nämlich eine schöne Strecke.«

»Schön, wirklich?«, fragte Fielding.

»Na klar, schön im Sinne von lang und weit weg. Nee, wollte er aber nicht, erst mal ins Hotel. Und so habe ich ihn ins Hotel gefahren. Ins Superior.«

»Tja, Herr Fielding, das war's wohl. Haben Sie noch Fragen an Herrn Bauer?«

Fielding schüttelte zuerst den Kopf, überlegte es sich dann jedoch anders. »Können Sie noch das Gepäck beschreiben, Größe des Bildes im verpackten Zustand, Koffer, Taschen, was hatte er dabei?«

»Die Bildgröße können Sie direkt am Auto nachmessen, es passte nämlich gerade so rein. Ich musste aufpassen, dass mir das Packpapier nicht an den Metallkanten des Kofferraums einriss«, sagte der Taxifahrer. »Und das übrige Gepäck war eine weiche Reisetasche, kein Koffer, passte wohl besser in seinen Jet.«

6

Nachdem die beiden Staatsanwälte wieder allein im Büro waren, trugen sie alles zusammen, was sie bisher über John Patton erfahren hatten. Es war nicht viel, aber Hildebrandt war noch nicht gefragt worden, was Patton damals von ihm gewollt hatte. Paulsen telefonierte mit der Kripo, sie sollten sich den Wagen von Fred Bauer ansehen, insbesondere den Kofferraum ausmessen, um hinterher abzüglich Verpackungsmaß eine Größenvorstellung von dem Bild zu haben. Dann endlich kam Hildebrandt wieder zur Tür herein und wedelte mit einer Akte in seiner Hand. Paulsen winkte ihn zu sich und berichtete, was er vom Taxifahrer in Erfahrung gebracht hatte.

»Er wurde eine Zeitlang auf der Forbesliste der hundert Reichsten geführt«, sagte Hildebrandt, »danach ist sein Vermögen aber stetig nach unten abgebröckelt.«

»Weiß man da Genaueres?«

»Er war beruflich Erbe. Sein Vater hatte ihm Milliarden hinterlassen, die er durch Aktienzukäufe mehren konnte. Doch irgendwann setzte er aufs falsche Pferd und kaufte im großen Stil Immobilien und Hypothekenanleihen. Dass die alle überbewertet waren, Ramschimmobilien, dringend sanierungsbedürftig, leerstehend, das alles hatte er durch den Erfolg, der ihn blind gemacht hatte, nicht überblickt. Von der platzenden Blase am amerikanischen Immobilienmarkt wurde er voll erwischt«, Hildebrandt blätterte weiter in der Akte. »Seine Hypothekenanleihen wurden wertlos und Investmentbanken, an denen er beteiligt war und die solche Forderungen angesammelt hatten, kamen ins Schlingern und brauchten zum Überleben Kapitalhilfen vom amerikanischen Staat.«

»Das heißt, seine Anteile gingen gegen Null.«

»Ihm blieb nur noch seine Kunstsammlung. Aber die ist immer noch vom Feinsten. Hier sehen Sie mal, ich habe aus dem Internet ein paar Screenshots gemacht.«

»Wie heißt denn das Museum? Ist es das MoMa?«, fragte Fielding.

»Das ist sein Privatmuseum. Ob es überhaupt öffentlich ist, keine Ahnung, nehme ich aber an, sonst hätte er die Räume nicht ins Internet gestellt«, vermutete Hildebrandt. »Seine Prozessaussichten sind vage gewesen. In den USA hatte er Banken verklagt, die ihn falsch beraten hätten. Diese Prozesse gegen Investmentbanken verschlangen Geld, das er sich über Kunsthandel und Auktionen wieder reinholen wollte.«

»Und was wollte er von dir, als er vor ein paar Monaten hier war?«, fragte Paulsen.

»Komische Geschichte. Man fragt sich ja auch, warum kommt manches erst Jahre später ans Licht? Hier waren es seine Verluste. Er brauchte Geld. Versteigerungen sollten helfen. Doch die Auktionshäuser prüfen heute anders als noch vor zehn Jahren. Im Jahr 1996 ersteigerte Patton bei Lamberti in Berlin das Gemälde ›Bayerische Landschaft mit Erntewagen‹ von …«, Hildebrandt brach ab und blätterte in einer Akte, die er mitgebracht hatte. »Hier habe ich es, das Bild stammt von Wassily Kandinsky. Zur Provenienz, also zur Herkunft, sagte der Auktionskatalog nach der Kopie, die er mir dagelassen hatte, Privatsammlung Berlin 1933, Galerie Lamberti, ebenfalls Berlin und auf einem Folgeblatt Märkische Privatsammlung Ballmann. Patton war interessiert und ließ sich vom Auktionshaus attestieren, dass das Gemälde mit dem Art-Loss-Register abgeglichen worden war und es unbelastet sei. Ja, das sei ihm erklärt worden, erzählte er mir. Er habe eine Kopie für seine Handakte bekommen, woraufhin er das Werk kaufte. Für eine beträchtliche Summe und Aufgeld, aber mittlerweile müsste der Wert deutlich gestiegen sein, Patton sprach von einer Verdoppelung in fast zwei Jahrzehnten.«

»Ist das jetzt dumm, wenn ich nicht weiß, was das Art-Loss-Register ist?«, fragte Fielding.

»Das Art-Loss-Register ist, na, warten Sie«, Hildebrandt ging zu Paulsens Computer, fragte kurz »darf ich mal?«, ohne die Antwort des Kollegen abzuwarten, und googelte den Begriff. »Hier haben wir es schon. Laut Wikipedia ist es die weltweit größte Datenbank verlorener und gestohlener Kunstwerke. Händler erhalten die Möglichkeit, gezielt nach einem Kunstwerk zu fragen, ob es auf der Liste steht. Ist die Antwort negativ, also nicht im Register als Verlust deklariert, erhält er neben dem Zertifikat, dass das Kunstwerk zum Zeitpunkt seiner Anfrage nicht als verloren galt, auch den Nachweis, dass er die Anfrage durchgeführt hat, wie es sich für einen ordentlichen Verkäufer oder Ankäufer gehört.«

»Das Register führt also alle in der Nazizeit erbeuteten oder verschollenen Werke?«, fragte Fielding.

»Nein, abschließend ist das Register sicherlich nicht«, sagte Hildebrandt. »Wir können davon ausgehen, dass das Register viele Werke enthält, die den verfolgten Juden in der Nazizeit geraubt wurden. Aber dann muss es auch Überlebende aus der Familie oder aus dem Bekanntenkreis geben, die Zeugnis über das verschwundene Werk abgeben können. Nicht selten sind alle Familienangehörige umgebracht worden. Oder das Haus mit Kunstgegenständen wurde von einer Brandbombe vollständig zerstört und es konnte nicht mehr belegt werden, welche Güter dort aufgehoben wurden.«

»Das Art-Loss-Register wird also nicht vollständig sein«, überlegte Paulsen laut.

»Nur über die Neuzeit wahrscheinlich. Was aktuell Jahr für Jahr aus Museen oder bei Einbrüchen geklaut wird, können wir gut erfassen und dokumentieren.«

Dann wandte sich Hildebrandt direkt an Fielding. »In unserer Nachbarstadt, im Gothaer Schloss Friedenstein, verschwanden Ende 1979 fünf Gemälde, darunter ›Bildnis eines alten Mannes‹ von Jan Lievens sowie die ›Heilige Katharina‹ von Hans Holbein.«

»Das wissen Sie noch, die Namen der Gemälde und deren Maler?«, fragte Fielding anerkennend.

»Ich bin in der Nähe groß geworden«, sagte Hildebrandt, »und wohne jetzt in Erfurt, aber so was vergisst man nicht. Der spektakuläre Raubzug ging durch die Presse, was sich an jedem Jahrestag, na ja, sagen wir eher, an runden Gedenktagen, wiederholt, zehn, zwanzig, fünfundzwanzig und dreißig Jahre nach der Tat.«

»Dürfte ohnehin bis heute verjährt sein«, sagte Fielding.

»Eben, damit verband sich auch unsere Hoffnung, dass dann die Gemälde wieder auftauchten. Das ist das Dilemma bei Auftragsdiebstählen. Die landen in Privatgemächern und gelangen nicht mehr in die Öffentlichkeit.«

»Es sei denn, der Auftraggeber stirbt, die ahnungslosen Erben wollen Kasse machen, weil Erbschaftssteuern anfallen, und müssen mit den Bildern auf den Markt«, sagte Paulsen.

»Richtig, dann kommt das Art-Loss-Register wieder ins Spiel. Deshalb ist die Dokumentation der Besitzer so wichtig. Sammler sind gut organisiert, besitzen Fotos ihres Bestandes in guter Qualität, falls es sie einmal erwischt. Aber in den Wirren des 2. Weltkriegs sind Beweise der Provenienz oft vernichtet worden.«

»Ich muss noch mal auf Patton zurückkommen. Er wird als Sammler doch auch den Service des Registers in Anspruch genommen haben, ich weiß, das hast du gerade schon gesagt, aber wenn es nie vollständig ist und fortlaufend gepflegt, also ergänzt wird, dann müsste er doch laufend mit dem Register in Verbindung stehen, oder nicht?«, warf Paulsen ein.

»Selbstverständlich. Patton war aufgrund der Verluste durch seine Hypothekenanleihen und die falsche Beratung der Investmentbanken übervorsichtig geworden. Er hatte einfach zu viel gutes Geld verbraten und wollte jetzt auf Nummer sicher gehen. Er traute keinem mehr und glich regelmäßig seine Kunstbestände mit dem Art-Loss-Register ab. Das wird, genau wie du vermutet hast, nach den neuesten Ermittlungen entsprechend immer weiter fortgeschrieben, sodass in einigen Fällen damalige Unbedenklichkeitsbescheinigungen später durch neuere Erkenntnisse revidiert werden mussten. So fiel ihm auf, dass sein Bild 2009 im Register als von den Nazis in Berlin gestohlen markiert worden ist. Jetzt fingen die Mühlen an zu mahlen. In den Auktionshäusern wird überprüft, wer wann welche Werke versteigert hat.«

»Und wurde Patton als Besitzer bereits ermittelt?«, fragte Fielding.

»Noch nicht, das hat er mir beim letzten Treffen mitgeteilt, aber es war nur eine Frage der Zeit, bis sie auf die Auktion von Lamberti aus dem Jahr 1996 stoßen würden.«

»Was wären dann die nächsten Schritte gewesen?«, fragte Fielding.

»Das Heimatschutzministerium der Vereinigten Staaten wird einbezogen und der zuständige Bundesstaatsanwalt macht einen Beschlagnahmeanspruch geltend.«

»Das wäre dann ziemlich viel Pech für einen Milliardär«, sagte Fielding, »irgendwann wird er zum Millionär abgestiegen sein. Es ist zum Heulen.«

»Ja, ja, ich weiß, es gibt wahrlich tragischere Fälle, auch wenn man an die damals Enteigneten denkt, die im Krieg erst Hab und Gut, dann ihr Leben verloren haben«, meinte Hildebrandt. »Aber Patton hatte noch einen Trumpf im Ärmel, das hat er zumindest behauptet.«

»Und die Karte hat er gezogen?«,fragte Paulsen.

»Offensichtlich, aber der Joker erwies sich als Schwarzer Peter, richtig?«, sagte Fielding.

»Wow, Dirk, unser Neuer ist ein guter Kombinierer. Das Auktionshaus Lamberti wollte das Gemälde erneut prüfen, da es von dem Motiv mehrere Varianten gibt und möglicherweise nur eine davon im Art-Loss-Register geführt wird, während die anderen unbelastet sein könnten. Das gab es ja in der Vergangenheit oft.«

»Das stimmt«, warf Fielding ein, »Künstler waren manchmal regelrecht verliebt in ein Motiv und malten es immer wieder. Monet zum Beispiel malte die Kathedrale von Rouen zu den unterschiedlichen Tageszeiten in den wechselnden Farben des Tageslichts.«

»Ja, aber in den Fällen kann man die Gemälde noch gut auseinanderhalten.«

»Jein«, sagte Fielding, »wenn das Art-Loss-Register nur über Schwarz-weiß-Fotos der Bilder verfügt, da es historische Fotografien sind, und es kam dem Künstler nur auf den Lichteinfall an, ist es schwer, aus den oft unscharfen Fotos Bilder mit gleichem Motiv exakt zu identifizieren.«

»Patton ließ sich darauf ein«, fuhr Hildebrandt fort, »und kam mit seinem Jet und gab das Gemälde zur Prüfung ab. Er wollte zunächst das Ergebnis des Gutachters abwarten, der hätte aber angeblich einen Unfall erlitten und läge in einer Klinik. Da er der

Experte auf dem Gebiet ist, wollte man seine Genesung abwarten. Patton ließ das Werk hier, reiste ab. Als er es wieder holte, kam ihm die Sache komisch vor. Er vermutete eine Fälschung, die man ihm – heimlich ausgetauscht – hätte unterschieben wollen. Deshalb suchte er mich auf, um Anzeige zu erstatten, brachte alle möglichen Unterlagen mit, die ich erst später nach deren Übersetzung ins Deutsche prüfen wollte.«

»Warum Erfurt und nicht Berlin?«, fragte Fielding.

»Lamberti hatte 2010 sein Auktionshaus einschließlich der Namensrechte verkauft und sich in Erfurt zur Ruhe gesetzt«, antwortete Hildebrandt. Dann sah er auf die Uhr. »Verflixt, tut mir leid, aber ich habe noch einen Arzttermin, Augenarzt. Wenn ich den verpasse, erhalte ich den nächsten in acht Monaten. Das hatte mir die Ärztin schon angedroht. Danach werde ich mir aus der Registratur die Unterlagen kommen lassen, die Patton mitgebracht hatte, als er vor einigen Wochen hier aufschlug.« Hildebrandt verließ eilig den Raum und Paulsen sah ihm verdutzt hinterher.

Die Hitze staute sich in den Büros. Nur bei denen, die ihre Fenster gekippt hatten, brachte ein leichter Luftzug etwas Linderung. Paulsen hatte in seinem Büro sein Jackett an einen Kleiderständer gehängt.

»Ich vertrage den Durchzug nicht, ich hab's lieber zu warm als einen verspannten Nacken. Wir können die Zeit auch ohne Hildebrandt gut nutzen. Das Personalreferat hat noch an ein paar Formalien erinnert. Den Personalfragebogen sollten Sie sofort ausfüllen, Bankverbindung eintragen, die wichtig für die Zentrale Gehaltsstelle ist. Machen Sie es am besten gleich hier, dann kann ich es weiterreichen. Im Personalreferat erhalten Sie Ihren Dienstausweis. Passbilder haben Sie bestimmt schon abgegeben, oder?«

Ohne Fieldings Antwort oder Kopfnicken abzuwarten, ratterte er weiter seine Einführung herunter, als würden täglich neue Kollegen durch sein Büro geschleust und nach seinem ausführlichen und engagierten Vortrag in den Berufsalltag entlassen. Hektisch schien er ein Pflichtprogramm abzuspulen, während er in Gedanken ganz woanders war. Die Schnelligkeit, die Hast, der künstlich erzeugte Stress, den Fielding an Paulsens Verhalten bemerkte, passten nicht zu dessen forschem und selbstbewusstem Auftritt bei ihrer ersten Begegnung. »Danach zeige ich Ihnen Ihr Büro und das Hausmeisterzimmer, da bekommen Sie Büromaterialien.«

Es war ein vorläufiger Ausweis, da Fielding kein aktuelles Passbild dabeihatte, das er aber in den nächsten Tagen nachreichen sollte. Nachdem er für einen Schlüssel unterschrieben hatte, an dem ein billiges Plastikschild hing, begleitete Paulsen ihn in den ersten Stock und blieb vor einer Tür stehen und zeigte auf das Schloss.

»So, da wären wir. Die Büromaterialausgabe hat leider schon zu, die öffnen nur einmal die Woche. Was fehlt, kann ich Ihnen gerne ausleihen. Richten Sie sich erst einmal ein.«

Paulsen schärfte ihm ein, alles zu verriegeln, wenn er nicht da war. »Gehen Sie aus dem Zimmer, auch nur kurz auf Toilette, immer abschließen. Klingt lästig und war bestimmt in Ihrem Hochsicherheitstrakt Bundeskanzleramt überflüssig, aber bei uns ist es ein absolutes *Muss*. Wir sind hier im Justizzentrum, da hat jeder Zutritt, und wer erst mal an der Pforte vorbei ist, kann überallhin vagabundieren. So ein Ausweis ist bei den interessanten Akten nicht das Einzige, auf das die Leute scharf sind. Also, bis später dann zum Rundgang Teil zwei.«

7

Die feierliche Stimmung, als Fielding den Schlüssel umdrehte und erstmals in seinem Büro stand, währte mit Blick auf die nüchterne Ausstattung nur Sekunden. Schreibtisch, Stuhl, leere Regale. Das war alles. Konzentration auf das Wesentliche schien die Devise zu sein.

Er legte den Ausweis und seine Geldbörse in die Schreibtischschublade und schloss sie ab.

Ihm blieben am Ende des Arbeitstages Zweifel, ob er sich in der Hierarchie dieser großen Behörde würde einordnen können. Nicht, dass seine bisherige Arbeitsstelle, das Bundeskanzleramt, als kleine Behörde durchgegangen wäre, es hatte geschätzt dreimal soviele Mitarbeiter wie die Erfurter Staatsanwaltschaft. Das Bundeskanzleramt war jedoch systemrelevant und daher gab es niemanden, der die Daseinsberechtigung hinterfragte oder von außen in die innere Struktur eingriff. Anders bei den Staatsanwaltschaften in den Bundesländern, die des Öfteren umstrukturiert wurden, fusionieren mussten, zu Schwerpunktstaatsanwaltschaften zusammengezogen oder aus Einspargründen einfach geschlossen wurden. Fielding erwartete aufgrund dessen einen hektischeren Betrieb, als müsste sich jeder am Ende eines Tages für seine Anwesenheit rechtfertigen und aufzählen, welche Arbeitsprozesse heute in welcher Zeittaktung erledigt worden wären.

Tatsächlich hatte Fielding kürzlich in einem Magazin einen Artikel über Richter und Staatsanwälte gelesen, der ihn nachdenklich gestimmt hatte, ob die Arbeit hier wie am Fließband ablaufen würde. Wirtschaftsprüfer hätten nämlich im Auftrag der Bundesländer jeden Arbeitsschritt eines Richters oder Staatsanwalts zerlegt und für jede Maßnahme, jede Verfügung, jeden Beschluss und jedes Aktenlesen minutengenaue Durchschnittszeiten errechnet. Lustig wäre es, wenn im Strafprozess solch ein übereifriger REFA-Fachmann alle Arbeitsschritte und Zeitvorgaben einer Strafkammer, der Staatsanwaltschaft und der Verteidiger, Protokollanten, Saaldiener,

Vollzugsbeamten bis hin zum Pförtner addieren würde und die Summe dann das Ergebnis der Strafzumessung wäre. Der Protokollant würde quasi fortwährend in die Tastatur einer schönen alten Registrierkasse tippen und, sobald der Richter »Im Namen des Volkes« verkündet hatte, auf »Kasse« drücken und oben im Sichtfeld erschiene das Ergebnis. Der vorsitzende Richter würde die Augen zusammenkneifen, die Zahl erkennen und das Strafmaß bekanntgeben: »Zwölf Jahre und sechs Monate!«

Dann und nur dann könnte diesen wirren Zahlentechnikern eine gewisse Logik zukommen, dachte Fielding. Jetzt fiel ihm wieder der putzige Name ein, auf den das System getauft wurde: Pebb§y.

Die Erfurter Staatsanwaltschaft war früher gemeinsam mit dem Landgericht in einem altehrwürdigen Gebäude an der Nordseite des Domplatzes untergebracht, von Regierungsbaumeister Beisner im neugotischen Stil erbaut. Fielding kannte es aus seiner Erfurter Zeit. Irgendwo im Treppenhaus hatten sie eine Tafel angebracht, die er einmal überflogen hatte, knapp über eine Million Mark hatte der Bau 1879 gekostet. Bestimmt hatten sie damals schon nur mit einem Bruchteil der Kosten gerechnet, als sie fünf Jahre zuvor den mit Schleifen geschmückten Spaten feierlich in den Boden gerammt hatten.

Heute war das Amtsgericht mit der Staatsanwaltschaft in einem neuen Justizzentrum in der Rudolfstraße zusammengeführt worden. Fielding hatte das Gebäude vorher nur aus dem Internet gekannt, ein schuhkartonartiger Würfel mit großzügiger Verglasung. Er konnte die Laudatio auf das Siegermodell im Ausschreibungsverfahren förmlich hören, dass der Architekt eine offene, transparente Jurisprudenz darstellen wollte, die so gar nichts mehr mit der barbarischen Inquisition gemein hatte. Dass im Sommer hinter den schaufenstergroßen Glasflächen die Leute bereits im Sitzen ins Schwitzen kamen, war der unmittelbare Effekt dieser Transparenz, jedoch ein Umstand, der im ästhetisch-künstlerischen Entwurf nicht unbedingt im Fokus gestanden hatte. So erreichte die Intention des Architekten zwar nicht die Bevölkerung und schon gar nicht die Nutzer, aber die Jury eines Architektenwettbewerbs.

Einen Vorteil hatte die gläserne Architektur jedoch: Er konnte sich durch den Blick nach draußen auf die spitzen Türme der Severi-Kirche und dem dagegen abgeduckt und buckelig wirkenden Dom gut orientieren und würde sich schon bald bestens in dem Gebäude zurechtfinden.

Irgendjemand war gnädig gewesen, dachte er im ersten Moment, *und hat mir ein Nordzimmer zugewiesen, in Blickrichtung des Bundesarbeitsgerichts.* Schattiger im Sommer, aber lauter in allen vier Jahreszeiten aufgrund des hohen Verkehrsaufkommens in der Lauentorstraße, wie er später noch feststellen musste.

8

In der Kantine, es war bei der Führung und dem Geplänkel mit Kolleginnen und Kollegen spät geworden, redete Paulsen über den Fall. »Eigentlich wollte ich Sie beim Chef vorstellen, aber dem LOStA, also dem Leitenden Oberstaatsanwalt, ist leider ein unaufschiebbarer Termin dazwischengekommen, wie mir seine Sekretärin mitteilte, vielleicht klappt es ja morgen.« Dann wurde Paulsen ernster und nachdenklicher. »Wir sollten noch mal zusammentragen, was wir über John Patton wissen oder eben nicht wissen. Über was ich sofort gestolpert bin, war, wer gewusst haben könnte, dass Patton heute einen Termin bei uns hatte. Hildebrandt war im Urlaub und Patton hatte nur vage angedeutet, vorbeikommen zu wollen. Dennoch musste ihm jemand entweder in der Staatsanwaltschaft aufgelauert oder ihn vorher vom Hotel aus verfolgt haben. Wenn der Unbekannte bereits im Gebäude der Staatsanwaltschaft war, musste Patton zuvor gedroht haben, zur Staatsanwaltschaft zu gehen und jemanden anzuzeigen.«

»Wobei ein Geschädigter in der Regel die Polizei aufsucht, um eine Anzeige aufzugeben«, warf Fielding ein.

»Das sehe ich auch so, aber es gab ja den Erstkontakt zu Hildebrandt und Patton wird sich gedacht haben, den kenne ich, zu dem habe ich Vertrauen, er hat mir schon einmal geholfen. Wir dürfen nicht vergessen, er sprach zwar ganz gut Deutsch, aber war Ausländer und spürte vielleicht Barrieren, die ihn nicht unbedingt in die Arme anderer Verwaltungen trieben.«

»Bis der Beamte anfängt, die Anzeige einzutippen, hätte Patton bestimmt schon Stunden mit der Identifizierung seiner Person zugebracht«, pflichtete Fielding Paulsen bei.

»Genau, deshalb ist das für mich auch kein Rätsel. Patton geht zu Hildebrandt und läuft seinem Mörder in die Arme. Also: Wer könnte gewusst haben, was Patton an dem Tag vorhatte?«

»Er muss ja nicht als Einzelgänger gelebt haben«, gab Fielding zu bedenken. »Wenn er schon von Amerika nach Europa fliegt, wird er allen möglichen Leuten gesagt haben, er fliege an dem Tag los, sei bis dahin nicht erreichbar, oder er hat seinen deutschen Bekannten erzählt, wo er sich wann aufhält. Also zum Beispiel, bin um zehn Uhr bei der Staatsanwaltschaft und gehe mit dir mittags essen. Wir sollten die Handydaten auswerten, Mailverkehr, Kontakte vom Hotel aus, Familie, Freunde befragen. Ein Insider wird gewusst haben, wann er die Staatsanwaltschaft aufsucht. Oder wie in Ihrer ersten Hypothese, jemand hat ihn beschattet und ist ihm gefolgt«, ergänzte Fielding.

»Ja, aber für diese Aufgaben haben wir unsere Kripobeamten«, sagte Paulsen, »leichter wäre die Verfolgung natürlich durch den Trubel um den Feueralarm geworden. In dem Gewusel von Mitarbeitern, die die Büros verlassen mussten, hätte sich der Unbekannte an der Pforte vorbeimogeln können.«

»Kann der Mörder von dem Probealarm gewusst haben? Denn das war doch eine willkommene Hilfe, nicht nur, um ins Gebäude einzudringen, sondern auch um in dem Durcheinander unerkannt entkommen zu können.«

»Wir müssen über die Kripo bei der Feuerwehr nachfragen lassen, mit wem der Alarm abgesprochen war.«

»Und wir müssen uns erkundigen, was er im Kunsthaus Apolda vorhatte«, ergänzte Fielding die anstehenden Aufgaben. »Der Taxifahrer hatte angemerkt, Patton wollte sich dort eine Ausstellung ansehen.«

»Gut, ich lasse bei der Feuerwehr nachfragen und Sie beim Kunsthaus Apolda.«

»Mit dem Dienstwagen nach Apolda?«

Paulsen überlegte. »Ach, das klären wir erst mal telefonisch ab, wenn es dann noch Fragen gibt, kann man immer noch hinfahren. Und ich rufe direkt bei der Feuerwehr an, das geht schneller als über die Kollegen.«

Fielding suchte die Nummer des Kunsthauses heraus und bekam schnell eine Auskunft. Patton war dort unbekannt. Weder hatte er für Ausstellungen Leihgaben bereitgestellt, noch war er den Mitarbeitern namentlich als Besucher in Erinnerung. John Patton war keinem ein Begriff und das erschien glaubhaft, denn an einen Amerikaner hätten sie sich bestimmt erinnert.

Ähnlich dürftig war das Ergebnis, das Paulsen ermittelte: Den Probealarm bestimmt die Einsatzleitung der Berufsfeuerwehr. Mit den städtischen Behörden wäre nur der Turnus abgesprochen, aber an welchem Tag und zu welcher Stunde die Alarmierung stattfinden würde, war aus Gründen des Überraschungseffekts und der Realitätsnähe nicht abgesprochen worden. Die Hausleitung würde nur in besonderen Fällen mitteilen, wann ein Alarm unterbleiben sollte.

»Ach ja, und wann wäre das? Während der Weihnachtsfeier? Wenn alle im strömenden Regen den Sammelplatz aufsuchen müssten?«, wollte Fielding wissen.

»So ungefähr, es macht keinen Sinn, mit der Armada an Löschzügen auszurücken, wenn sich alle bis auf den Pförtner und den Bereitschaftsdienst auf einem Betriebsausflug befinden.«

9

Der Tag war nicht wirklich anstrengend gewesen, aber Fielding schwirrte am Abend der Kopf von den vielen Begegnungen. Erst wollte er seinen Wagen stehen lassen und den lauen Abend nutzen, um zu Fuß in Tinas Wohnung zu gehen und sich dabei das Viertel genauer anzusehen. Doch dann fiel ihm ein, dass er seine Kleidung im Wagen hatte, seine Reisetasche, ein paar Lebensmittel und Getränke, die er in die Wohnung verfrachten wollte. Tina hatte ihm noch aufgetragen, sich bei der älteren Nachbarin in der gleichen Etage vorzustellen, die eine Art Hausmeisterfunktion übernommen hatte und sich um die Hausgemeinschaft kümmerte. Zumindest sie sollte wissen, dass er als Untermieter bei Tina einziehen würde.

Fielding war froh über einen Parkplatz und stand bepackt mit einem Karton Lebensmitteln und Getränken sowie der Reisetasche mit Kleidung vor der Haustür des Mehrfamilienhauses.

Wie heißt denn diese Frau? Er hatte gedacht, beim Blick auf das Klingelschild würde ihm der Name wieder einfallen, doch stattdessen schob sich ein ganz anderes Problem in den Vordergrund, der die Sache mit der Nachbarin zur Petitesse werden ließ: Er hatte seine Geldbörse, seinen Staatsanwaltschaftsausweis und den Haustür- sowie Wohnungsschlüssel in seinem Schreibtisch vergessen.

Tina hatte ihm mit großer Geste ihren einzigen Schlüssel überreicht und vorsichtig, wie er war, hatte er ihn bei seinem Geld deponiert. Die Pforte beim Justizzentrum war um diese Uhrzeit nicht mehr besetzt, einem Wachdienst hätte er viel erzählen können, ohne Dienstausweis würde er an dem nicht vorbeikommen.

Nachdem das gedanklich geklärt war, tauchte wieder die Nachbarin vor ihm als Lösungsweg auf, vielleicht hatte sie ja einen Generalschlüssel zu den Wohnungen.

Aber wie heißt diese Frau? Er stellte sein Gepäck ab. Zum Glück hatte er sein Handy nicht im Schreibtisch eingeschlossen. Er wählte Tinas Nummer. Ihre Mailbox schaltete sich ein. *Um die Zeit nicht erreichbar?*, wunderte er sich, *was macht sie da in Berlin?*

Sie fühlte sich beim letzten Gespräch nicht gut, sie hätte Grippesymptome, hatte sie ihm vorwurfsvoll erklärt. Vielleicht wollte sie einfach nur ihre Ruhe haben und schlafen. Sich gesund schlafen.

Gerade bei dieser Überlegung wurde innen das Licht angeschaltet und ein jüngeres Paar verließ kichernd das Haus. Fielding hob mit einem Ruck die Reisetasche auf und schlüpfte durch die sich schließende Tür. Er öffnete die Tür von innen, blockierte sie mit seiner Tasche und holte seinen Karton mit den Lebensmitteln und den Getränken vom Gehweg in den Flur. Den Karton ließ er unten stehen, mit der Tasche ging er in den zweiten Stock.

»Kessler« stand auf dem Klingelschild, das war der Name der Nachbarin. Kerscht hieß sein Nachfolger, Kessler Tinas Nachbarin, fangen beide mit »Ke« an, als Eselsbrücke, versuchte er sich einzuprägen.

Es war bald 22 Uhr, zu spät, um noch zu klingeln. Er lauschte an der Tür. Zu hören war nichts. Der Türspion war dunkel. Entweder hing die Nachbarin die ganze Zeit mit dem Auge am Spion und observierte den Hausflur wie damals bei »Peeping Tom«, diesem alten Kinofilm mit Karl-Heinz Böhm als Spanner, ein Film, der seiner Karriere fast den Garaus gemacht hätte, oder sie war bereits schlafen gegangen. Bei einer betagten Dame nahm er letzteres an.

Er ging durch den Flur zu Tinas Tür, sah sich die Zarge und das Schloss an. In einem Krimi würde der Held an dieser Stelle eine Büroklammer zurechtbiegen, eine Art Kellnerbesteck mit einem Sortiment an Dietrichen oder die Scheckkarte zücken. Der Trick mit der Scheckkarte funktionierte allerdings nur, wenn lediglich der Schnapper zu überwinden war. Sobald die Tür verriegelt wurde, war ein Dietrich notwendig. Fielding hatte keine Ahnung, nahm aber an, dass Tina stets abschloss und nicht einfach die Tür ins Schloss fallen ließ. Es war ein Altbau, die Tür hatte beim Wackeln Spiel, war also keine Hochsicherheitstür.

Vielleicht kam er mit einem Schraubenzieher oder einem Eiskratzer aus dem Wagen weiter. Er ging hinunter zu seinem Golf, blockierte mit dem Karton erneut die Haustür und kam mit seinem Einbruchswerkzeug zurück. Im offenen Uralt-Sicherungskasten klackte es und zeitgleich verabschiedeten sich die Flurleuchten. Er fluchte, tastete sich an der Wand entlang, kam an Tinas Klingelknopf und erwischte schließlich den antiken Porzellandrehschalter daneben, mit dem er den eieruhrartigen Zeitmesser der Flurbeleuchtung in die nächste Runde schickte.

Der Eiskratzer war zu dick und nicht so flexibel wie seine EC-Karte, die untätig in seinem Büro herumlag. Er zersplitterte mit deprimierendem, schreiendem Krachen, wie es nur billiges Hartplastik hinbekam, das ein paar Jahre unter der Hitze und UV-Bestrahlung des Sommers und im klirrenden Frost des Winters ausgeblichen und rissig im Auto herumgammelte. Mit dem Schraubenzieher hätte er nur weiteren Flurschaden angerichtet. Also klingelte er doch bei Frau Kessler. Der Türspion blieb dunkel.

Vielleicht nimmt sie Schlaftabletten. Oder sie ist gar nicht zu Hause. Unten an der Haustür ging der Summer. Irgendjemand hatte den elektrischen Türöffner betätigt. Mit einem Ruck wurde die Haustür aufgestoßen und mindestens zwei Personen liefen die Treppe hoch. Frau Kessler konnte es nicht sein, für eine ältere Dame waren die Schritte zu dynamisch, zu schnell. Dann ging alles ganz schnell.

»Hände hoch, ich will Ihre Hände sehen!«

»An die Wand, Rücken zu mir, Beine auseinander!«

Die Befehle wurden geschrien, im Stakkato-Ton. Im trüben Licht der Flurlampe hatte er nur schwarze Schatten gesehen, die sich auf ihn stürzten. Er wurde gegen die Wand gedrückt, jemand trat ihm die Beine auseinander und fingerte an den Hosenbeinen hoch, grob packten die Hände in den Schritt, tasteten am Hemd entlang, an den Innenseiten der Arme bis hoch unter die Achseln, Rücken, Bauch. Dann erst ließen sie von ihm ab. Er drehte seinen Kopf leicht zur Seite. Es waren Uniformierte. Zwei Polizisten, der eine sicherte die Situation mit der Pistole im Anschlag, der andere sprach ins Funkgerät: »Unbekannte männliche Person festgenommen. Ob weitere Täter im Haus, unklar. Brauchen Verstärkung.« Dann wandte er sich an Fielding. »So, junger Mann, jetzt sind Sie dran. Name?«

»Johannes Fielding, tut mir leid, das muss alles ein großer Irrtum sein, ich wohne hier.«

Erst jetzt öffnete sich die Tür zu Frau Kesslers Wohnung.

»Ach, da kommt ja Frau Kessler, Sie kann Ihnen bestätigen, dass ich hier –« Weiter kam er nicht.

»Das ist er, das ist er!«, rief sie aufgebracht mit bebender, zittriger Stimme. »Das haben Sie gut gemacht, Todesangst habe ich gehabt.« Sie holte tief Luft und wiederholte dann leise, fast schon murmelnd und griff sich an die Brust: »Das waren Todesängste …« Sie trug einen Bademantel. Ihre Augen waren vor Schreck geweitet.

»Brauchen Sie einen Arzt?«, fragte ein Polizist.

»Geht schon, geht schon, aber die Aufregung! So was hatten wir noch nie in diesem Haus. Eine ganze Weile habe ich ihn beobachtet. Zuerst wollte er bei mir einbrechen. Stand die ganze Zeit vor der Tür und überlegte, wie er es anstellen sollte. Dann war er mal kurz weg, aber sein Einbruchszeug hatte er dagelassen, vielleicht noch Komplizen informiert oder so. Danach hantierte er an der Tür der Nachbarin. Die ist übrigens gar nicht zu Hause.«

Unten an der Haustür klingelte es. Frau Kessler ging ein paar Schritte zurück und betätigte den Summer. Von unten stiefelten weitere Polizisten nach oben.

»Vor der Haustür steht übrigens ein Karton mit Wein und Sektflaschen, ein paar Lebensmitteln und Konservendosen, bestimmt Diebesgut aus den Kellern«, sagte einer der Beamten, »für den Abtransport bereitgestellt.«

»Darf ich auch mal was sagen? Mein Name ist Fielding und ich bin seit heute Staatsanwalt. Ich wohne hier zur Untermiete bei Frau Brinkts. Leider habe ich meinen Schlüssel im Büro vergessen.«

»Natürlich, einfach so vergessen. Dann zeigen Sie mir bitte Ihren Dienstausweis.«

»Der liegt leider mit meinen Ausweispapieren in meinem Büro.«

»Na klar, paart sich gerade mit dem Haustürschlüssel«, der Polizist schüttelte sich und lachte in sich hinein.

»Sie wollen sagen, Ihren Dienstausweis als Staatsanwalt haben Sie einfach so vergessen?«, fragte der zweite Beamte, betont sachlicher.

»Genau, Sie sagen es.«

»In meiner Hosentasche steckt ein Handy. Rufen Sie doch bitte Frau Brinkts an, fragen Sie nach Johannes Fielding und dann klärt sich alles auf.«

»Na ja, einen Versuch ist es Wert«, sagte der ruhigere Beamte, der an den Schreibkram mit Anzeigenaufnahme und Verhörprotokollen dachte, fischte das Handy aus der Hose. »Welche Nummer?«

»Ist im Adressbuch gespeichert, Tina Brinkts. Oben im Alphabet, bei B.«

»Halten uns wohl für dämlich?«

»Nein, aber sonst suchen Sie unter T.«

»Okay, ich wähle«, sagte der Beamte. »Das Ding kann man doch bestimmt auf laut stellen, ist so was Modernes«, dann fand er das Lautsprechersymbol und im gleichen Augenblick tutete es laut.

»Dr. Mahler, wer ist da?«, meldete sich eine leise, fast flüsternde Stimme.

»Wir brauchen nur eine Auskunft. Kennen Sie einen gewissen Johannes Fielding?«

»Bin ich etwa eine Auskunftei? Ich bin Arzt. Abgesehen davon habe ich den Namen noch nie gehört. Wissen Sie eigentlich, wie spät es ist?«

»Dann müssen wir sofort Frau Brinkts sprechen!«, sagte der Polizist bestimmt.

»Das geht auf keinen Fall. Meine Patientin braucht jetzt Ruhe.«

Auf dem Display erschien ein roter, waagerecht liegender Hörer. Den zeigte der Beamte Fielding.

»Ja, sehe ich auch. Das ist das Symbol, dass der Kerl aufgelegt hat.«

»Genau, es hörte sich nach einem Kerl an. Da haben Sie recht. Ihre Freundin würde wohl anders klingen, oder?«

»Sieht schlecht aus für einen Untermieter, würde ich mal sagen«, fasste der andere Polizist die Situation zusammen.

»Das war ja nicht Tina Brinkts, das war irgendein Arzt.«

»Außerdem hätte das Ihr Komplize sein können.«

»Eben«, sagte der Polizistenkollege, der die Nummer nochmals angewählt hatte, aber nur die Mailbox erreichen konnte.

Fielding konnte in den Gesichtern der Beamten sehen, dass es eine lange Nacht werden würde. »Sie schauen mich so an, als hätten Sie mich schon vorverurteilt. Ein klarer Verstoß gegen rechtsstaatliche Grundsätze, meine Herren«, dozierte er. »Nur weil mich die Nachbarin ins falsche Licht rückt?«

In diesem Moment erlosch mit einem Klacken die Flurbeleuchtung.

10

»Meistens fangen wir gegen acht Uhr an«, sagte Paulsen.

»Und wie viel Uhr haben wir jetzt?«, fragte Fielding.

»Gleich zehn«, sagte Paulsen und drehte eine kleine Tischuhr auf dem Schreibtisch um, damit sein Besucher das Ziffernblatt sehen konnte.

»Sie sehen schrecklich aus, haben Sie die Nacht im Rotlichtmilieu recherchiert?«

»So ungefähr, ich war bei den Hilfsbeamten der Staatsanwaltschaft. Das kann ich mir doch bestimmt als Dienstzeit anrechnen lassen.«

»Wollen Sie erzählen, was passiert ist?«

»Nein.«

»Wollen Sie einen Kaffee?«

»Ja.«

Wenn es nach Fielding gegangen wäre, hätte der Tag so einsilbig bleiben können. Diese Idee zerstörte Paulsen allerdings mit dem nächsten Satz: »Wir können gleich zum Chef, Ihre Vorstellung von gestern wollen wir doch nachholen.«

»Muss das sein, heute?«

»Kommen Sie, bringen wir es hinter uns. Ziehen Sie Ihr Jackett über Ihr Knitterhemd und los geht's.«

Auf dem Weg zum Oberstaatsanwalt rekapitulierte Fielding noch einmal die letzten vier Stunden, seit sie ihn bei der Polizei entlassen hatten. Sie würden seine Angaben überprüfen und er sollte sich morgen wieder bei ihnen melden. Übernächtigt war er zu seinem Wagen gegangen, hatte sich hinters Lenkrad gesetzt, die Rückenlehne nach hinten verstellt und versucht, in den nächsten beiden Stunden die dunklen Augenringe aufzuhellen. In den Prospekten sprachen sie immer von Liegesitzen. Es war eine Tortur, er drehte sich auf die linke und auf die rechte Seite, dann gerade auf den Rücken, aber an Schlaf war nicht zu denken. Er traute sich allerdings auch nicht, in seinem Zustand zur Staatsanwaltschaft zu gehen, dort den Wohnungsschlüssel zu holen und wieder zurück zu Tinas Wohnung zu fahren. Damit hätte er fast eine Stunde Zeit verloren, wenn der Wachdienst ihn überhaupt ins Gebäude gelassen hätte. Wütend über die turbulente Nacht und den Arzt, der die Polizeibeamten abgewimmelt hatte, wählte er Tinas Nummer.

Was hatte dieser Typ bei Tina verloren? Mitten in der Nacht? Seit wann ist ein grippaler Infekt ein Notfall? Seine Analysen vermischten sich mit brennender Eifersucht, eine für ihn fremde Erfahrung. Es ging niemand ans Telefon, was seine Wut noch steigerte, weil es im Widerspruch zu Tinas Behauptung stand, sie sei krank. Dann läge sie jetzt im Bett, mit ihrem Handy auf dem Nachttisch.

Aber vielleicht war sie gerade ins Bad gegangen. Jeder verdiente eine zweite Chance. Er wartete ein paar Minuten, in denen der Schlaf weiterhin einen großen Bogen um ihn machte, dann drückte er Wahlwiederholung. Als er entnervt sein Handy ausschalten wollte, knackte es in der Leitung. Sie musste das Gespräch angenommen haben, der Wählton war verstummt. »Tina, ich weiß, dass du mich hörst. Was war denn das in der Nacht? Und vor allem wer?«

»Sag mal, bist du das, Johannes?«

»Wer denn sonst? Etwa dein Quacksalber? Sind die Doktorspiele beendet?«

»Fielding, spinnst du? Ein Kerl reicht mir.«

»Welcher Kerl? Ich oder dieser Notarzt? Vielleicht ein Anästhesist? Der dich gefügig gemacht hat!«

»Johannes, hast du getrunken? Geht es dir nicht gut?«

»Ja, im Moment geht es mit gar nicht gut. Aber ich bin nüchtern. Ernüchtert.«

»Hör zu, lass uns später reden. Ich glaube, wir brauchen beide eine Auszeit. Oder mehr Schlaf. Oder was weiß denn ich. Gute Nacht.«

Tina hatte das Gespräch beendet. Gute Nacht hatte sie gesagt. Mit matter, müder Stimme. Fielding sah auf die Uhr, 6.20 Uhr. Tina war völlig durch den Wind. Auszeit hatte sie auch noch gesagt. Entweder der sogenannte Arzt hatte sie sediert oder er hatte sie aus dem Tiefschlaf geweckt. Tina hing vielleicht an

Schläuchen, die ihr intravenös langsam tropfend Medikamente verabreichten oder Nährlösungen gegen Dehydrierung. Möglicherweise gab es Überwachungsgeräte, die ihre Vitalfunktionen unter Kontrolle hielten.

Fielding fühlte sich übermüdet. Was für ein Unsinn ihm einfiel, Tina in ihrem Schlafzimmer an medizinischen Geräten angeschlossen, als ob sie in ihrer Wohnung eine Privatklinik installiert hätten. Doch dann verfolgte ihn der Gedanke an die Überwachungsgeräte, an Herz-Lungen-Maschinen, Patientenmonitore mit Anzeigen der Sauerstoffsättigung, der Temperatur, der Herz- und Atemfrequenz. Apparaturen, die akustische Signale in diversen Tonhöhen absonderten. Irgendeines der Geräte piepte penetrant, unterbrochen von einem hydraulikbetriebenen Stampfen, Klappern und Rumpeln. Die Herz-Lungen-Maschine? Wahrscheinlich. Kolben hoben und senkten sich im Zylinder, erzeugten synthetisch einen Kreislauf. Oder pressten Luft in die Lungen und unterstützten eine sonst kollabierende Atmung. Wie auch immer das funktionieren sollte. Wie auch immer das erfunden und getestet wurde. An Primaten, an Schweinen, an Freiwilligen?

Das Piepsen wurde immer lauter, aber regelmäßiger, während das Stampfen und hydraulische Zischen in größeren Abständen erfolgte. Vielleicht der elektronisch verstärkte Klang von systolischem und diastolischem Blutdruck, der die Ejektionsleistung und Elastizität des Herzens auf computerüberwachten Monitoren anzeigte.

Fielding schreckte hoch und sah sich in einem Nebelkäfig gefangen. In seinem Auto. Der untere Lenkradkranz drückte gegen seinen Bauch. Die Scheiben waren von innen beschlagen. Mit dem Ärmel wischte er sich ein kleines Guckloch in die Seitenscheibe. Ein orangefarbener Lkw fuhr mit einem hohen Piepsen rückwärts, Männer in leuchtend rot-orangefarbenen Overalls zogen Mülltonnen auf die Straße, die von Hydraulikgreifern gepackt dem dieselstinkenden Ungetüm in den Hintern gestopft wurden.

Er sah auf die Uhr im Armaturenbrett, es war 9.30 Uhr. Unglaubliche drei Stunden hatte er geschlafen. Er kurbelte die

Scheiben herunter, wischte mit einem kleinen, kunstlederbezogenen Schwamm die Windschutzscheibe frei, startete den Motor und fuhr einem Tag entgegen, der einfach besser werden musste als die Nacht.

Der Leitende Oberstaatsanwalt residierte im obersten Stockwerk mit der schönsten Panoramaaussicht über Erfurts Altstadt.

»Und das hier ist unsere Frau Richter, sie kontrolliert den geregelten Zugang zum Chef, in homöopathischen Dosen«, sagte Paulsen lachend.

»Das weiß Herr Fielding doch, er war gestern schon hier. Aber leider sind Sie zu spät, um zehn Uhr hätte es noch geklappt. Jetzt hat er Termine und ist außer Haus. Vielleicht morgen, denn heute …«, Gerda Richter ging die Seite im Tageskalender durch, »heute wird das nichts mehr.«

»Na, halb so wild, so haben wir Zeit gespart und können direkt ran an die Arbeit«, sagte Paulsen, als sie auf dem Weg zurück in ihre Büros waren. »Ich schlage vor, ich kümmere mich um die Handydaten und Sie nehmen Kontakt mit unseren amerikanischen Freunden auf. Sie sind doch fit in Englisch, oder?«

»Macht das nicht die Kripo?«

»Eigentlich schon. Aber das machen Sie mal. Ist doch überschaubar. Sonst heißt es natürlich ›viele Hände, schnelles Ende‹.«

Fielding nickte und machte sich an die Arbeit. Learning by doing war hier also die Devise und nicht schulbuchmäßige Anweisung.

Allerdings blitzte immer wieder das Bild von Tina vor ihm auf, wie kleine Pop-up-Fenster im Internet. Es war unmöglich, sich voll auf die Arbeit zu konzentrieren. Er rief Tina an. Immerhin ein Rufzeichen und keine anspringende Mailbox.

»Ja, hallo?«, meldete sie sich endlich mit matter Stimme.

Dann musste ihr jemand das Telefon abgenommen haben, denn plötzlich war eine tiefe Stimme zu hören: »Frau Brinkts ist erkrankt und braucht Ruhe. Rufen Sie bitte in den nächsten Tagen noch einmal an.«

Das Gespräch wurde abrupt beendet.

Was war das denn? Fielding war so überrascht, dass er sofort auf Wahlwiederholung drückte. Diesmal schaltete sich die Mailbox an. Entnervt sprang er von seinem Stuhl auf und drehte empört einige Runden in seinem Büro.

Dann beschloss er, sich in der Registratur die Akte Patton geben zu lassen, und hoffte auf Ablenkung, die ihn das Gehörte vergessen ließ oder es zumindest etwas zum Verblassen brachte.

11

Bei der Aktenverwaltung waren sie gestern auf einer der kurzen Führungen, die oft unterbrochen und fortgesetzt worden waren, vorbeigekommen. Die Tür war da aber verschlossen gewesen, wahrscheinlich war gerade Mittagspause. Dennoch musste sich Fielding erneut auf den Flurwegweisern vergewissern, in welcher Etage er sie finden würde.

Er klopfte und als er nichts hörte, trat er ein. Es war, als kollidierte er mit einer unsichtbaren Wand. Hinter der Bürotür begann eine subtropische Klimazone, eine Art grüne Wohnhöhle. Die großzügige Verglasung an der Südseite war durch Spaliere immergrüner Gewächse getarnt, die bis über die von der Decke hängenden Neonröhren rankten. Auf kleinen Podesten standen Beamtengräser und Opuntien, vereint mit dick- und dünnblättrigen Palmenarten. Ein Zitronenbäumchen hatte grüne Früchte angesetzt.

Die drei Registraturkräfte hatten die Handbestäubung offensichtlich unterbrochen und sortierten Post in Akten. Dabei digitalisierten sie alle Unterlagen an Rechnern, deren große Flatscreens auf den Tischen geschickt die Flächen nutzten, die noch nicht von Pflanzen erobert worden waren. Aktenschränke selbst waren nicht zu sehen. Vor ihnen neben der Tastatur standen geleerte Sektgläser. Fielding schielte unauffällig zum Papierkorb, aus dem grüne Flaschenhälse und rotes Stanniol lugten.

Passt farblich immerhin zur Flora, dachte er.

Es klopfte hinter ihm und ein Unbekannter im Jackett trat ein, sah an ihm vorbei und stürzte sich auf die Frau an dem hinteren Tisch, die aufgestanden war und ihm entgegenlief. Sie drückten und herzten sich, Küsschen links und rechts, dann zog der Mann eine rote Rose mit verknickten Blättern hervor, die er bestimmt unterwegs aus einem Vorgarten hatte mitgehen lassen, vermutete Fielding.

Als er erneut ansetzen wollte, seine Frage zu stellen, kam der nächste Besucher herein und drückte wieder die gleiche Kollegin.

Fielding streikte und ignorierte bewusst die Drückerkolonne. Er würde der Unbekannten nicht zum Geburtstag gratulieren. Das war ihm alles zu warm und zu nahe. Er schätzte eine gewisse Distanz, auch wenn er sie bei manchen, er dachte dabei an Tina, dauerhaft verringert sehen wollte.

»Ich bin der neue Kollege, Fielding«, sagte er schließlich knapp und nickte in die Runde. Die beiden freien Damen blickten in Werstört-Manier kurz auf und setzten dann wortlos ihre Dateneingabe fort, während sich die augenscheinliche Jubilarin ihren Gratulanten widmete.

Wahrscheinlich war er der einzige Staatsanwalt, der nicht nur Zeit und Muße fand, persönlich die Akten abzuholen, sondern auch den Mut aufbrachte, in dieses Biotop wie ein Bulldozer im Amazonasdelta einzubrechen. Schließlich änderte er seine Taktik und sprach gezielt jemanden aus dem Team an.

»Die Akte Patton hätte ich gerne«, sagte er zu der Mitarbeiterin, die relativ jung war und als Praktikantin durchgehen würde, »P wie Paula, A wie Anton und T wie …«

»T wie tot«, unterbrach ihn eine ältere, blonde Kollegin, der an ihrem vollen Gesicht die jahrzehntelange sitzende Tätigkeit anzusehen war, »wir reden von nichts anderem. So was hatten wir hier noch nie. Einen Toten im Justizzentrum. Was sagte mein Vater immer, wenn einer kommt, muss ein anderer gehen. Stimmt erschreckend oft. Als mein Enkel geboren wurde, starb zum Beispiel die Schwiegermutter meiner Tochter. Hatten Sie nicht an dem gleichen Tag Ihren Dienstantritt bei uns?« Sie machte eine kleine Pause und Fielding nickte. »Sehen Sie, mein Vater hatte mal wieder recht.«

»Ja, aber meine Geburt liegt nun doch schon einige Jahre zurück«, sagte er und hoffte, endlich zum Thema kommen zu können.

»Ich meine so im übertragenen Sinne, der eine kommt, der andere geht«, sagte sie.

»Habe ich schon verstanden. Die Akte Patton hätte ich trotzdem gerne«, wiederholte er.

»Da sind Sie heute schon der Zweite, der danach fragt.«

»Ach ja? Wer denn noch?

»Paulsen, Ihr Ausbilder hat auch nach der Akte gefragt.«

»Entschuldigung, aber Paulsen ist nicht mein Ausbilder!«

»Hat er aber gesagt«, meinte die blonde Sachbearbeiterin in einem Ton, in dem Trotz mitschwang.

Paulsen, dieser Angeber, dachte Fielding.

»Danke, dann muss ich sie mir bei Herrn Paulsen holen. Muss das hier irgendwie vermerkt werden, wer wann welche Akte im Besitz hat?«

»Moment, junger Mann, habe ich gesagt, dass Paulsen die Akte erhalten hat? Er hat danach gefragt, sie aber nicht bekommen«, trumpfte sie auf.

»Na prima, ist das jetzt hier ein lustiges Ratespiel, oder was? Also, wer hat denn aktuell die Akte Patton?«

»Na, wie bisher Herr Hildebrandt, da gehen Sie besser zu ihm«, sagte die Blonde triumphierend.

Fielding verließ die Registratur grußlos. Er wollte die Damen nicht mit einem verschwundenen Hildebrandt beunruhigen und hoffte, dass sie bei seinem nächsten Besuch in der Registratur von der grünen Hölle verschluckt sein würden. Er hatte bereits zuvor Hildebrandt aufsuchen wollen, ihn aber nicht gefunden. In der Geschäftsstelle wusste man von nichts, er hatte weder Urlaub eingetragen, noch war eine Dienstreise geplant.

12

Mittags setzten sich Paulsen und Fielding wieder zusammen und tauschten die Ergebnisse aus. Richtig ergiebig war es nicht und zum Schluss war der Berg unbeantworteter Fragen noch größer geworden.

»Wie sind Sie denn vorgegangen?«, fragte Paulsen.

»Zunächst habe ich mir das Gesetz über die internationale Rechtshilfe in Strafsachen angesehen. Hildebrandt hatte doch von Betrügereien berichtet, die Patton bei ihm anzeigen wollte. Ich bin davon ausgegangen, dass Patton bereits in den Staaten die Behörden alarmiert und möglicherweise schon Klagen angestrengt hat, weil die Schadenersatzleistungen in den USA weit höher liegen als bei uns. Da war aber nichts. Er führte gegen deutsche Staatsbürger keine Prozesse, keine Zivilklagen, keine Strafrechtsverfahren. Ermittlungen in Sachen John Patton seien unbekannt, wurde mir soeben gemailt.«

»Stopp. Was ist mit seinen Milliardenverlusten im Investmentbereich, von denen Hildebrandt uns erzählt hat?«

»Das ist was anderes. Deshalb hat er verschiedene Schadenersatzklagen eingereicht, die er aber alle weitgehend verloren hat. Da dürfte es auf den ersten Blick niemanden geben, der sich an Patton rächen wollte. Und dann hätte dieser Jemand bereits in den Staaten zugeschlagen und nicht erst in Deutschland. Er muss hier Feinde gehabt haben, die ihre Chance direkt vor Ort genutzt haben – so meine Vermutung.«

»Sie könnten recht haben, wir sollten aber die anderen Verfahren immer im Hinterkopf speichern«, meinte Paulsen.

»Wo ist eigentlich Hildebrandt?«, fragte Fielding.

»In seinem Büro, nehme ich an.«

»Nein, ich stand eben vor seinem Zimmer, aber es war verschlossen. In der Geschäftsstelle wusste auch niemand, wo er ist«, meinte Fielding.

»Brauchen wir ihn denn jetzt?«

»Ich denke schon. In Sachen Patton und seiner Gemälde habe ich mal weiter recherchiert. Die Sache scheint reichlich kompliziert, verworren und es wird vielleicht einen Verlierer geben.«

»Patton!«

»Sowieso, als Toter. Mehr verlieren konnte er nicht, aber den meine ich gar nicht«, sagte Fielding und ärgerte sich über Paulsens Spitzfindigkeit.

»Was haben Sie denn herausgefunden?«

»Patton stand unmittelbar vor einer Beschlagnahmeverfügung durch den amerikanischen Bundesanwalt. Hätte er dem nachgegeben und das umstrittene, oder wie wir Juristen sagen, streitbefangene Gemälde herausgegeben, könnte er möglicherweise einen Schadenersatzanspruch gegen das Auktionshaus geltend machen.«

»Ja, und weiter?«.

»So einfach ist es nicht, denn nach deutschem Recht gibt es in Versteigerungen den gutgläubigen Erwerb. Das Bild hätte nicht beschlagnahmt werden können.«

»Wurde es aber oder wird es«, konterte Paulsen.

»Ja, in Deutschland zwar nicht, aber in den USA. Seine Klage auf Schadenersatz ginge allerdings ins Leere, weil Patton nicht hätte darlegen können, dass es für den amerikanischen Beschlagnahmeanspruch eine Entsprechung im deutschen Recht gibt.«

»Verstehe ich nicht«, murmelte Paulsen.

»Also nochmal. Wenn es nach deutschem Recht in Versteigerungen den gutgläubigen Erwerb gibt, kann das Bild in Deutschland nicht beschlagnahmt werden. Würde das Auktionshaus verklagt, könnte es entgegenhalten, dass Patton keinen Schadenersatzanspruch gegen das Auktionshaus durchsetzen kann. Was kann ein Verkäufer tun, wenn irgendein Staat auf der Welt plötzlich mit einer Rechtsnorm kommt, die eine Beschlagnahme vorsieht? Hätte Patton das Gemälde in Deutschland gelassen, wäre der Anspruch der Amerikaner auf Beschlagnahme kaum durchsetzbar.«

»Und das ist sicher?«, fragte Paulsen und hob die Augenbrauen.

»Nein, diese Argumentation steht auf tönernen Füßen, da das rechtliche Problem noch nicht ausgeurteilt ist, und es hätte für Patton ohnehin schlecht ausgehen können. Die Prozesskosten hätten ihn eine weitere Stange Geld gekostet. Und jetzt komme ich zu den eigentlichen Verlierern, nämlich Pattons Erben. Die erwarten vermutlich längst keine Milliarden mehr, aber einen dreistelligen Millionenbetrag. Und der könnte weggeschmolzen sein durch Investitionen in Raubkunst.«

»Das können wir ja alles noch mal mit Hildebrandt diskutieren, der hat doch auch schon viel Zeit mit dem Fall verbraten. Jetzt raucht mir der Kopf, wir gehen mal raus, nicht wieder in die Kantine. Wie wäre es mit dem Italiener an der Staatskanzlei?«

Der Platz vor der Staatskanzlei war neu gestaltet worden. Fielding kannte das sogenannte Schiffshebewerk von Fotos aus den Achtzigerjahren, eine Dauerbaustelle, die vor der Wende nicht mehr fertig gestellt werden konnte und die mit dem Mauerfall keiner mehr haben wollte. Doch die Schätzkosten verhinderten den Abriss des Gebäudes. Irgendwann schrieben sie den Abbruch aus und wunderten sich, dass es ein Nordhäuser Schachtbaubetrieb für einen Bruchteil der veranschlagten Summe schaffte, den Komplex in kürzester Zeit dem Erdboden gleichzumachen. Die Stadt Erfurt hatte die gigantische Baugrube verfüllen und, statt Parkhaus oder City-Mall hochzuziehen, alle Investorenträume platzen und eine Grünfläche mit Spielplätzen und Ruhebänken anlegen lassen.

Respekt, dachte Fielding.

Sie setzten sich in den Biergarten mit Blick auf die Staatskanzlei in der barocken ehemaligen Kurmainzischen Statthalterei, sahen sich die Karte an und wählten beide Pizza und Apfelschorle. Paulsen wollte gerade von seinen Recherchen berichten, als sein Blick ein paar Tische weiter hängenblieb.

»Herr Fielding«, flüsterte er, »jetzt kann ich Sie doch noch mit dem Chef bekannt machen. Das ist also sein unaufschiebbarer Termin. Solche Termine hätte ich auch gerne.«

Paulsen deutete auf einen Tisch in der Ecke des Biergartens. Ein stämmiger älterer Herr mit in Würde ergrautem, aber noch vollem Haar war in eine angeregte Unterhaltung mit einer attraktiven dunkelhaarigen Frau im eleganten dunkelblauen Hosenanzug vertieft.

»Moment, das werde ich mal austesten, was das für eine Besprechung ist«, sagte Paulsen und zog sein Handy aus dem Jackett.

»Sie wollen ihn doch wohl nicht anrufen?«

»Ich zünde erst eine Vorstufe«, sagte Paulsen trocken. »Ja, hier Paulsen, Frau Richter, ich müsste dringend den Chef sprechen, wäre das möglich? Heute früh um zehn Uhr war es ja nicht einzurichten.« Paulsen nickte und streckte einen Daumen nach oben. Frau Richter schien mit einigen Sätzen ihr Bedauern auszudrücken, dass der Chef noch nicht zu sprechen war. »Ja, da kann man nichts machen, schade«, sagte Paulsen und drückte Frau Richter weg.

»Nein, Herr Fielding, der Leitende Oberstaatsanwalt Dr. Wessels ist in einer dringenden Mission unterwegs, sagt Frau Richter. Wie dringend, sehen Sie ja gerade.«

Paulsen schien entweder über eine Portion Humor oder eine leicht destruktive Ader zu verfügen. Er steckte sein Handy nicht weg, sondern suchte in seinem elektronischen Telefonbuch eine weitere Nummer und wählte. Fielding beobachtete, wie sich Dr. Wessels an die Brust fasste, als spürte er erste Vorboten eines Infarkts, dann ging seine Hand suchend unter den Blazer und fischte ein Handy heraus. Zu Fieldings und Paulsens Überraschung drückte er das Gespräch nicht weg, sondern hielt sich das Handy ans Ohr.

»Ja, Paulsen hier. Guten Tag, Herr Dr. Wessels, ich wollte Ihnen heute unseren neuen Mitarbeiter vorstellen, Johannes Fielding. Frau Richter sagte, es würde heute sehr knapp werden mit Ihrer Zeit, wann könnte es denn klappen?« Paulsen stellte den Lautsprecher an.

»Heute auf keinen Fall. Ich weiß nicht, was ich zuerst machen soll. Nein, in den nächsten Tagen bestimmt, aber unser Novize läuft uns ja nicht weg, oder?« Fielding hörte ein tief grollendes Lachen, leicht verzerrt aus dem Lautsprecher und im Original von dem hinteren Tisch. »Hören Sie, Herr Paulsen, ich will, dass Sie mit dem neuen Mitarbeiter an dem Fall Patton dranbleiben. Bestimmt ideal, um ihm dabei die wichtigsten Schritte in den Ermittlungen aufzuzeigen. Ist ja alles plastischer als ein Lehrbuch oder diese abstrakten, theorielastigen Ausführungen unseres Trainee-Programms. Ach ja, und dann kann er sich mal um Aufklärung bemühen, wer kurz vor der Feuerwehrübung unsere Zufahrt planiert hat.«

»Die Verbindung scheint schlecht zu sein«, log Paulsen und sah Fielding fragend an, »wer hat da was planiert?«

»Na, so ein Vollidiot hat doch wie mit einem Mähdrescher alle Poller abrasiert.«

»Ach, die Geschichte. Das ging im Trubel des Feueralarms etwas unter«, Paulsens Lachen wirkte aufgesetzt. »Ja, wir, ich meine, Herr Fielding wird sich darum kümmern.«

»Okay, ich muss jetzt wirklich Schluss machen, der soll das aber schulbuchmäßig machen, Lackspuren auswerten und so weiter. Der kann wegen mir auch die Kriminaltechniker anrücken lassen. Bei der Gelegenheit lernt er die Kollegen kennen.«

Dann knackte es im Lautsprecher und das Gespräch war beendet. Fielding sah, wie Dr. Wessels kopfschüttelnd auf das Handy sah und es mit einer Geste des Bedauerns in Richtung der attraktiven Begleiterin wieder in seinen Blazer schob.

13

Später am Nachmittag trafen sie sich erneut kurz auf einen Kaffee in Paulsens Büro.

»Vielleicht kann ich Sie auch mal dem Generalstaatsanwalt vorstellen«, sagte Paulsen, als beide an die Mittagspause beim Italiener zurückdachten.

»Nur zu«, erwiderte Fielding trocken, »wir sollten den LOStA direkt überspringen, wenn er sowieso keine Zeit für uns hat.«

»Mit dem General wird's bestimmt auch nicht so schnell was.«

»Weil er mit seinen Frauen ähnlich überlastet ist?«

»Fielding, bitte«, tadelte Paulsen, musste aber dabei grinsen. »Wegen der baldigen Neuwahlen bröselt der Koalitionsfrieden. Aus Partnern werden wieder Wahlkampfgegner. Der Ministerpräsident blockiert die Neubesetzungspläne vom Justizminister. Die Staatskanzleiministerin hat seinen Antrag, die Personalie des Generalstaatsanwalts auf die Kabinettstagesordnung zu setzen, kurzerhand abgelehnt.«

»Üblicherweise wird im Koalitionsvertrag geregelt, Personalentscheidungen einvernehmlich vorzunehmen und dem jeweiligen Ressortchef die Auswahlkompetenz zuzubilligen«, sagte Fielding.

»Ja, klasse! Soweit zur Theorie. Haben Sie noch ein paar Witze auf Lager? Bei diesem Koalitionspoker soll es angeblich einen lachenden Dritten geben. Ein Name war noch nicht zu hören. Er soll direkt aus dem Bundesjustizministerium kommen und will sich zunächst die vier Thüringer Staatsanwaltschaften und das Oberlandesgericht in Jena ansehen.«

»Oh, scheint ein Ästhet, nein, ein Paradiesvogel zu sein. Erst wenn ihm das Nest gefällt, setzt er sich hinein. Wir sollten ihm die Fassaden noch etwas aufhübschen, obwohl Schöntrinken billiger käme«, spöttelte Fielding, »bei Gelegenheit könnte ich aber Werner Kolb fragen, ob er sich beim Bundesjustizminister erkundigt. Der muss es ja wissen.«

»Nein, auf keinen Fall. Wir mischen uns da nicht ein.«

Nach dem Kaffee wollte Paulsen mit Fielding Rücksprache bei Dr. Wessels nehmen. Das Vorzimmer mit Gerda Richter war nicht besetzt, also marschierten sie ungebremst durch, klopften kurz und öffneten die gut gepolsterte Tür, die ein »Herein« oder »Moment« genauso verschluckte wie alle sonstigen Geräusche einer wuselnden Behörde.

Wessels saß an einem kleinen Couchtisch über Eck mit der attraktiven Unbekannten, die sie im Biergarten der Pizzeria vor der Staatskanzlei gesehen hatten. Sie hielten Cognacschwenker in der Hand und schienen in gelöster Stimmung zu sein.

So, wie man einen erfolgreichen Abschluss feiert oder ..., weiter kam Paulsen mit seinen Überlegungen nicht.

In der Tür zum Vorzimmer erschien Frau Wessels, die Ehefrau des Chefs. Paulsen, der nach wie vor im Türrahmen zum Chefbüro stand, kam sich vor wie die Frikadelle, die zwischen zwei Brötchenhälften gepresst wurde, zusammen mit Fielding, der in seiner deprimierten Untergangsstimmung, an die Krise mit Tina denkend, den bittersüßen Senf abgab.

»Herr Paulsen, Sie brauchen hoffentlich nicht lange, ich muss meinen Mann sprechen.«

Paulsen zog die Tür wieder zu, ging schnell Frau Wessels entgegen. »Ihr Mann ist mit Frau Richter unten in die Kantine gegangen, hier ist er nicht, kommen Sie, wir können ihn ja gemeinsam suchen«, improvisierte er so flüssig und souverän, dass sogar Fielding einen kurzen Moment lang glaubte, eben nur auf ein großes Poster des Chefs mit dieser unbekannten Frau geblickt zu haben.

Frau Wessels machte auf dem Absatz kehrt und folgte Paulsen, der so schnell wie möglich zum Treppenhaus eilte, um zügig aus der Gefahrenzone einer kurz vor der Eruption stehenden Ehekrise zu gelangen. Doch Paulsen hatte sich verschätzt. Auf halbem Weg überlegte es sich Frau Wessels anders, drehte um und lief Fielding in die Arme, der gerade die Tür zum Vorzimmer von Frau Richter schloss.

»Ach, ich lasse meinem Mann einfach eine Notiz da, er kann mich ja auch auf dem Handy erreichen, junger Mann«, erklärte sie.

Fielding fühlte sich betrogen. Die ganze Nacht und den Morgen über hatte er nur an Tina gedacht, wie sie sich von diesem Arzt würde pflegen lassen, wie sie ihn mit ihren großen neugierigen Augen verschlingen würde, wie er es vor einigen Monaten selbst erleben durfte. Sie hatte nicht einmal gefragt, wie es ihm in den ersten Tagen ergangen war, sondern nur erzählt, wie toll dieser junge Arzt sei, was er schon alles an Tipps gegeben hätte. Einen Moment lang hatte er geglaubt, der Quacksalber hätte sie unter Drogen gesetzt und gefügig gemacht.

Mit Blick auf Wessels und dessen augenscheinliche Affäre kam seine Eifersucht wieder hoch und er fühlte sich als Opfer, als Betroffener. Für ihn war dieses Hin- und Hergespringe zwischen Partnern Verrat und Betrug. Wer konnte sich da besser in die bedauernswerte Frau Wessels hineinversetzen als er? Daher würde er alles verhindern, was ihn in den Augen der anderen als Betrüger oder Beihilfeleistender eines Betrügers dastehen ließe.

»Kommen Sie, Frau Wessels, Ihr Mann ist in seinem Büro.« Mit diesen Worten öffnete er das Vorzimmer, ging galant vorweg und öffnete Frau Wessels ohne Klopfen die Tür des Chefs. Dr. Wessels und seine Begleiterin hatten die Cognacschwenker aus der Hand gestellt und saßen weiterhin vertraut am Couchtisch. Fielding sah der Figur von Frau Wessels hinterher, die für ihr Alter, sie mochte wie ihr Mann Anfang sechzig sein, etwas zu hohe Absätze trug und die dadurch erreichte Höhe durch eine hochtoupierte Frisur noch weiter steigerte. Fielding lauschte nicht an der Tür. Das, was sich jetzt dahinter abspielen würde, wäre reine Privatsache. Bestenfalls, wenn einer der Akteure laut um Hilfe schreien würde, müsste er eingreifen.

Im Flur traf er wieder auf Paulsen. »Wo ist sie hin?«, fragte er.

»Wer?«

»Na, Frau Wessels, ich muss sie abgehängt haben.«

»Sie ist drin, beim Chef.«

»Oh Gott. Haben Sie das nicht verhindern können?«, fragte er ungehalten.

»Warum, ich bin weder der Erziehungsberechtigte noch bei der Sitte.«

»Die miese Laune des Chefs könnte aber schnell auch auf uns …«, weiter kam er nicht, denn Frau Wessels flötete ein helles, freundliches »Auf Wiedersehen« ins Büro des Chefs, nickte Paulsen und Fielding gut gelaunt zu und raschelte in ihrem Taftkleid zur Pforte.

Paulsen blickte ihr wortlos hinterher und Fielding murmelte nur ein trockenes »Menage à trois«, bevor sie in ihre Büros gingen.

»Hildebrandt ist nach wie vor nicht im Büro. Das Personalreferat hat von ihm weder eine Krankmeldung bekommen noch sonst was gehört. Langsam mache ich mir Sorgen um den Kollegen«, sagte Paulsen.

»Er wäre jetzt umso wichtiger. Mir sind ein paar Fragen zu John Patton eingefallen, die nur er beantworten könnte. Warum kam Patton zu ihm und ging nicht zu einem Rechtsanwalt? Warum finde ich kein Aktenzeichen? Wenn ich bei der Registratur anfrage, kommt nur »nicht vorhanden« zurück. Hildebrandt scheint etwas nachlässig mit der Aktenführung zu sein«, beklagte sich Fielding.

»Hildebrandt hat nachgelassen. Nach dem Krebstod seiner Frau ist er nicht mehr der Alte«, sagte Paulsen nachdenklich.

»Ich könnte zu ihm hinfahren und nachsehen«, schlug Fielding vor.

»Gute Idee. Ich würde ja mitfahren, aber Wessels fände das gar nicht gut, wenn wir gleich zu zweit nach Hildebrandt sehen. Er wohnt ganz nett, in der Geibelstraße. Gehobenes Viertel, direkt unter dem Steigerwald. Wenn man dort wohnt, hat man es geschafft. Ein paar nette Villen. Ist was zum Träumen.«

Fielding kannte die Gegend, da er sie damals als Referent im Wissenschaftsministerium joggend erkundet hatte. Wer vor der Euro-Krise in der Parkstraße wohnte, zwei Parallelstraßen oberhalb der Geibelstraße, brauchte als Villeneigentümer bei Krediten keine Bonitätsprüfung über sich ergehen zu lassen.

14

Fielding stieg in seinen Golf, fuhr über den Gothaer Platz durch die Alfred-Hess-Straße, ebenfalls ein vornehmes Viertel, und war nach gut fünfzehn Minuten an Hildebrandts Adresse. Architektenhaus aus den Sechzigerjahren, gediegen saniert, anthrazitfarben eloxierte Fensterrahmen, blendend weiße Fassade und über allem ein Walmdach mit schwarz glasierten Ziegeln. Der Schwarz-weiß-Kontrast setzte sich auch an anderen Stellen fort. Der Traufstreifen um das Haus war mit weißen Kieseln aus dem Baumarkt belegt, die Pflasterung bestand aus schwarzem Schiefer und durch das schwarze Schmiedegitter, das das Grundstück umfasste, mogelten sich weiße Rosen. Fielding tippte auf Hildebrandts verstorbene Frau, die sich mit den kontrastreichen Chanel-Tönen ausgelebt hatte. Immerhin war der E-Klasse Mercedes klassisch obsidian-schwarz metallic und nicht etwa in schwarz-weißem Pepita-Muster foliert. Es war ein ruhiges Viertel, die ICE-Trasse mit den hohen Schallschutzwänden war weit genug entfernt, um Augen und Ohren nicht zu behelligen.

Fielding parkte. Nur das Schwarz des Golfs passte zum Haus, der Rest des Wagens störte das mondäne Bild wie Rotwein aus dem Tetrapak beim Sommerfest des Bundespräsidenten. Er klingelte, hörte innen den Gong im Westminsterton auffallend laut, als ihm auffiel, dass die schwere Haustür mit der senkrechten Chromstange nur angelehnt war.

»Herr Hildebrandt, sind Sie zu Hause?« Er drückte die Tür weiter auf. Innen flutete Kaffeeduft den Flur. Er trat ein, der Duft strömte aus der Küche, Hildebrandt war anscheinend gerade beim Kaffeebrühen. »Herr Hildebrandt, ich bin's, Johannes Fielding, Ihr neuer Kollege, wir machen uns Sorgen, weil Sie sich nicht gemeldet haben.«

Auch der Innenarchitekt hatte sich mit den beiden Kontrasttönen Schwarz und Weiß austoben dürfen. Er ging auf den Fliesen im Schachbrettmuster durch den Flur zur Küchentür, die ebenfalls nur angelehnt war. Er klopfte und öffnete sie. In der hochwertigen

Luxusküche war niemand. Auf der Anrichte köchelte einsam eine Kaffeemaschine vor sich hin. Sie musste bereits vor einer Weile durchgelaufen sein, denn nichts tröpfelte mehr aus dem Filter in die Kanne.

»Das wird der Rositzer Teersee, wenn die Heizplatte die schwarze Tunke weiter eindampft«, murmelte Fielding und hatte die Hand fast schon am rot leuchtenden Schalter, als er sich bewusst machte, dass ihn das nichts anging.

Eine Glastür führte ins Wohnzimmer. Die Glasscheibe war künstlerisch bearbeitet worden und hatte dadurch so stark an Transparenz verloren, dass Fielding nur einen unscharfen dunklen Schatten sah, der durch das Wohnzimmer huschte. Dann hörte er das Knirschen von Glas und das Zuschlagen einer Tür.

»Herr Hildebrandt?«, rief Fielding besorgt und öffnete die Glastür, doch das Wohnzimmer war leer.

Es knirschte unter seinen Füßen und erschrocken blickte er auf den Marmorboden. Er war mit Glasstückchen übersät. Die Terrassentür war eingeschlagen worden. Von außen. Durch die Tür musste auch der Typ verschwunden sein, der als Schatten durch den Raum geeilt war.

Dann sah Fielding die Blutstropfen. Vielleicht hatte sich der Täter beim Einschlagen der Scheibe geschnitten. Oder Hildebrandt lag verletzt hinter der Couch. Ängstlich sah Fielding hinter die Sofagarnitur. Nichts, aber einige Blutstropfen waren verwischt, als habe jemand mit den Fingern oder der Hand hineingefasst. Darum konnte er sich jedoch im Augenblick nicht kümmern, er wollte dem Flüchtenden hinterher, von dem er noch nicht einmal wusste, ob es ein Unbekannter oder Hildebrandt selbst war.

Fielding riss die Terrassentür mit dem geborstenen Glaseinsatz auf, lief über den Rasen zum Zaun und sah gerade noch, wie ein dunkler Van mit quietschenden Reifen nach Westen in die Gustav-Freytag-Straße einbog. Er sprintete zum Eingangstor, raus auf die Straße. Nur sein Golf und weiter hinten ein silberner Opel Astra parkten in der Straße. Der Opel hatte noch nicht dort gestanden, als er ankam, und der schwarze Van war ihm nicht aufgefallen.

Er hörte zwar noch den dröhnenden V8-Motor des Vans, aber das Geräusch wurde rasch leiser und schien sich mit hohem Tempo zu entfernen. Er hetzte zum Wagen, startete und raste dem Van hinterher. So heftig, wie der Van Gas gegeben hatte, musste er wohl in die Motzstraße eingebogen sein. Die lange gerade Straße, parallel zum Kressepark und zur Bahnlinie, war ideal für aufgemotzte Schlitten. Keine Ampel störte die Flucht. Der Golf war zwar leicht untermotorisiert, wog aber auch viel weniger als die Ami-Wuchtbrumme. Von Weitem sah er die Bremslichter des Vans aufleuchten, als der den Ortsanfang von Hochheim erreichte.

»Warte, du entkommst mir nicht«, murmelte Fielding. Er schaltete in den vierten Gang, beschleunigte, steckte sich das Head-Set ans Ohr und wählte Paulsens Nummer. Er gab schnell durch, dass er Hildebrandt nicht gesehen hatte, ein flüchtender Eindringling ihm allerdings auch keine Zeit gelassen hatte, das Haus abzusuchen.

Paulsen grummelte und machte Anstalten, nachzuhaken, was es mit dem Eindringling auf sich hatte, aber Fielding würgte Nachfragen ab und vertröstete ihn auf später.

Hinter ihm fuhr ein silberner Astra. Jetzt erreichte auch Fielding nach der langen Geraden Hochheim, bremste ab und bog in die schmalen Gassen. Hier im kleinen verwinkelten Ortskern, an ein paar uralten Fachwerkhäusern vorbei, war der kleine Golf klar im Vorteil.

Ich muss einfach aufholen, dachte Fielding. Er musste stoppen, scherte nach links in die Bischlebener Straße ein und trat das Gaspedal bis zum Blech durch. Der Van beschleunigte ebenfalls, konnte den Abstand jedoch nicht vergrößern.

Fielding blickte in den Rückspiegel. Hinter ihm fuhr immer noch der silberne Opel Astra, der offensichtlich mitgehalten hatte. Er rief erneut Paulsen an. »Der Flüchtende hat mich noch nicht abgehängt. Es wäre gut, wenn die Kripokollegen hinter mir die Führung übernehmen könnten, vielleicht denken die im Van dann, ich hätte die Verfolgung aufgegeben. Außerdem scheint der Opel mehr unter der Haube zu haben als mein Diesel.«

»Von welchen Kripokollegen reden Sie? Ich habe keine beauftragt.«

Langsam wurde es Fielding mulmig zumute. Vor ihm befanden sich die Flüchtenden und hinter sich hatte er selbst einen Verfolger.

Dann ging alles ganz schnell. Der Van stieg voll in die Eisen und bremste bis zum Stillstand ab. Die Rückfahrscheinwerfer leuchteten auf und der Van nahm Fieldings Golf ins Visier. Fielding hielt mit quietschenden Reifen an und versuchte so, das Schlimmste zu verhindern. ABS hatte sein Wagen nicht, er zog leicht nach rechts. Der Van kam mit aufheulendem V8 immer näher. Fielding rammte den Rückwärtsgang ins Getriebe, doch der Astra versperrte ihm den Weg. Unvermittelt bog dieser nach links auf den Parkplatz zum Möbisburger Freibad ein. Dahinter kam allerdings das nächste Hindernis, in Form eines schweren Sattelschleppers, zum Vorschein, der wie ein Schleppverband auf einem Fluss kaum abzubremsen war. Der Lkw schaltete sein ohrenbetäubendes Nebelhorn ein.

Fielding konnte nur in Bruchteilen von Sekunden entscheiden. Entweder er würde sich zwischen Van und Lkw zermalmen lassen oder es fiel ihm eine andere, rettende Idee ein.

Nur noch wenige Meter lagen zwischen Van, Golf und Sattelschlepper. Das Bild einer Metallpresse auf dem Schrottplatz blitzte in Fieldings Kopf auf. Die kreischenden Bremsen des Lkws schrien förmlich heraus, dass sie es nicht schaffen würden. Unmittelbar vor der Kollision riss Fielding das Lenkrad herum und der Golf schoss rückwärts, fast im 90-Grad-Winkel eine Böschung in ein Rapsfeld hinunter. Die dicken, hohen Halme bremsten mit klackernden Knickgeräuschen das Tempo. Der Lkw blieb auf der Hupe, musste nach links ausscheren und zog haarscharf am Van vorbei. Der Van gab wieder Gas und verschwand im Windschatten des Sattelschleppers.

Fielding zitterte. Den Wagen hatte er abgewürgt. Er startete, aber der Golf grub sich mit dem Antriebsrad tief in die Ackerfurche. Der Reifen zog dicke Rapshalme in die Kuhle, die zermalmt so glitschig wie Schneematsch wurden. Ohne Abschleppwagen hing er fest. Er stieg aus und horchte dem V8 hinterher. Er schien durch Möbisburg zu fahren. Wahrscheinlich wollte er über Waltersleben zur Autobahn. Sofort rief er Paulsen an. Sie sollten schnellstmöglich ein paar Wagen zur Auffahrt Erfurt-West schicken und einen Wagen zu Hildebrandt. Es sei nicht ausgeschlossen, dass er sich nach dem Überfall irgendwo im Haus versteckte. Den Notarzt sollte man nicht vergessen, da das Blut vom Einbrecher, aber auch von Hildebrandt stammen könnte. Seine Entführung könnte ebenfalls nicht ausgeschlossen werden.

Anschließend ging Fielding um sein Auto herum, trat ein paar Rapspflanzen zur Seite und suchte nach einer Lösung für sein Problem.

»Sind Sie Johannes Fielding?«, fragte der Mann, der aus dem Opel Astra ausgestiegen war. Er war ungefähr in Fieldings Alter, also Anfang dreißig, stand am Straßenrand und blickte auf ihn herunter. Er wartete nicht auf eine Antwort, sondern reichte ihm die Hand, um ihn die Böschung hoch zur Straße zu ziehen.

»Wer will das wissen?«, fragte Fielding zurück. Er wusste nicht, warum, aber sein Instinkt sagte ihm, dass mit dem Mann etwas nicht stimmte. Er nahm das Angebot nicht an und stieg ohne Hilfe die Böschung hoch. In dem Moment, als er sich aufrichtete, sah er, wie sich der Fremde vor ihm aufbaute und zum Schlag ausholte.

Instinktiv duckte er sich. Den Faustschlag, der sein Ziel verfehlte, nutzte er zur Gegenattacke. Der Mann hatte seine Kraft und den Schwung für einen Kinnhaken in den Arm gelegt. Fielding packte den an ihm vorbeischnellenden Arm, bückte sich und hebelte den überraschten Angreifer über die Schulter hinter sich ins Rapsfeld.

Das war Judo für Anfänger, so ungefähr die erste Lektion, dachte Fielding. Dann lief er los, riss die Tür zum Opel auf und wollte die Verfolgung des Vans wieder aufnehmen. »Shit!«, fluchte er. Der Unbekannte, der sich gerade halb benommen aus dem Rapsfeld hochkämpfte, musste den Zündschlüssel eingesteckt haben. Im Krimi rupften die Helden in solchen Situationen die untere Abdeckung des Armaturenbretts herunter, rissen ein paar bunte Strippen aus dem Kabelbaum, hielten die beiden richtigen bereits abisolierten Kabel funkensprühend gegeneinander, bis der kurzgeschlossene Anlasser den Motor startete. Fielding bedauerte in diesem Augenblick, sich nie für die Bordelektronik interessiert zu haben. Dann musste es eben die große Geste der Versöhnung sein. Er stieg aus und lief dem Mann entgegen.

»Was immer das eben sollte, wer Sie auch sind, Ihr Wagen ist beschlagnahmt. Da Sie meinen Namen kennen, wissen Sie bestimmt, dass ich Staatsanwalt bin. Also schnell jetzt, wir müssen dem Van hinterherfahren.«

Fielding dachte gar nicht daran, den Unbekannten fahren zu lassen. Wie selbstverständlich setzte er sich auf den Fahrersitz, drückte von innen die Beifahrertür auf und ließ sich von dem ruhig gewordenen Angreifer die Schlüssel geben. Fielding wusste, dass er auf der Hut sein musste. Noch nutzte er den Überraschungseffekt aus und hoffte auf imaginäre Fesselungskünste kraft des autoritären Amtes eines Staatsanwalts. Er startete und raste dem schwarzen Van hinterher, von dem nichts mehr zu hören war. Er konnte nur raten, wohin er gefahren sein könnte, und tippte auf das Etappenziel Autobahnauffahrt Erfurt-West. Ein Blick zur Seite verriet ihm, dass der Mann mit schmerzverzerrtem Gesicht seine Hüfte rieb.

»Du hättest mir den Hals brechen können«, klagte er.

»Und du mir den Kiefer«, raunzte Fielding zurück. »Und überhaupt, kennen wir uns? Wüsste nicht, dass ich dir das Du angeboten hätte.«

Wieder ging es durch schmale Gassen in Möbisburg, dann die schmale Verbindungsstraße hinauf nach Waltersleben. Aber vergeblich, von dem schwarzen Wagen war nichts mehr zu sehen. Er konnte zurück nach Erfurt gefahren sein oder bei der Auffahrt Erfurt-West die Richtung Dresden oder Frankfurt gewählt haben.

Wenn der mit seinem V8-Motor aufdreht, komme ich mit dem Astra nicht mehr hinterher, dachte Fielding und schlug verärgert auf das Lenkrad. Langsam rollte er an den Auffahrten der Autobahn vorbei und weiter geradeaus nach Eischleben.

»Hier, ruf mal Paulsen an, ist im Menü Telefonbuch.«

Der Unbekannte nahm das Handy, das genau in dem Moment klingelte. »Was ist das für ein beknackter Klingelton, wohl von Aldi? Werd dir mal was Ordentliches draufspielen«, dann tippte er auf das grüne Hörersymbol. »Wer stört?«

Fielding bekam nicht mit, wer anrief. Er hörte nur, wie der Mann neben ihm ins Handy blaffte: »Was für ein Kolb?«, und nach einer Pause: »Ja, ja, und ich bin der Kaiser von China. Volltrottel!«, dann drückte er auf den roten Hörer.

»Paulsen!«, rief Fielding. »Du sollst Paulsen anrufen. Im Telefonbuch unter P, dürfte ja auch für einen Unterbelichteten nicht so schwer sein. Und jetzt keinen Small Talk mehr!«

»Meinst du, ich hab Lust, mich mit deinem abgefahrenen Kollegen zu unterhalten?«

Offenbar hatte Kolb versucht, ihn anzurufen.

»Was hast du mit John Patton oder Peer Hildebrandt zu tun? In welcher Beziehung stehst du zu ihnen?«

»Zu wem? Die Namen höre ich zum ersten Mal.«

»Vielleicht erzählst du dann, was der Angriff eben sollte! Ich könnte daraus ein tolles Verfahren stricken. Mach ich aber nicht, weil wir hier eine sogenannte Gefahrengemeinschaft bilden.«

»Super, das sagen Juristen wohl zur wilden Ehe, oder was? Ah, jetzt versteh ich auch deine merkwürdige Frage, *in welcher Beziehung stehst du zu denen?*«, dabei äffte er Fielding nach. »Bin ich schwul, oder was? Also pass auf, ums kurz zu machen: Ich lebe in genau einer Beziehung, ich bin der Freund von Tina.«

Fielding bremste scharf ab. Zum Glück war hinter ihm kein Auto und der Wagen blieb dank ABS in der Spur.

»Du bist der Arzt?«

»Was für ein gottverdammter Arzt? Seit wann seh ich aus wie ein Quacksalber?«

»Ein wenig mehr Akademikerlook würde dir gut tun. Moment, vielleicht reden wir auch aneinander vorbei. Was für eine Tina meinst du denn?«

»Wenn du mir so blöde kommst, lang ich dir gleich noch eine.«

»Ach ja? Wenn ich an den ersten Angriff denke, der nach hinten losging, muss ich eher um dich Angst haben. Es wäre ein zweiter tätlicher Angriff. Lass mich kurz überlegen. Dann muss ich zur Gesamtstrafenbildung greifen. Das wird ja alles noch teurer für dich. Was ist denn jetzt mit Paulsen, wird das noch was?«

»Kannst mich mal!«, mit den Worten warf er Fielding das Handy in den Schoß.

Sie hatten Eischleben erreicht. Am Parkplatz eines Lokals hielten sie an. Fielding nahm sein Handy und rief Paulsen selbst an. »Hildebrandt ist weg, der Van auch. Haben Sie etwas von der Kripo in Hildebrandts Haus erfahren?«

»So schnell sind die nicht, die sind bestenfalls gerade am Tatort angekommen. Die Fahndung nach dem Van ist draußen, die Autobahnpolizei informiert. Kommen Sie mal zurück, wir haben hier auch noch Arbeit. Die knifflige Detailsuche übernimmt jetzt der kriminaltechnische Dienst.«

Fielding stieg aus. Er wollte sich sammeln, zur Ruhe kommen und zugleich erfahren, wer der Unbekannte war. Sicherheitshalber hatte er den Schlüssel vom Opel abgezogen und in seine Hosentasche gesteckt. Der andere stieg ebenfalls aus dem Wagen, rieb sich immer noch die Hüfte, streckte sich vorsichtig und sah sich auf dem Parkplatz um, als stünde er vor einer fesselnden Sehenswürdigkeit.

»Also noch mal, welche Tina meinst du?«

»Tina Brinkts. Ich bin der Freund von Tina.«

»Name?«, fragte Fielding knapp im stakkatoartigen Verhörton.

Das soll der Freund oder Exfreund von Tina sein? Niemals, dachte er.

»Robert Neukamp.«

»Robert. Aha, nur zur Klarstellung, du bist jetzt zum Exfreund von Tina befördert worden. Und du brauchst dich gar nicht aufzuregen. Tina hat längst einen Neuen. Sie lässt sich gerade von einem Arzt behandeln.«

»Das ist jetzt Verarsche, oder?« Neukamp starrte Fielding an, als wartete er auf die Auflösung der Verlade.

Fielding schüttelte langsam den Kopf.

»Ein Arzt?«

Fielding nickte nur, sagte aber kein Wort.

»Auch über die Heilung hinaus?«

»So sieht's aus.«

»Oh. Dann, tja, sorry, war vielleicht etwas …«

»Unangemessen, dein Angriff«, ergänzte Fielding den Satz, »aber selbst wenn ich noch mit Tina zusammen wäre, dann hättest du das zu akzeptieren. Ist das klar? Es ist die Entscheidung von zwei autonomen Menschen, ob und wie lange sie zusammenbleiben wollen.«

»Okay, musst ja nicht gleich den Psychologen raushängen lassen.« Er blieb eine Zeit lang ruhig, dann hatte er sich anscheinend gesammelt und fing auf seine Art an zu philosophieren. »So ist das halt mit Frauen. Frauen kommen und gehen. Wirst schon noch eine andere finden. Es ist doch nicht das erste Mal, dass eine mit dir Schluss gemacht hat, oder?«

»Geht dich nichts an.«

»Ach ja, erzähl schon oder ist das ein altes Trauma?«

»Na klar, da war mal eine.«

»Ach ja, okay, wie lange wart ihr zusammen?«

Fielding ging die Geschwätzigkeit auf die Nerven. Er hätte ihn besser doch im Rapsfeld stehen lassen sollen, aber er hatte den Autoschlüssel gebraucht. Und er erinnerte sich an Katja. Drei Jahre war er mit ihr zusammen, eine lange, eine schöne Zeit. Oft dachte er an sie, jetzt wieder, nachdem das mit Tina aus war. Er fragte sich, wo sie jetzt sein könnte, wie es wäre, wenn sie noch zusammenleben würden. Der Examensstress hatte sie auseinandergebracht. Sie waren gereizt und nervös gewesen. Bei Jura setzte man alles auf eine Karte und die wurde erst ganz zum Schluss, nach zwölf oder noch mehr Semestern aufgedeckt. Erst nach dem ersten Examen wusste man, ob man es geschafft hatte oder nicht. Viele gingen zum Repetitor, um sich auf die Klausuren vorzubereiten. Katja und er übten im Klausurenkurs der Uni. Das war billiger, aber nicht unbedingt besser.

Als die letzten Übungsklausuren vor den Prüfungen mangelhaft bis schwach ausreichend bewertet zurückkamen, war die Frustrationsschwelle unterirdisch. Sie waren so missgelaunt gewesen, dass sie sich schließlich losgelassen hatten. Alles war ihnen wichtiger gewesen, das Studium, ihre Examina, ihre Zukunftschancen auf dem Arbeitsmarkt, als ihr gemeinsames Leben. Sie hatten sich losgelassen im festen Glauben, da draußen wieder jemanden zu finden, der noch großartiger war als der Zurückgelassene. Ein Glaube, gestärkt durch die Unerfahrenheit der Jugend.

»Na, wie lange wart ihr zusammen?«, drängelte Neukamp, der gelangweilt war und bespaßt werden wollte.

»Drei Jahre«, sagte Fielding knapp.

»Was? Drei Jahre?«, rief Neukamp brüllend aus, er japste, verschluckte sich, hustete. »Sorry, aber gerade mal satt über zwanzig und schon sesshaft. Drei Jahre mit der gleichen Frau? Drei Jahre Sex mit derselben? Das ist ja mega-boring, das ist ja wie Selbstbefriedigung!«

Fielding schlug die Tür zu. Er lehnte sich gegen den Wagen und Neukamp setzte sich auf die warme Motorhaube.

»Und jetzt kam dieser Arzt und ist in die Lücke gesprungen.«

Fielding nickte. »Sieht ganz so aus.«

»Hey, hey, du siehst mich an, als ob ich an allem Schuld wäre. Ja, die Zahl der Arschlöcher nimmt im Alter tatsächlich rapide zu. Aber was kannst du dagegen machen? Du musst selber eins werden.« Er sprang von der Motorhaube, die ihm offensichtlich zu heiß wurde, rieb sich am Hintern und lehnte sich neben Fielding an die Karosserie. So standen sie eine Zeit lang schweigend nebeneinander.

15

Fielding überlegte, was Tina wohl an Neukamp gefunden haben mochte. Der kultivierte Unterhalter schien er nicht gerade zu sein. Er hatte eher den Charme eines Südkurven-Fans.

»Wo habt ihr euch kennengelernt, Sandkuhlenfreundschaft?«

»Du meinst Sandkistenfreundschaft?«, fragte Neukamp zurück.

»Sandkuhle klingt dörflicher, nicht so urban rechtwinklig.«

»Oh, der Großstädter, lieber Mief als Landluft. Also okay, du kriegst es ja sowieso raus. Sie war die Güllekönigin von Alkersleben und ich habe eine Reportage über sie gemacht, als Volontär für das Arnstädter Tageblatt.«

Das Handy vibrierte in Fieldings Hand, er nahm das Gespräch an. Es war Paulsen. »Was Neues?«, fragte Fielding.

»Ein dunkler Van ist eben bei Rot über den Schmidtstedter Knoten gerast. Eine Streife hat's gesehen, wurde allerdings abgehängt. Eine Kamera hat aber ausgelöst. Die Kollegen holen die Fotos ab.«

»Komm, einsteigen, wir müssen nach Erfurt zurück.« Fielding sprang auf den Fahrersitz, Neukamp setzte sich daneben. Unterwegs schüttelte Fielding den Kopf. »Du der Ex von Tina? Da stimmt doch das Niveau nicht.«

Neukamp schwieg. Fielding sagte ebenfalls nichts. Durch das lange Schweigen erhielten die Worte mehr Gewicht, als Fielding ihnen hatte zukommen lassen wollen. Irgendwann tat es Fielding fast leid, seinen Beifahrer so angegangen zu haben, aber dieser sonderbare Vogel Robert Neukamp hatte ihn immerhin niederschlagen wollen. Was Eifersucht alles anrichten konnte.

»Hinter dem ›Hubertus‹ kannst du rechts abbiegen. Ich muss mal«, sagte Neukamp und durchbrach die Stille.

Der »Hubertus« war ein Ausflugslokal und Hotel zwischen der Stadt und der Autobahnauffahrt Erfurt-West. Von dem dortigen Parkplatz aus starteten viele ihre Ausflüge in den Steigerwald. Neukamp suchte sich einen dickeren Baum, abseits der Wege, die Spaziergänger ausgiebig nutzten. Das schöne Wetter hatte viele animiert, vor den Toren der Stadt eine Wanderung zu machen. Fielding gingen Tina und der Arzt nicht mehr aus dem Kopf. Er wählte wieder ihre Nummer und hoffte, nicht erneut mit der Mailbox verbunden zu werden. Tina meldete sich, das war schon ein Erfolg. Sie hustete und Fielding konnte nicht ausmachen, ob die Erkältung echt war oder gekünstelt.

»Sag mal, Tina, kennst du einen Robert Neukamp?«, fragte er.

»Wer soll das sein?«

»Deine Frage wundert mich ein bisschen. Er saß die ganze Zeit neben mir im Auto und hat behauptet, er sei dein Exfreund.«

»Was? Wie bitte? Mein Exfreund? Wie soll der heißen? Robert …?«

»Neukamp«, ergänzte Fielding. »Kann man ja schon mal vergessen, die Namen von Exfreunden, wenn es ein paar mehr waren«, lästerte er.

Tina schien keine Ahnung zu haben oder tat zumindest unwissend.

»Wie viele Freunde hast du denn vor mir gehabt?«, fragte Fielding, obwohl er Angst vor der Antwort hatte.

»Beschreib ihn mir mal«, wich Tina aus.

»Tja, sieht mir nicht unähnlich, gleiche Größe und Statur, circa einsfünfundachtzig groß, schlank, kurzes, blondes Haar, keine Brille, bisher auch kein Raucher. Frauen stehen ja oft auf den gleichen Typ. Phänotypisch, meine ich, äußerlich. Er hat aber eine große Klappe und nichts dahinter.«

»Stimmt, ich steh immer auf den gleichen Typ.«

Neukamp schlenderte gemächlich wieder heran und sah erleichtert aus.

»Du, ich muss Schluss machen, die Arbeit ruft«, sagte Fielding.

Tina hustete wieder. »Entschuldige, mir geht es wirklich nicht gut. Ich brauch jetzt Ruhe.«

»Kommt gleich wieder der Onkel Doktor?«

»Dirk? Ja. Er meint, ich soll ein Antibiotikum nehmen, wenn sich die Infektion nicht bessert.«

»Ach, der Dirk. So vertraut seid ihr euch schon. Wo hast du den eigentlich kennengelernt, diesen Dr. Dirk? In einer Klinik?«

»Nein, ich war angeschlagen, irgendein Infekt, war den ganzen Tag schon neben der Kappe und ließ am Auto das Licht an. Abends wollte ich heimfahren, aber nichts rührte sich. Die Batterie war leer. Ich wollte mich schon abschleppen lassen, als Dirk vorbeikam.«

»Ah, der Profi-Abschlepper.«

»Johannes, bitte. Es war total nett von ihm. Er gab mir Starthilfe.«

»Ins Leben in Berlin – oder ins Berliner Nachtleben?«

»Mensch, Johannes, weißte, mir ist wirklich nicht zum Lachen zumute.« Sie hustete wieder.

»Na, mir auch nicht. Und wie ging's weiter mit Dirk? Ihr seid euch nähergekommen?«

»Nicht jetzt, ruf mich heute Abend noch mal an«, sagte sie und legte auf.

Zeitgleich öffnete Robert die Beifahrertür. »So, wir können. Das heißt, wir sollten langsam Schluss machen mit unserer Reise. Ich hab noch was anderes vor als irgendwelchen Gaunern hinterherzufahren.«

»Ja, wir sollten Schluss machen«, sagte Fielding nachdenklich und dachte an Tina und an Dirk, von dem er nur die Stimme kannte. In Fieldings Vorstellung ließ der Arzt seine Patientin gerade den Oberkörper freimachen.

»Den Van kriegen wir sowieso nicht mehr«, sagte Neukamp.

»Wir sollen die auch nicht verfolgen, dafür haben wir andere Leute.«

Fielding wollte gerade starten, als sich Paulsen auf dem Handy meldete. »Wo stecken Sie eigentlich? Können Sie mich mal über den letzten Stand informieren?«

Fielding zog den Schlüssel aus der Zündung und stieg aus dem Wagen. Damit Neukamp nicht mithören konnte, schloss er die Fahrertür und berichtete Paulsen von den Ereignissen der letzten Stunden.

»Also noch mal langsam zum Mitdenken«, sagte Paulsen, nachdem Fielding geendet hatte. »Sie sind vor einem rückwärts fahrenden Van in eine Wiese ausgewichen. Richtig?« Fielding nickte, was Paulsen zwar nicht sehen konnte, aber er wertete dessen Schweigen als Zustimmung. »Danach kam dieser Robert Neukamp zu Ihnen an die Böschung und gab sich als Helfer aus. Ein Helfer, der Ihnen die Hand reichen und im gleichen Augenblick zuschlagen wollte?«

»Korrekt«, sagte Fielding.

»Sie ahnten den Angriff voraus und wehrten ihn wie selbstverständlich mit einem Judo- oder Karategriff ab. Das hat ja jeder Studierte drauf, so was.«

»Höre ich da einen leichten spöttelnden Unterton heraus?«, witzelte Fielding.

»Sie werden die ganze Zeit einen spöttelnden Unterton heraushören, denn ich bin noch nicht fertig und es ist einfach unglaublich, was Ihnen da passiert sein soll«, rief Paulsen ins Telefon. »Ich meine, da greift Sie einer an, Sie beschlagnahmen dessen Auto, was sicherlich in der Situation nicht ganz falsch war, aber dann lassen Sie ihn auf dem Beifahrersitz Platz nehmen? Dann erzählen Sie ihm Interna über die verdächtige Person? Ja, wissen Sie denn überhaupt, wer dieser Robert Neukamp ist?«

»Na klar, der Ex von Tina.«

»Welche Tina? Sie meinen, Ihre Exfreundin, die wir mal in Arnstadt gerettet haben? Mensch, Fielding, kommen Sie mal zu sich. Ja, die Zeiten ändern sich. Früher war man noch eine Autoritätsperson. Ein Staatsanwalt. Der Laie hält ihn für wichtiger als den Richter. Heute wird man als Quelle missbraucht. Sie sind für Neukamp doch bloß eine Infobörse gewesen. Neukamp hat versucht, Hildebrandt zu beschatten, hat ihn verfolgt. Wahrscheinlich steckt er hinter seinem Verschwinden, hat möglicherweise Patton umgebracht und auch Hildebrandt beseitigt. Wenn Sie nicht aufpassen, könnten Sie der Nächste sein.«

»Woher wollen Sie das wissen?« Fielding bückte sich und sah unauffällig nach Neukamp, der abwesend aus dem Beifahrerfenster blickte. Um auszuschließen, dass er doch einige Worte mitbekam, die er mit Paulsen wechselte, ging Fielding einige Meter weiter den Weg in Richtung Steigerwald entlang.

»Wir wissen das, seit die Anrufprotokolle von den Kollegen der Technik ausgewertet wurden. Hildebrandt hat sich verfolgt gefühlt und seinen Telefonanschluss überwachen lassen. Wir konnten einen Anrufer zurückverfolgen. Es war ein Festnetzanschluss einer Wohngemeinschaft. Und jetzt dürfen Sie raten, wer dort wohnte. Einer von den vier Bewohnern ist exakt der Typ, mit dem Sie spazieren fahren. Vielleicht klingelt es jetzt bei Ihnen. Der Ex von Tina, ich fass es nicht. Wie naiv kann man denn sein? Und ich habe mich für Sie eingesetzt! Fielding ist unser Mann, den müssen wir nehmen ...«, grummelte Paulsen erschöpft ins Telefon. Fielding hörte nur die Hälfte, aber das hatte es in sich.

»Es ist wahrscheinlich besser, ich höre auf als Staatsanwalt«, sagte er schließlich resigniert. »Ist vielleicht wirklich nicht meine Welt, obwohl ich es mir immer vorstellen konnte. Ich werde mich bei Kolb melden. Er wird schon was finden. Machen Sie sich keine Sorgen, Herr Paulsen.«

Er blieb noch eine Weile nachdenklich stehen, nachdem er das Gespräch beendet hatte, dann ging er zurück zum Wagen und stieg ein.

»Und jetzt?«, fragte Neukamp.

»Geordneter Rückzug«, antwortete Fielding trocken. Er hatte keine Lust mehr auf Konversation mit seinem dubiosen Beifahrer. Für sich hatte er beschlossen, mit Neukamp zur Staatsanwaltschaft zu fahren, um ihn dort gemeinsam mit Paulsen zu verhören.

Als hätte Neukamp seine Gedanken gelesen, legte er plötzlich die Hand auf Fieldings Arm. »Moment noch. Im Film reden die immer vom Zeugenschutzprogramm. Gibt es das bei uns auch?«

»Wie kommst du denn jetzt auf das Zeugenschutzprogramm?«

»Einfach nur so. Interessiert mich. Und wenn du am Gericht arbeitest, müsstest du darüber Bescheid wissen. Also, da kommt jemand zu euch und will in das Zeugenschutzprogramm aufgenommen werden. Wie läuft das ab? Oder, warte mal. Wie heißt das noch mal? Kronzeugenregelung? Da verpfeift jemand seine Komplizen, hilft, sie hinter Schloss und Riegel zu bringen und darf anschließend nach Hause gehen, obwohl er genauso viel Dreck am Stecken hat wie die Verurteilten. Da gibt es doch immer diese Deals zwischen Staatsanwaltschaft und Richtern.«

»Zwischen den Verteidigern, Staatsanwaltschaft und dem Gericht«, korrigierte Fielding, »ein bisschen viele Fragen. Das fragst du doch nicht aus purer Neugierde? Was steckt dahinter, in welche Sache hat man dich reingezogen?«

Neukamp zog die Schultern hoch. »Kann ich denn nicht mal eine ganz normale Frage stellen?«, meinte er verärgert. »Ich stelle eine simple Frage und erwarte von dem teuren Experten neben mir eine fundierte Antwort. Nicht mehr und nicht weniger. Aber gut, wenn dir das zu hoch ist. Sollst ja ein Anfänger sein.«

»Ach ja, von wem weißt du das denn?«

»Na, rate mal von wem. Kleiner Tipp: Meine Informantin fängt mit T wie Tina an und hört mit B wie Brinkts auf. Aber den Namen soll ich wahrscheinlich in deiner Gegenwart nicht mehr erwähnen.«

»Also, wen du stänkern willst, dann ohne mich. Da ist die Tür!« Fielding beugte sich über ihn, zog die Entriegelung der Tür und drückte sie auf.

»Superwitzig, Mann, ich darf dich darauf aufmerksam machen, dass du deinen Arsch in mein Auto gesetzt hast.«

»Heul doch. Weißt du was, wenn du eine fundierte Antwort haben willst, dann leg mal alles offen. Wenn ich weiß, was anliegt, kann ich auch sagen, was am besten für dich wäre.«

Neukamp schwieg.

Vielleicht hätte ich ihn nicht so rannehmen dürfen, dachte Fielding, aber wer konnte wissen, welche gähnend langweiligen Storys Neukamp sich einfallen lassen würde. Er hing jetzt in einer großen Sache. Patton war tot und der Kollege Hildebrandt verschwunden. Um alles andere würde er sich später kümmern können.

Fielding wendete und wollte zurück auf die Arnstädter Chaussee fahren, als Neukamp plötzlich »Stopp« schrie.

Fielding erschrak so sehr, dass er das Bremspedal förmlich ins Bodenblech stanzte. Neukamp, der sich noch nicht angeschnallt hatte, prallte hart mit der Stirn an die Frontscheibe.

»Idiot«, fluchte er in Fieldings Richtung und rieb sich die Stirn.

»Ich sollte stoppen. Na und? Hab ich gemacht. Warum?«

»Setz noch mal kurz zurück. Aber langsam.«

Fielding legte den Rückwärtsgang ein und rollte im Schritttempo zurück.

Neukamp sah angestrengt in Richtung Kleingartenanlage »Am Nonnenholz«. »Siehst du, was ich sehe?« Er rieb sich immer noch die Stirn und hatte einen triumphierenden Blick aufgesetzt. Immerhin schien er über den Schmerz an der Stirn seine lädierte Hüfte vergessen zu haben.

»Könnte, könnte, könnte. Aber von denen fahren mehr herum, als wir ahnen«, murmelte Fielding halblaut. An dem Wanderweg vor der Kleingartenanlage parkte unter hohen, schattigen Buchen ein schwarzer Van. Aus der Entfernung konnten sie nur die dunkle Kontur sehen, aber noch nicht erkennen, ob es der gesuchte Wagen war. Sie stiegen aus und schlossen leise die Türen. Etwa dreihundert Meter war der schwarze Wagen von ihnen entfernt.

»Wir schleichen uns aus zwei Richtungen an, kann sein, dass er noch im Wagen sitzt, kann aber auch sein, dass er sich in einer der Datschen aufhält«, gab Fielding die Marschroute vor.

Sie trennten sich und gingen in großem Bogen um den Van herum. Es war ein Chevrolet Blazer, älteres Baujahr. So viele gab es von denen nicht. Fielding merkte sich das Kennzeichen. Hinten war es so verschmutzt, dass er es während der Verfolgungsjagd nicht hatte erkennen können. Vorne erwies es sich als Fliegenfänger, war aber gut lesbar. Eine Berliner Nummer. Er wählte Paulsen an und gab ihm das Kennzeichen durch.

»Es müsste der Wagen sein, den wir verfolgt haben. Die Kollegen sollen die Nummer mit dem Foto aus der Kamera vom Schmidtstedter Knoten vergleichen.«

Neukamp war schnell auf der anderen Seite des Weges im Unterholz verschwunden. Fielding konnte ungesehen nahe an den Wagen heranschleichen, da dieser neben einem hochgeschossenen Dorngestrüpp stand. Brennnesseln und Brombeersträuchern wich er aus. Doch die Brombeeren hatten Triebe wie Fußangeln ausgesandt, in denen er sich verhakte. Immer wieder musste er seine Füße aus den Schlingen der Triebe ziehen. Widerhaken und Dornen rissen am Hosenstoff.

Jetzt war er geschätzte fünf Meter vom Wagen entfernt. Er hielt inne und traute sich kaum zu atmen. Er versuchte, so flach wie möglich einzuatmen und die Luft anzuhalten, um konzentrierter hören zu können. Nichts. Es waren keine Stimmen zu hören. Der Wagen hatte hinten verdunkelte Scheiben, durch die er nichts erkennen konnte. Er wartete einige Minuten. Als immer noch nichts aus dem Wageninneren zu hören war, ging er in einem kleinen Bogen zurück durch das Unterholz und sprang über die Brennnesseln auf den Wanderweg. Dann ging er wie ein Spaziergänger langsam am Van vorbei und sah unauffällig auf die Vordersitze.

Er konnte durch die vordere Scheibe schemenhaft Sitze und Kopfstützen erkennen. Es saß keiner vorne. Ob sich jemand im Inneren aufhielt, war von seiner Position nicht auszumachen. Von Neukamp war ebenfalls nichts zu sehen. Vielleicht war er in der Kleingartenanlage auf etwas Interessantes gestoßen. Oder er hatte sich im Anschleichen besser getarnt.

Fielding ging weiter den Weg entlang. Kleingartenanlagen waren normalerweise durch Zäune eingefriedet und mit Toren gesichert. Doch er hatte Glück. Das Tor war zur Durchfahrt geöffnet und noch nicht wieder geschlossen worden. Er ging hindurch und sah rechts und links auf die Grundstücke. Am Ende des Weges kehrte er um, aber auch aus der anderen Perspektive konnte er nichts Auffälliges entdecken.

Er hatte das Tor noch nicht erreicht, als er in der Ferne den dröhnenden V8-Motor hörte.

»Sie flüchten, verflucht!«, rief Fielding und lief auf den Wanderweg zurück, in der Hoffnung, Neukamp würde ihn oder den sonoren Motorenklang hören. Er sah nur noch, wie der Wagen mit kurz aufleuchtenden Bremslichtern nach links abbog und sich mit hohem Tempo aus dem Staub machte. Noch einmal heulte der Motor des Vans auf, als der Fahrer in der Senke hinunter nach Waltersleben Vollgas gab.

Wo steckt dieser Neukamp? Seit sie sich am Wagen getrennt hatten, war von ihm nichts mehr zu sehen. Fielding ging zurück, rief immer wieder seinen Namen, aber die Kleingartenanlage dämmerte in den warmen Mittagsstunden schläfrig vor sich hin, bis nachmittags die ersten Datschenbesitzer ihren Feierabend mit Unkrautjäten zelebrieren würden. Es war niemand zu sehen, der hätte Auskunft geben können.

Fielding lief zum Wagen zurück, auch hier keine Spur von Neukamp. Vielleicht saß er ja längst im »Hubertus« beim Mittagessen und vor einem kühlen Pils. Fielding eilte zu Fuß zu dem Hotelrestaurant, lief die Tische und den großen Biergarten hinter dem Haus ab. Durch den integrierten Spielplatz war dieser unübersichtlich und er brauchte Zeit, um sich bei den eintreffenden Gästen einen Überblick zu verschaffen. Nichts. Neukamp blieb verschwunden. Fielding war es zu albern und zu langwierig, mit einer Personenbeschreibung die Gäste nach Neukamp zu befragen, die wahrscheinlich mit Blick auf die Speisekarte nichts von ihrer Umgebung wahrgenommen hatten.

Er kehrte zum Opel zurück, setzte sich hinter das Steuer und überlegte die nächsten Schritte. Er sollte zu Paulsen fahren, das stand fest. Aber die Behauptung Neukamps, er sei der Freund von Tina, und ihre Entgegnung, ihn nicht zu kennen, hielten ihn zurück. So viele Widersprüche auf einmal, er konnte in alldem keine klare Linie erkennen. Er startete den Opel und fuhr die Arnstädter Chaussee Richtung Innenstadt. Kurz bevor er sich am Kaffeetrichter links in die Schillerstraße einordnen musste, um zum Justizzentrum zu gelangen, disponierte er um und fuhr in Tinas Wohnung. Vielleicht fand er dort einen Hinweis auf die Rätsel des merkwürdigen Beifahrers.

Wenn Neukamp gelogen hat und nicht der Freund von Tina ist, woher kennt er ihren Namen? Wie kann er wissen, dass ich und Tina zusammen sind? Die letzte Überlegung stach ihm in die Magengegend. *Wieso werde ich von Neukamp beschattet?* Als er zuvor in der Geibelstraße nach Hildebrandt suchte, stand Neukamps Astra in der Straße, Fielding hatte den Wagen gesehen, als er aus dem Haus und dem Van nachraste. Jetzt wünschte er sich einen Rechner, in den er diese Fragen und unbekannte Größen eingeben konnte und der umgehend die Lösung ausspucken würde.

Er versuchte erneut, Tina anzurufen. Noch im Wählvorgang überlegte er es sich anders und drückte auf das rote Hörersymbol. Robert Neukamp.

Wollen wir doch mal sehen, was zu ihm in Tinas Wohnung zu finden ist, dachte er.

16

Im Treppenhaus kam ihm Frau Kessler entgegen.

Klar, immer dann trifft man Leute, wenn man es absolut nicht gebrauchen kann. Bis heute hatte Fielding sich nicht überwinden können, sich für den abendlichen Schrecken bei ihr mit einem Blumenstrauß zu entschuldigen, wie es ihm ein Polizeibeamter auf dem Revier empfohlen hatte. Er fand es einfach übertrieben und hysterisch, wie sie reagierte und ihn des Einbruchs verdächtigt hatte.

»Ah, sieh an, der junge Herr Staatsanwalt!« Demonstrativ sah sie auf die Uhr. »Schon Feierabend?«

Schön wär's, altes Schrapnell, dachte Fielding. »Hab nur meine Pistole vergessen«, log er und genoss es, wie sie, leicht zusammenzuckend, treppab fast gestolpert wäre. Als sie sich missbilligend nach ihm umdrehte, war er bereits ein Stockwerk höher und schloss Tinas Wohnungstür auf.

Er hatte gegenüber Tina kein schlechtes Gewissen, dass er in der Wohnung nach irgendeiner Spur von Neukamp fahndete. Zuerst suchte er das Telefonnotizbuch, doch Tina hatte es mit nach Berlin genommen. Im Regal fand er einen Ordner mit der Aufschrift »Sonstiges« und blätterte darin.

Telefonrechnungen, ein paar Briefe in Klarsichtfolien. Er sah schon an der Handschrift, dass es Freundinnen sein mussten und rührte die Briefe nicht an. Dann die Abizeitung, sauber abgeheftet. Er ging sie langsam durch, Gruppenfotos, Leistungskurse mit Fotos, aber kein bekanntes Gesicht, nur ab und zu das durchaus fotogene Gesicht von Tina, die in die Kamera lächelte. Ein anderer Ordner trug die Aufschrift »Volontariat«.

Irgendwo könnte es doch einen Bezug zu Neukamp geben, hoffte Fielding. Und tatsächlich landete er einen Treffer. Es war die Redaktion in Arnstadt, in der Tina seinerzeit beschäftigt war. Fielding hatte sie damals anlässlich eines Treffens mit Landrat und Bürgermeister kennengelernt. Er war im Auftrag des Kanzlers nach Thüringen unterwegs gewesen und hatte auf der Wachsenburg ausloten sollen, ob der Ort sich für einen G8 Gipfel eignete. Eine vertrauliche Mission, was die Honoratioren von Stadt und Landkreis nicht gehindert hatte, zur Pressekonferenz zu laden. Landrat und Bürgermeister hatten es nicht für sich behalten können und versucht, sich noch kurz vor der Kommunalwahl mit der Neuigkeit des Gipfeltreffens zu profilieren. Über diesen Affront konnte er sich heute noch aufregen, aber dann war Tina hereingeschneit und der Ärger über den mitteilsamen Landrat verflogen, auch wenn Tina genauso vorinformiert war und Begriffe wie »geheim« und »vertraulich« dem Wert unverbindlicher Preisempfehlungen während des Schlussverkaufs gleichgekommen waren.

Es war ohnehin recht turbulent zugegangen, erst war eine Schaufensterpuppe mit einem Warnschild an Holland gefunden worden, Fielding war fest davon überzeugt gewesen, dass es sich um eine Schmähung gegenüber François Hollande gehandelt haben musste, bis man im Stadtpark von Arnstadt die Leiche des Unternehmers Peter Holland entdeckt hatte. Gemeinsam mit Tina war er auf Tätersuche gegangen, das hatte zusammengeschweißt. Dennoch kam bei ihm als Kopfmensch das Bauchgefühl oder aus dem Herzen heraus zu handeln zu kurz. Immer wieder ertappte er sich dabei, Situationen genauestens analysieren zu wollen: Warum hat Tina so gehandelt oder geantwortet? Ihm fehlte das Grundvertrauen und er verlor sich stets in Überlegungen, warum jemand auf eine bestimmte Art und Weise reagiert hatte, ohne anzuerkennen, dass sich manches Handeln intuitiv aus einer Eingebung heraus, spontan, unüberlegt oder unbewusst entwickeln konnte.

In dem Ordner war ein Foto der Redaktion: Der Redaktionsleiter mit seinen drei Volontären. Tina, ein Unbekannter und daneben – ihm stockte der Atem – Robert Neukamp, der breit in die Kamera grinste.

So, meine kleine, liebe, kranke Freundin, das sind jetzt ein paar Lügen zu viel, dachte er und konnte sich über seinen Fund nicht freuen. Es wäre ihm lieber gewesen, er hätte keinen Beweis gefunden und es hätte sich bestätigt, dass Neukamp der Lügner, dass alles ein Märchen und er nicht der Ex von Tina war. Er betrachtete das Bild der beiden. Der unbekannte dritte Volontär stand zwischen ihnen. Nichts Vertrautes zwischen Neukamp und Tina war zu entdecken. Aber vielleicht war es der erste Tag des Ausbildungsbeginns gewesen und das Knüpfen zarter Bande hatte sich erst später entwickelt. Es half nichts, kein Deuten mehr. Er musste Tina mit seiner Entdeckung konfrontieren. Aber er wollte nicht, dass Tina ihm auf die Schliche kam, dass er ihr in der Wohnung hinterher geschnüffelt hatte. Er hatte allerdings schon eine Idee, wie er das verhindern konnte, und rief sie an.

Sie klang immer noch verschnupft und fiebrig, als hätte er sie aus dem Tiefschlaf geweckt.

»Ich habe dich doch nach einem Robert Neukamp gefragt. Kann es sein, dass ihr beide als Volontäre bei der Zeitung begonnen habt? Er hat da so eine Bemerkung fallen lassen, er sei wie du beim Arnstädter Tageblatt gewesen.«

»Robert Neukamp?«, murmelte sie kaum hörbar und verschlafen in den Hörer. »Ach, Johannes, jetzt wird mir einiges klar. Robert Neukamp war unser Bob. Natürlich, Bob, der Klaumeister. Tut mir leid, ich hatte seinen richtigen Namen schlicht vergessen. Ein komischer Kauz. Wir haben ihm diesen Spitznamen verpasst. Er war für uns nur Bob. Lange hat er es ohnehin nicht ausgehalten und ist nach ein paar Wochen verschwunden, vielleicht waren es auch zwei Monate, aber bestimmt kein Vierteljahr. Er hat aufgehört, von heut' auf morgen.«

»Weil ihr ihn gehänselt habt? Bob, der Klaumeister? Klingt schon schräg.«

»Ach was, er war selbst Schuld. Wir waren Volontäre und bei uns hat der Chefredakteur schon genauer hingesehen. Bald ist rausgekommen, dass sich Bob bei seinen Reportagen wesentlich an Wikipedia orientiert hat. Das heißt, seine Recherchen waren Bausteine aus Wikipedia-Einträgen und stammten nicht aus seiner Feder. Klar, dass er diese Quelle stets verschwiegen hat. Unser Chef hat ihm die gelbe Karte gezeigt. Noch einmal irgendwo abgeschrieben und er würde gefeuert.«

»Und daran schien er sich nicht gehalten zu haben? Er wollte Rot sehen, oder?«

»Er bekam sozusagen eine Bewährungsaufgabe. Das trinationale Treffen der Partnerstädte von Erfurt mit Frankreich und den USA stand bevor, Lille und Shawnee, Kansas. Ich habe ihn dort getroffen, weil ich mir an dem Wochenende als Dolmetscherin was dazu verdienen konnte. Wir standen mal kurz zusammen. Er war wie wir alle in der Redaktion Mädchen für alles, nicht nur den Text musste er liefern, sondern auch Fotos. Das passte ihm gar nicht. Seine Fotos waren gar nicht schlecht, ich glaube, er hatte sogar eine künstlerische Ader, aber wir hatten einen preisgekrönten Fotografen in der Redaktion, der Super-Aufnahmen machte und regelmäßig das Sportfoto des Jahres schoss. Keiner wusste, nach welchem Einsatzplan der den Reportern zugewiesen wurde. Er meinte zu mir, er müsste mal ein paar Scheißfotos abliefern, dann würden sie ihm den Profi auch an die Seite stellen. Am Montag danach erschien sein Text in der Zeitung. Mir kamen ein paar Stellen merkwürdig vor. Die Blaskapelle, die Erfurt für den bunten Abend geordert hatte, hieß ganz anders, die Tanzgruppe mit der Showeinlage waren nicht die Riechheimer Hupfdohlen, sondern die Bergwirbel. Henri Mayor kam nicht aus Lille, sondern aus Shawnee und hieß Henry Major und der Vertreter aus Lille hieß Duval und nicht Devil. Ich dachte noch, jetzt hat er einen Scheißtext abgeliefert und wird in Zukunft nur noch Fotos schießen dürfen. Unserem Chef war die ganze Sache peinlich. Am nächsten Tag gab es eine lange Korrektur und Bob ward nie mehr gesehen.«

»Bis er bei mir am Straßengraben wieder auftauchte«, sagte Fielding.

»Willst du erzählen?«, fragte sie, dabei hatte sie wieder ein krankes Krächzen in der Stimme.

»Vielleicht später. Im Moment stochere ich in einem dicken Nebel herum. Wir waren auf der Suche nach einem Kollegen von mir, der plötzlich verschwunden ist, Einbruchsspuren im Haus und ein paar Blutstropfen. Es wird gerade untersucht, von wem sie stammen könnten. Dann tauchte dein Bob …«

»… der nicht mein Bob ist oder war!«, unterbrach Tina ihn barsch.

»Ja, ja, klang bei ihm etwas anders und nun ist er auch noch verschwunden.«

»Stimmt, merkwürdig«, sie hustete und schnäuzte sich, »irgendwo gibt es einen großen Magier bei euch, der Leute verschwinden lässt.«

»Ein Magier, der Leute verschwinden lässt?«, Fielding sprach ihre Worte nach, bedächtig und schien zu überlegen. »Was ist, wenn alles zusammenhängt, einer hält die Fäden in der Hand, ist für den Tod von Patton verantwortlich, für das Verschwinden von Hildebrandt und von Bob. Sag mal, was hast du eben gesagt, Bob hätte so eine Art künstlerische Ader gehabt? Wie machte sich das bemerkbar?«

»Er hat immer irgendwas gekritzelt, in jeder Pause. Wir mussten ja oft warten, besonders bei Interviewanfragen. ›Ja, kommen Sie dann und dann zu mir‹, aber wer fehlte? Der Interviewpartner, dessen Termine sich verschoben hatten. Und die Vorzimmer mit ihren blasierten Chefsekretärinnen vergaßen, uns Bescheid zu sagen. Da nahm er immer ein Blöckchen heraus und zeichnete.«

»Was?«

»Karikaturen. Leute, die wir befragten, interviewten, Leute der Zeitgeschichte. Er kritzelte herum, hielt mir die Blätter vor die Nase und ich sollte raten. Die Leute waren zu erkennen. Ich war verblüfft, mit wie wenig Aufwand er das Charakteristische herausstellen konnte. Manchmal zeichnete er einfach nur den Warteraum, in dem wir saßen, mit Tischen, Besucherstühlen, mit dem Beamtengras, der Aussicht aus dem Fenster. Ein paar Tage später fragte er mich dann: ›Na, wo ist das gewesen?‹ Und ich habe die Orte immer wiedererkannt. Für ihn waren das simple Fingerübungen, Training der Perspektive, wie ein Architekturstudent. Einmal dachte ich, es ist komisch, dass er tatsächlich kleine Originale zeichnet. Das passte eigentlich nicht zu unserem Kopisten, Bob, dem Klaumeister.« Das Sprechen hatte Tina angestrengt. Sie hustete wieder. Dann schien sie einen regelrechten Hustenanfall zu bekommen.

Gerade, als Fielding mitleidig sagen wollte, sie könnten später weiterreden, hörte er im Hintergrund die Wohnungsklingel. Offensichtlich bezweckte der Hustengeräuschteppich nur das Überdecken der Klingel. Ihm schoss das Blut in den Kopf. Dieser Quacksalber war scheinbar wieder im Anmarsch. »Dann bestmögliche Behandlung bei deinem Therapeuten«, schnauzte er wütend ins Smartphone und drückte auf das rote Hörersymbol.

Nicht mal den Hörer aufknallen konnte man mit der beschissenen digitalen Technik, dachte er außer sich vor Wut.

Kaum hatte er auf »Beenden« gedrückt, läutete sein Telefon. »Was noch?«, rief er erregt.

»Langsam, langsam. Sind Sie allein?«

»Wer will das wissen?«

»Tut nichts zur Sache. Moment.« Es gab ein paar Hintergrundgeräusche, Rascheln, Klopfen, Dinge, die er nicht einordnen konnte. »Fielding. Ich bin es. Neukamp. Du musst mir helfen.«

Fielding war erschrocken von der tiefen Verzweiflung, die er glaubte, im Tonfall der Stimme herauszuhören. Großmaul Robert Neukamp hatte er noch nie so verängstigt gehört. Entweder begann jetzt eine große Verarsche oder er steckte wirklich in erheblichen Schwierigkeiten.

»Die bringen mich um«, keuchte Neukamp, als knie jemand auf seinem Brustkorb. Der in erstickendem Gurgeln endende Schrei, der folgte, ging Fielding durch Mark und Bein.

»Gehört?« Die einsilbige Stimme war die, die ihn angerufen hatte.

»Was macht ihr mit Neukamp, was soll der Mist? Ich will ihn sofort sprechen.«

»Wir stellen hier die Bedingungen oder du siehst deinen Freund nie wieder!«

Freund?, dachte Fielding. *Spinnen die?* Er wollte schon sagen, »macht mit ihm, was ihr wollt, er wird es verdient haben«, aber man wusste nie, wer da am anderen Ende an der Strippe saß, vielleicht nahmen sie alles auf und zeigten ihn später wegen Anstiftung an. Seine Skrupel gewannen die Oberhand. Er wollte Neukamp nicht im Stich lassen. Wieder waren Schreie im Hintergrund zu hören.

»Reicht das oder willst du ihn weiterschreien hören?«

»Ich will ihn sofort sprechen. Sonst leg ich auf«, herrschte Fielding den Unbekannten an.

»Die Schweine … sie … haben mir … den Fingernagel abgezogen, Fielding, hol mich hier raus!«

»Was wollt ihr von ihm, was wollt ihr von mir?«, rief Fielding, vor dessen Augen Folterbilder aus Abu Ghraib, Guantanamo oder vom Water Boarding aufblitzten.

»Keine Polizei!«

Was sind das für Vollidioten, dachte Fielding, aber wie immer wollte er sich nicht gehen lassen und versuchte, besonnen zu reagieren. »Wisst ihr nicht, wer ich bin? Ich bin bei der Polizei. Schlimmer noch, ich bin Staatsanwalt! Schon mal gehört, ihr Nullschnaller?«

Im Hintergrund schrie Neukamp erneut auf.

»Nur soviel zum Thema Nullschnaller, der Leberhaken geht auf deine Kappe. Keine Polizei. Du lässt die Finger von Neukamp und von Patton. Sonst ergeht es Tina wie deinem Freund hier. Wir haben dich im Auge. Und wir wissen, wo du wohnst!«

Die Schreie brachen ab. Der Anrufer hatte aufgelegt.

Langsam schwirrte Fielding der Kopf. Eindeutige Warnung gegen Tina und gegen ihn. Neukamp hatte mit ihr das Volontariat begonnen. Danach war der Kontakt zwischen beiden abgebrochen – behauptete jedenfalls Tina. Aber warum sollte sie ihn anlügen?

Sie nahmen Neukamp in die Mangel, der vielleicht Tina erwähnte und sie aus Schwärmerei zu seiner Freundin verklärte, sodass die Entführer meinten, ein weiteres Druckmittel gegen Neukamp und ihn in der Hand zu haben. Trotzdem passte alles noch nicht zusammen. Was wollten sie von diesem Neukamp? Und alles nur, um ihn, Fielding, von weiteren Ermittlungen abzuhalten?

Er musste herausfinden, wer der Anrufer war. Also zurück in die Staatsanwaltschaft. Wenn Paulsen nicht mehr da war, irgendjemand müsste ihm sagen können, wie er am schnellsten eine Telefonüberwachung hinbekäme. Von seinem eigenen Anschluss.

Unter der Laterne parkte der silberne Opel Astra, in den er einstieg, als gehörte er immer schon zu seinem Besitz. Spätestens morgen müsste er seinen Wagen aus dem Rapsfeld holen, Paulsen könnte ihm helfen oder Profi-Pannenhelfer. Mit einem guten Seil müssten sie den Wagen die Böschung hochziehen können.

Die Schreie von Neukamp gingen ihm nach. Waren sie echt? Ihm war alles zuzutrauen. Er wollte aber nichts unversucht lassen, eine Fangschaltung schien ihm das geeignete Mittel zu sein.

Hoffentlich war jetzt noch ein versierter IT-Techniker im Dienst.

17

Fielding war gerade in die Schillerstraße eingebogen, als Blaulicht hinter ihm aufflackerte. Er verlangsamte, fuhr rechts ran, nah an den Bordstein, doch der Polizeiwagen schoss nicht an ihm vorbei, sondern bremste ab und stellte sich schräg vor ihm auf die Fahrbahn. Sofort gingen die Türen auf. Der Beifahrer zeigte ihm die rote Kelle und drehte mit dem anderen Arm sein Handgelenk und schrieb Kurbelbewegungen in die Luft. Fielding musste grinsen. Selbst der Astra hatte elektrische Fensterheber. Der Polizist sollte sich demnächst eine andere Geste ausdenken, damit der Angehaltene seine Scheibe herunterließ.

»Aussteigen, bitte!«, der Befehlston überraschte Fielding und er unterdrückte die Frage, ob die antiquierte Pantomimik Fortbildungsthema in der Polizeiakademie sei, um die Situation aufzulockern.

»Zu schnell war ich bestimmt nicht«, sagte er stattdessen.

»Darum geht es auch nicht. Ausweis und Fahrzeugpapiere.«

Fielding sah, dass der inzwischen ausgestiegene Fahrer seinen Kollegen sicherte, indem er seine rechte Hand auf das Pistolenholster legte. Nun wurde es ihm doch mulmig.

»Ich muss in die Jackentasche greifen, nicht, dass Sie irgendetwas missverstehen«, kündigte er seinen Griff ins Jackett an.

»Da helfe ich Ihnen«, sagte der Polizist, der die Papiere verlangt hatte. Er war eine respekteinflößende Erscheinung, ein fast Zwei-Meter-Mann, breites Kreuz und eine quadratische Kopfform, pointiert durch eine hohe kantige Stirn und einen geraden, wie mit dem Lineal gezogenen Haarschnitt. Das Gesicht erhielt durch ein Menjoubärtchen und ebenso filigrane, fast schwarze Streifen von Bart an den Wangen und um das Kinn, die das Gesicht rahmten wie eine Traueranzeige, einen Hauch von Police-Modeling eines Hochglanzmodeprospekts.

»Haben Sie keine Ahnung, warum wir Sie angehalten haben?«

»Sie werden es mir sagen, oder gibt es vier Antwortmöglichkeiten wie bei ›Wer wird Millionär‹?«

»Der Witz wird Ihnen gleich vergehen«, sagte der Fahrer. »Ihre Kennzeichen sind zur Fahndung ausgeschrieben.«

»Mein Gott, die Kennzeichen. Das sind vierhundert Gramm Blech. Das ist doch nichts zu den anderthalb Tonnen Stahl. Wegen der paar Gramm müssen Sie mich jetzt nicht mit der Waffe bedrohen.«

»Eigensicherung, Herr …?«

»Fielding steht hier in den Papieren«, sagte der Polizist.

»Fielding?«, fragte der Fahrer. »Kommt mir bekannt vor. Ich frag in der Zentrale mal nach.«

Der Fahrer setzte sich ans Steuer und versuchte über Funk, mehr in Erfahrung zu bringen. Freudig kam er nach ein paar Minuten zurück. »Treffer!«

»Na, sehen Sie, es klärt sich alles auf«, sagte Fielding erleichtert.

»Ja, genau, Sie sind vor Kurzem vorläufig festgenommen worden, weil Sie in die Wohnung Ihrer ehemaligen Freundin einbrechen wollten. Eine Nachbarin hatte uns alarmiert. Sind die Kennzeichen geklaut, ist meistens auch der Wagen eine Beute von Autodieben. Sie sollten uns jetzt sagen, woher Sie den Wagen haben.«

»Oh, oh, wo bleibt denn die Belehrung, meine Herren, alles weg von der Polizeiführungsakademie? Also, ich bin Staatsanwalt. Diesen Wagen habe ich für eine Verfolgungsfahrt akquiriert. Der Besitzer ist ein gewisser Robert Neukamp. Derzeit unbekannten Aufenthalts.«

»Sind Sie sicher, dass er so heißt? Oder könnte das ein Alias-Name sein? Andere Namen bekannt?«

»Ja, auch als Bob, der Klaumeister bekannt.«

»Der Name scheint Programm zu sein.«

»Und Sie wissen nichts von dem geklauten Wagen?«, sagte der andere Polizist und grinste seinen Kollegen an.

»Schau mal«, sagte sein Partner, »was ich eben in meinem Rechner gefunden habe.

»Ach, interessant«, meinte der Wortführer mit dem Quadratkopf. »Wenn Sie dieser Johannes Fielding sein wollen, dann liegt noch eine andere Anzeige gegen Sie vor.«

»Ach ja, was denn?«, fragte Fielding neugierig. Egal, was die beiden ihm gleich vortragen würden, er würde – auch wenn ihm Robert Neukamp in diesem Moment leid tat – mit keinem Wort erwähnen, dass der Halter dieses Wagens oder besser, der Dieb, gerade entführt worden war. Dann käme er in Teufels Küche.

»Unfallflucht, Herr Fielding. Ihr Wagen wurde in Höhe des Möbisburger Freibads in einem Rapsfeld gefunden. Das ist unerlaubtes Entfernen vom Unfallort.«

»Unfall? Seit wann ist Falschparken ein Unfall? Sagen Sie, sind Sie wirklich von der Polizei oder freiwilliger Wachschutz?«

»Jetzt werden Sie mal nicht frech, junger Mann, sonst kommt noch Beleidigung dazu. Das mit der Unfallflucht muss noch geklärt werden. Wahrscheinlich meldet sich bald der Unfallgegner mit ein paar Schrammen von Ihrem Wagen bei uns.«

»Herr Fielding, Sie sind vorläufig bis zur Klärung Ihrer Identität festgenommen«, sagte der andere, schmächtigere Kollege.

18

Fielding ging in der Dämmerung über den Anger.

Beim letzten Mal hat es eindeutig länger gedauert, resümierte er, als er das Polizeirevier verließ, *langsam stellt sich bei den Kollegen Routine ein.* Beschleunigend wirkte diesmal auf jeden Fall, dass er alle Ausweispapiere dabei hatte, auch den Dienstausweis als Staatsanwalt in der merkwürdigen Variante eines »Vorübergehenden Ausweises ohne Lichtbild«, wie ein Beamter aus dem kleinen Heftchen laut vorlas, woraufhin Fielding seufzte: »Ja, ja, alles geht vorüber.«

Sie würden seine Angaben zu Robert Neukamp überprüfen, damit wurde er von den Polizeibeamten entlassen.

Am Angerbrunnen saß eine Gruppe Jugendlicher auf den neu errichteten Ruhebänken. Ihre Gesichter waren farbig illuminierte Flecken in der dunklen Umgebung. Jeder von ihnen daddelte auf einem Smartphone vor sich hin. Früher hätten sie mit Bierflaschen in der Hand zu ihm herübergegrölt. Er war sich nicht schlüssig, ob ihm die ruhiggestellte, wie sediert wirkende Jugend mehr sorgte als die unplugged Generation früherer Tage. Dabei fiel ihm sein eigenes Smartphone ein. Der angebliche Entführer von Neukamp hatte sich seit Stunden nicht mehr gemeldet. Mehr und mehr kam er zu der Überzeugung, dass alles getürkt war, dass Neukamp seine Ruhe und Abstand von ihm haben wollte. Die Geschichte war so verworren, dass er sie auch nicht Paulsen erzählen mochte. Noch nicht.

Vor sich erkannte er plötzlich Verena Homburg, die Leiterin des Dezernats »Höchstpersönliche Rechtsgüter« der Kripo, die ihre aufregende Figur bei der Untersuchung von Patton in diesem weißen Ganzkörper-Overall zu einem runden Michelin-Männchen aufgeplustert hatte.

Fielding holte sie ein. »Guten Abend.«

»Ach, der neue Kollege. Sorry, ich habe ein furchtbares Namensgedächtnis.«

»Johannes Fielding. Und ich habe mir auch nur Ihren Vornamen merken können, Verena.«

»Bleiben wir doch gleich dabei«, sagt sie und gab ihm dabei die Hand.

»Gerne!«, Fielding war sichtlich erfreut, wie unkompliziert und sympathisch die Kollegin war. »Wollen wir was trinken?«, fragte er forsch.

Verena sah auf die Uhr. »Ja, warum nicht? Gehen wir doch ins Übersee in der Kürschnergasse«, schlug sie vor.

Das Restaurant hatte eine Terrasse direkt über der Gera. Sie fanden noch einen freien Tisch und blickten gegenüber auf die Kleine Synagoge und auf neugebaute Designerhäuser mit großzügiger Verglasung. Die Gera schien Feierabend zu haben und stand wie ein riesiger Spiegel mit niedrigem Pegel im langen Schatten der Häuser, bis die Dämmerung auch die letzten Lichtflecken tilgte. Nicht weit hinter dem Steg über der Gera verschwand der Fluss müde kriechend, matt und schwarz wie heißer Teer unter der Krämerbrücke. Die Kellnerin hatte die Bestellung aufgenommen und ein Teelicht im Glas angezündet. Fielding sah im flackernden Licht auf Verenas Hände, die zarten Finger und manikürten Fingernägel, die wie mit feinem Glas überzogen glänzten. Kein Ring, wie er erfreut feststellte. Verena musste seinem Blick gefolgt sein. Sie vergrub ihre Hände für einen kurzen Augenblick in ihren langen blonden Haaren, die sie zurück über ihre Schulter warf, und blickte ebenfalls auf ihre Hände.

»Ich vertrage die Latexhandschuhe nicht. Und dann mit Ringen in den Leichen wühlen? Das geht gar nicht. Deshalb lasse ich sie lieber gleich zu Hause statt sie immer an- oder abzulegen und sie am Ende ganz zu verlegen.«

»Latexallergie?«

Verena nickte.

»Na ja, man kann ja auch anders verhüten.« Fielding fand den Witz gelungen, doch Verenas Blick sagte etwas anderes.

Super-Fettnapf, dachte Fielding. Das war etwas zu forsch, dabei hatte er erstmals nicht an Tina denken müssen. Verena war eine klasse Frau, mit der man Pferde stehlen könnte und die zudem super aussah.

»Mein Freund und ich wollen seit Jahren ein Kind. Bisher hat es nicht geklappt.«

Der Tiefschlag saß. Fielding bekam kein Wort mehr heraus. Es war nicht zu erwarten, dass eine so tolle Frau als Single herumlief und auf einen Volltrottel wie ihn wartete. In welcher Welt lebte er eigentlich? Auf ihn wartete keine. Auch keine Tina.

»Was haben die kriminaltechnischen Untersuchungen ergeben? Ist der Obduktionsbericht schon eingetroffen?« Mit seinen Fragen wollte er schnellstmöglich den peinlichen Einstieg vergessen machen.

»Die Auswertungen dauern«, meinte Verena, »an der Kleidung haben wir DNA-Spuren sichergestellt, aber das ist erst der Anfang von allem. Wir müssen die Spuren erst noch zuordnen. Welche DNA stammt vom Opfer, welche vom Täter, welche von unbeteiligten Dritten? Das ist eine langwierige Puzzlearbeit.«

»Und die Obduktion?«

»Genickbruch. Aber eine Besonderheit steht mit Fettdruck im Bericht von Pit.« Verena sah Fielding voller Spannung an.

»Ja, ich bin bereit«, sagte er aufmunternd.

»Genickbruch, aber an der rechten Hand des Toten gibt es Schmauchspuren. Und zwar so charakteristisch, dass er beim Schuss die Waffe gehalten haben muss.«

»Wow, das ist der Hammer. Moment, aber wann hat er geschossen? Zu Hause in den USA? Die ballern da doch gerne nach Feierabend zum Zeitvertreib.«

»Olfaktorisch festgestellt. Kurz: Das Pulver roch noch in der Gerichtsmedizin. Frisch. Patton wird sich wohl ein paar Mal die Hände gewaschen haben, seit er aus den USA gekommen ist. Den Befund der Schmauchspuren haben wir natürlich durch unsere Analysen im Labor untermauert.«

»Also hat er vor seinem Tod die Gefahr erkannt und wollte sich wehren. Hat man Blutstropfen eines Angreifers gefunden? Oder kein Projektil und der Täter hatte einen Steckschuss oder so?«

»Nein, aber wir von der KT sind angerückt und haben die Toiletten abgesucht. Er wurde ja vom Atemschutztrupp der Feuerwehr vor dem Toilettentrakt gefunden. Nichts.«

»Stand vielleicht ein Fenster offen und der Schuss ging ins Nichts, in den Himmel?«

»Wir haben das Projektil.«

»Los, sag schon«, forderte Fielding, der sich ärgerte, dass es Verena offenbar gefiel, ihm salamischeibentaktisch nur Häppchen zu liefern. Vielleicht die kleine Rache für den Fettnapf, in den er getreten war.

»Wir haben auf der Etage sämtliche Büros durchsucht und sind schließlich fündig geworden. Das Projektil hatte in einer Wand gesteckt, hinter einer Palme getarnt. Das Blatt war nicht durchlöchert, das heißt, der Täter muss den Schuss nachträglich absichtlich verdeckt haben.«

»So, und jetzt noch die spannende Frage: In welchem Büro hat sich das Ganze abgespielt?«, drängelte Fielding.

»Es muss nicht das Büro des Täters gewesen sein, jemand kann sich auch in den Raum eingeschlichen haben, obwohl das nicht besonders überzeugend ist. Der Kollege steckt ziemlich in der Tinte!«

»Och, komm, es tut mir wirklich leid wegen eben, manchmal habe ich ein zu lockeres Mundwerk, bitte nicht persönlich nehmen.«

»Ich weiß nicht, was du meinst, schon vergessen.« Sie blinzelte ihn an, nahm noch einen Schluck von ihrer Schorle und genoss seine Ungeduld. »Also: Der Schuss ging im Büro von Peer los. Peer Hildebrandt!«

Das saß.

»Peer Hildebrandt, der den Erstkontakt mit Patton hatte, der verschwunden ist und in dessen Wohnung eingebrochen wurde!«, rief Fielding laut aus, fasste sich und hielt die Hand vor den Mund. Er drehte sich um. An den anderen Tischen saßen Pärchen, die sich im flackernden Kerzenschein der Teelichter tief in die Augen blickten und von seinem Ausruf nichts mitbekommen hatten. »Wieder ein paar Puzzlestücke gefunden, aber noch nicht ins Bild eingesetzt«, sagte er leise zu Verena, »wenigstens kein neuer Name in unserem Rätsel mit vielen Unbekannten. Was ist mit der Waffe? Wurde die gefunden?«

»Nein. Das Projektil wird begutachtet. Hülsenauswurfspuren und dergleichen.«

»Das ist Wahnsinn«, sagte Fielding. »Da kommt ein Amerikaner in eine deutsche Staatsanwaltschaft und endet mit Genickbruch und hat vorher noch um sich geschossen.«

»Ja, so sieht es aus.«

Verena sah auf die Uhr. Sie hatte ihre Apfelschorle schnell ausgetrunken. Das wortlose Signal zum Aufbruch. »Tut mir leid, ich muss gleich los.« Sie sah sich nach der Bedienung um.

»Ich mach das schon. Schön, dass wir uns getroffen haben«, sagte Fielding, der hoffte, dass seine resignierte Stimmung nicht herauszuhören war.

19

Am nächsten Morgen rief Fielding bei der Soko an, um sich über das Berliner Kennzeichen des schwarzen Vans zu informieren. Das Ergebnis war ernüchternd. Noch gestern Abend hätten die Berliner Kollegen dem Amtshilfeersuchen entsprochen und den Halter überprüft. Es wäre ein Rentner, der als Zeitvertreib einen kleinen Kinoclub in Kreuzberg leitete. Er schaute vorwiegend Western und bedauerte im Gespräch, dass die Zeiten eines Henry Fonda und John Wayne vorbei wären und auch Italo-Western nicht mehr nachwachsen würden. Den Chevrolet Blazer hätte er als Fan des American Way of Life gekauft, Baujahr 1998, leider wäre er zuletzt eher defekt als fahrbereit. Tatsächlich stünde der Wagen die vergangenen zwei Wochen in einer GM-Vertragswerkstatt. Er wäre vorne rechts und links verbeult. Der Fahrer hätte angegeben, auf dem Berliner Ring vor dem Dreieck Havelland in der Nacht in eine Rotte Wildschweine gefahren zu sein. Auch das hätten die Kollegen direkt überprüft und an den Kotflügelfalzen Borsten gefunden. Der Wagen stünde so lange in der Werkstatt, da sich eine Ersatzteillieferung aus den Staaten verzögert hätte. Kurzum: Der Wagen, den Fielding in Erfurt gesehen haben wollte, stand zur selben Zeit in einer Berliner Werkstatt. Definitiv.

Fielding lief über den Flur zu Paulsen und informierte ihn über das Gespräch mit der Soko.

Paulsen runzelte die Stirn. »Sie wissen, was das bedeutet?«

»Ich ahne da was. Es wird sich um eine Dublette handeln.«

Paulsen nickte. »Das macht die Sache nicht einfacher. Dubletten wurden zur Zeit der RAF genutzt. Alles war identisch, das Kennzeichen, der Wagentyp, die Farbe.«

Bei »Kennzeichen« stockte Fielding kurz und erinnerte sich an die beiden Polizisten vom Abend zuvor.

»Da der echte Wagen in irgendeiner Stadt herumfuhr, waren weder das Kennzeichen noch der Wagen als gestohlen gemeldet. Der Fahrer der Dublette blieb unverdächtig. Wichtig war nur, dass sie nicht zusammen in einer Stadt auftauchten, sonst wäre die Doppelung aufgefallen. Aber so, eine Kopie eines Wagens, der im fernen Berlin herumfährt. Absolut unauffällig.«

»Also ein terroristischer Hintergrund?«, fragte Fielding.

»Nein, das muss es nicht automatisch bedeuten. Die RAF-Methode hatte sich damals mit der Fahndung nach den Terroristen herumgesprochen, ein alter Hut, nichts, was aus ermittlungstaktischen Gründen vor der Öffentlichkeit hätte verborgen werden müssen.«

»Aber Profis werden es sein, die sich Gedanken über ihr Vorgehen machen.«

»Das sehe ich auch so. Da handelt keiner aus dem hohlen Bauch heraus und überlässt etwas dem Zufall.«

Fielding ging zurück in sein Büro. Er blickte kurz aus dem Fenster, setzte sich, dachte an Tina und versuchte, das Verhältnis oder Nichtverhältnis zu ihr zu klären. *Ich muss mir meiner Stärken bewusst sein*, sagte er sich, *und meine analytischen Fähigkeiten nutzen, wie ein Naturwissenschaftler eine Ist-Beschreibung vornehmen, um in einer Art Labor herauszufinden, welches Endprodukt die Verschmelzung der Fakten herausbringen würde.*

Tina war eine attraktive Frau, phänotypisch einwandfrei, genotypisch mit Schwächen, wankelmütig, fühlte sich offensichtlich nicht ihm allein verbunden, sondern konnte Zuneigung, Leidenschaft und Empathie mit vielen teilen.

Mit Blick auf den Arzt dritteln, korrigierte er sich. Das ist ein deutliches Minus und bedeutet Trennung, um die diffuse Situation zu beenden und für klare Verhältnisse zu sorgen. Auch dass er sich ständig mit Tina und ihrer Beziehung beschäftigte, war ein weiteres Minus, das ihn in der Entscheidung bestärkte. Man musste in diesen Fällen einen Schlussstrich ziehen. Sich trennen. Seine Gefühlswelt ordnen. Sortieren. Wie bei einem Frühjahrsputz das Überflüssige hinauswerfen. Was könnte zur Ehrenrettung Tinas für sie sprechen?

Es klang vielleicht gediegener, seriöser, wenn er sagen könnte, er lebte in einer festen Beziehung. In einer Partnerschaft. Seine Verlobte lebte in Berlin oder mit seiner Frau führte er derzeit eine Fernbeziehung. Es gab nicht wenige, die redeten von ihrer Frau oder ihrem Mann, auch wenn sie nicht verheiratet waren. Ab einem gewissen Alter wurde eine Beziehung erwartet, das Single-Dasein als problematisch betrachtet und eine fehlende Partnerin würde aus ihm einen komplizierten Einzelgänger machen. Aber das konnte kein Grund sein, an ihr festzuhalten.

Brich den Stab über sie, sagte eine deutlich vernehmbare Stimme in seinem Inneren. Ende mit Schrecken. Nach allem – und das war der Output seiner glasklaren, luziden Analyse – war es besser, sich von Tina zu trennen. Denn die Summe seiner Erkenntnisse lautete: Das Verhältnis war noch nicht zu gefestigt, sie kannten nicht einmal ihre Schwiegereltern, es gab keine lästigen Fragen der Verwandtschaft. Es war noch nichts passiert, auf das Rücksicht zu nehmen wäre. Er sollte Tina vergessen. Den Kopf freimachen für wichtige anstehende Aufgaben. Er war mit sich und dem Ergebnis zufrieden. Das war seiner Meinung nach die intellektuelle Überlegenheit, mit einer objektiven Betrachtung in einer kritischen emotionalen Phase rationale Entscheidungen treffen zu können. Der Ausblick auf Neues, auf neue Freundschaften, unterstützten ihn zudem in seiner Entscheidung. Er fühlte sich jung, frei und stark, Kraft seines Intellekts Beziehungen an- und ausschalten zu können.

Das vermögen andere nicht zu leisten und gehen an dieser ersten Prüfung des Lebens zugrunde, sagte er sich.

Diese innere Zufriedenheit währte ungefähr fünf Minuten. Dann kam Paulsen vorbei. »Heuschnupfen?«, fragte er.

»Warum?«, fragte Fielding. Aber da reichte ihm Paulsen bereits ein Taschentuch. Erst da merkte er, dass ihm Tränen die Wangen herunterliefen. »Ja, danke, lästige Allergie, ich habe schon eine Hyposensibilisierung hinter mir.«

»Ich wollte Sie nur an die Personalversammlung erinnern, die wir heute um vierzehn Uhr haben«, dann ging Paulsen wieder.

Verflucht. Tina hatte ihn fest im Griff. Nichts, aber auch gar nichts hatte sich in den letzten Minuten geändert. Er wollte sich von Tina lösen und vermisste sie mehr denn je.

Er hätte nicht gedacht, dass ihn Tina aus der Ferne so umhauen konnte. Die Personalversammlung kam ihm gerade recht.

20

Dr. Wessels stand mit der attraktiven Dame, die Fielding und Paulsen öfter in Begleitung des Chefs gesehen hatten, am Pult und warteten, bis sich der Saal gefüllt hatte. Die beiden strahlten sich an und blickten dann stolz und froh in die Menge.

»Wessels zweiter Frühling«, murmelte Paulsen zu Fielding.

»Ja, aber auch im Frühling kann es schon heftige Gewitter geben«, sagte Fielding und nickte mit dem Kopf Richtung Tür. Frau Wessels rauschte in einem vornehmen schwarzen Taftkleid herein, etwas overdressed und durchaus für die Oper geeignet.

»Ich denke da gerade an meinen Chemiebaukasten. Wenn ich ein paar Tröpfchen der richtigen Flüssigkeiten zusammenführte, konnte ich es ordentlich krachen lassen«, sagte Paulsen.

»Richtig, hier haben wir die zwei Elemente Wessels, die mit einer scharfen, nein, katalytisch wirkenden Chemikalie zusammengerührt werden. Ich hole schon mal die Schutzbrillen«, sagte Fielding.

»Nichts da, Sie bleiben!«

»War doch nur ein Witz.«.

Frau Wessels eilte zum Pult, nickte grüßend nach links und rechts. Dann gab sie der unbekannten Dame artig die Hand und bekam von ihrem Mann einen Kuss auf die Wange.

»Nichts, das geht ja geräuschlos ab«, sagte Paulsen.

»Überlagerte Substanzen! Mindesthaltbarkeit längst überschritten«, flüsterte Fielding, »fehlende Zündtemperatur, das Ganze ist nicht mehr so hochexplosiv mit über sechzig.«

»Sie wahrt die Contenance, ganz die alte Schule«, fügte Paulsen anerkennend hinzu.

»Meine Damen und Herren, ich darf Sie herzlich zu unserer kurzfristig anberaumten Personalversammlung begrüßen. Ich werde es kurz machen, wir haben heute auch nur einen Tagesordnungspunkt. Ich möchte Ihnen Frau Dr. Elena Cimmioni vorstellen, unsere neue Thüringer Generalstaatsanwältin. Frau Doktor kommt aus Berlin, hat dort im Bundesjustizministerium eine Unterabteilung geleitet und ist heute Morgen im Kabinett bestätigt worden.«

»Schade, doch kein zweiter Frühling für Dr. Wessels«, meinte Paulsen.

»Nein, er geht nicht über Los, sondern direkt in den Herbst des Lebens«, sagte Fielding. Sein vibrierendes Handy lenkte ihn ab. Werner Kolb war in der Leitung. Fielding ging Richtung Ausgang.

»Ich weiß da was, das dich interessieren könnte «, sagte Werner Kolb, »Ihr bekommt eine neue Generalstaats…«

»…anwältin. Sie heißt Cimmioni und ist aus dem Justizressort, weiß ich bereits«, unterbrach ihn Fielding. »Sag mal, Kerscht arbeitet langsam, kann das sein? Oder sitzt du schon lange auf der Nachricht?«

»Schönen Tag noch.« Werner Kolb schien beleidigt zu sein. Anrufer hat aufgelegt, zeigte das Smartphone an.

21

Am Freitagnachmittag hatte Fielding früh Schluss gemacht, saß allein in Tinas Wohnung am Küchentisch und blickte an sich herunter. Unter dem T-Shirt wölbte sich ein Bauch, der ungefähr der zwölften Schwangerschaftswoche entsprach. Oder einem Brauereigeschwür.

Zeit, um irgendwann mit Sport zu beginnen, dachte er, *solange es noch geht.* Als er im Flur zur Eingangstür ging, sah er einen kleinen Schlüsselkasten, der ihm vorher noch nie aufgefallen war. Er klappte das Türchen auf. Den Eingangsschlüssel hatte er, aber an einem kleinen Bord hing ein weiterer Schlüssel. Am Bart erkannte er, dass es sich um einen anderen handeln musste.

Könnte der Kellerschlüssel sein, fiel ihm ein. *Mal sehen, was dort noch zu finden ist.* Er nahm sich den Schlüssel und ging hinunter.

Den Mietern standen im Keller die typisch simplen Holzverschläge zur Verfügung, die wie große begehbare Kartoffelkisten aussahen. Darin befand sich alles, was man im Moment und wahrscheinlich in den nächsten fünfzig Jahren nie mehr brauchen würde, alle Kartonverpackungen, falls der Fernseher oder die Mikrowelle irgendwann zur Reparatur müssten. Der Schlüssel passte zu einem Vorhängeschloss, neben dem auf einem Aufkleber klein »T. Brinkts« stand.

In einem alten Regal hatte Tina, wie zu erwarten war, Kartons gestapelt, soweit sie auf die Regalbretter passten. In einer düsteren Ecke entdeckte er anhand der Kontur ein Rad, verborgen unter einer verstaubten Schutzfolie. Er zog die Plane herunter und war erstaunt, dass Tina ein Mountainbike besaß. Ein letzter Dienst, den sie ihm noch erweisen könnte. Er nahm das Rad und inspizierte es. Im Regal lag eine Luftpumpe, mit der er die schlappen Reifen hart aufpumpte. Dann rollte er das Rad aus dem Verschlag, schloss das hölzerne Gittertor ab und hob das Rad hoch in Tinas Wohnung. Nachdem die Reifen die Luft hielten, beschloss er, spontan eine Ausfahrt ins Grüne zu machen.

Über Melchendorf und Windischholzhausen fuhr er zur Suhlequelle und einen sanften Anstieg durch den Wald hoch zum Willrodaer Forsthaus. Über eine hölzerne Autobahnbrücke kam er nach Riechheim, blickte auf die roten Dächer der Häuser, die am Südhang unterhalb eines Sendeturms klebten, und radelte weiter Richtung Kranichfeld. Beim Abzweig an der »Karl-Große-Hütte« entschied er sich, Richtung Hohenfelden zu fahren und kam kurz darauf zur Schutzhütte »Weigels Rast«. Durch einen Wegweiser auf den Goethestein wurde er neugierig.

Nur noch ein Kilometer, das wäre doch ein gutes Ziel, und dann zurück, dachte er. Immer wieder tauchte Tina im Geiste vor ihm auf. Warum radelte sie jetzt nicht an seiner Seite? Er konnte nicht aufhören an sie zu denken. Abgelenkt wurde er nur ab und zu von seinen Gedanken an Robert Neukamp, Peer Hildebrandt und den toten John Patton auf dem Seziertisch. Der Kopf schwirrte ihm.

Es ging fast nur bergab. Schnell war er am Goethestein, eine Art Verkehrsinsel an einer Weggabelung, in deren Mitte in einem eingezäunten Karree eine riesige Solitärfichte zusammen mit einem großen Muschelkalkfelsen stand, auf dem ein Holzrelief mit geschnitztem Text angebracht war. Oben rechts fehlte bereits ein Stück, ob vom Ast getroffen oder mutwillig abgeschlagen, war nicht zu erkennen.

Wenn's dir im Kopf und Herzen schwirrt,
was kannst du Besseres haben,
denn wer nicht liebt und wer nicht irrt,
der lasse sich begraben.

Fielding war verblüfft. Das entsprach exakt seinem Gemütszustand. Er fühlte sich plötzlich nicht mehr allein mit seinem Problem, wenn selbst Goethe diese Situation kannte.

Er gab zu, wie sehr er Tina vermisste. Es war, als ginge sie neben ihm her, aber da war niemand. Mit einem Mal kam er sich als der verlassenste Mensch auf der Welt vor. Johannes Fielding, dreißig Jahre und ein paar Monate alt. Abitur, zwei Staatsexamen, Staatsanwalt und davor der Persönliche Referent von Bundeskanzler Werner Kolb und jetzt in einer seelischen Krise wie ein pubertierender Vierzehnjähriger.

»Tina!«, schrie er laut heraus.

Ja, ich liebe und ich irre, dachte er. Ein Urschrei, ein Befreiungsschrei. War es nicht das, was Psychologen immer rieten, seine Wut, seinen Ärger herauszubrüllen, vor allem seinen Emotionen freien Lauf zu lassen? »Tina!«, schrie er erneut. »Tina!« Er fühlte die Wirkung, spürte, wie er langsam ruhiger wurde.

Da war was dran an diesen Lebenshilfen und Lebenstipps, fand er anerkennend.

Plötzlich löste sich eine olivgrüne Figur hinter einem Fichtenstamm. »Schon mal was vom Thüringer Forstgesetz gehört? Dass Ruhe im Wald zu herrschen hat?«

Der Grünling entpuppte sich als Jäger, über dessen Schulter eine doppelläufige Schrotflinte hing. Fielding zuckte vor Schreck zusammen. Mit einem Zeugen seines emotionalen Ausbruchs hatte er nicht gerechnet.

»Sorry, mein Hund ist mir entlaufen.«

»So, heißt wohl Tina, die Töle. Da kommt also noch ein zweiter Verstoß dazu, Hunde sind anzuleinen.«

»Wird gemacht. Ist auch nur so ein kleiner blonder Feger. Die nimmt vor jedem Eichhörnchen Reißaus. Kommt nicht wieder vor.«

Bevor der Jäger noch etwas sagen konnte, hatte Fielding sich das Rad geschnappt und radelte so schnell wie möglich wieder Richtung Erfurt.

Hat man in diesem Land denn kein Fleckchen für sich, wo man mal ohne Aufsicht die Sau rauslassen kann?, ärgerte er sich. Wenn einen nicht die Spionagesatelliten anvisierten, dann standen irgendwelche Beobachter in der Deckung.

Zurück auf der Landstraße am alten Steinbruch, fuhr er doch nicht nach Erfurt, weil er merkte, wie gut ihm die frische Waldluft tat. An der Weggabelung schlug er stattdessen die Richtung zum Lokal »Riechheimer Berg« auf der Teerstraße ein. Es war die höchste Erhebung weit und breit. Auf einem Wanderparkplatz bot sich bereits eine überragende Sicht auf das Thüringer Becken, auf

Arnstadt, die Burgen Drei Gleichen mit Mühlburg, Veste Wachsenburg und Burg Gleichen, auf Gotha und bis hin zum Kamm des Thüringer Waldes mit dem Großen Inselsberg oberhalb von Friedrichroda.

An der Gaststätte angekommen, stellte Fielding sein Rad ab und setzte sich in den Biergarten unter ausladenden Buchen. Der Wirt, ein hagerer Mann mit lichten Haaren, Anfang vierzig, kam sofort zu ihm.

»Was möchte der Herr trinken? Hat er auch einen Wunsch zu speisen? Wildbraten ist sehr zu empfehlen«, sagte er in einem antiquierten, aber hintergründig lustigen Ton, »selbst geschossenes Mufflon, Reh oder Damhirsch.«

Fielding hatte zwar Lust auf etwas Herzhaftes, wollte aber nur etwas trinken und dachte an sein gefährdetes Trainingsprogramm, wenn er gleich die nächstbeste Gelegenheit zum Schlemmen nutzen würde. Doch der Wirt hatte ihm schon die Speisekarte in die Hand gedrückt.

Fielding blieb allerdings bei seinem Vorsatz und bestellte nur eine große Apfelschorle. »Was ist denn mit dem hölzernen Turm an Ihrer Gaststätte? Kann ich da hoch?«

Der Wirt verzog das Gesicht und drückte ein paar Falten in die Stirn. »Ist leider nicht mehr verkehrssicher. So sehr ich Ihnen ein Wildgericht empfehlen möchte, der Turm ist leider keine gute Wahl mehr.«

Fielding wartete auf seine Apfelschorle und beobachtete die Gäste: ein paar Radfahrer, die wie er bestimmt aus Erfurt angeradelt gekommen waren, ein paar Rentner, die so fit aussahen, weil sie wahrscheinlich jeden zweiten Tag Wanderungen unternahmen, und ein paar Stammgäste, die ab und zu nach Olaf, dem Wirt, riefen. Nachdem Fielding ausgetrunken hatte, winkte er ihm, um zu zahlen.

»Das war eine große Apfelschorle und ein nicht gegessener Wildbraten.« Olaf murmelte ein paar Zahlen und schien eine lange Zahlenkolonne zu addieren und präsentierte schließlich auf einem Block mit Bierwerbung die Rechnung. Es war nur das Getränk enthalten. Der Wirt hatte offensichtlich trotz der vielen Ausflugsgäste den Humor nicht verloren.

Fielding setzte sich noch nicht aufs Rad, sondern ging hinter das Lokal, um eine Stelle mit einem schönen Ausblick zu finden. Dabei stieß er auf eines der zahlreichen Bismarck-Denkmäler und einen weiteren Turm, der zu DDR-Zeiten aus Metall und Fassadenplatten erbaut worden war. Heute war er wie ein Leuchtturm in der Landschaft von weither zu sehen und Haltepunkt für Sendeanlagen einiger Mobilfunkbetreiber. Die Tür war verschlossen.

Leider kein Zutritt, von dort oben hätte ich bestimmt eine geniale Sicht über das Thüringer Becken, vermutete Fielding.

Es gab nur eine kleine Schneise hinunter nach Riechheim, von der man einen Blick auf den gegenüberliegenden Thüringer Wald hatte und die Türme des Schneekopfs sehen konnte. Oben am Rand der Schneise standen zwei Liegestühle.

Das ist bestimmt nach Feierabend der Aussichtspunkt des Wirtspaares, dachte er.

Er wollte nicht den gleichen Rückweg über den Schellrodaer Weg nehmen und fragte den Wirt nach einer Alternative. Eine schöne Strecke sei der Waldweg Richtung Nauendorf, der durch einen langgestreckten Laubwald mit altem Buchenbestand führte. Mit langem, ausgestrecktem Arm beschrieb Olaf den Bogen, den Fielding fahren müsste, hinunter zum Parkplatz, die Teerstrecke rechts weiter, bis es auf den unbefestigten Waldweg zur Katzenberghütte ginge und dort nicht Richtung »Sonnenhof«, sondern geradeaus. Nauendorf und die Stiefelburg seien dann ausgeschildert.

Fielding holte das Rad und fuhr los. Auf dem beschriebenen Weg kam er zunächst an einer Kieferparzelle mit einer kleinen Sitzgruppe vorbei und wenig später an einer Lichtung mit einigen Baracken. Die vordere war saniert, sah aber trotzdem unbewohnt aus. Das ganze Areal wirkte verlassen, als lastete auf allem noch der Wendefluch von Rückübertragungsansprüchen und ungeklärten Eigentumsfragen. Denn die Stelle mitten im Wald, an der Kante eines Muschelkalkhangs mit Blick auf Hohenfelden, war ideal für

Ruhe suchende Städter, die eine Datsche an exklusiver Stelle haben wollten.

Er fuhr etwas langsamer und nur deshalb entdeckte er im letzten Augenblick das Heck eines schwarzen Vans hinter einer der Hütten. Er zog so heftig an der Vorderbremse, dass das Rad abrupt stoppte, sich der Hinterreifen hob und er fast wie beim Bullenreiten vorne über den Lenker abgeworfen worden wäre. Er konnte sich gerade noch abfangen, drehte um und stellte das Rad hinter eine Fichte. Wenngleich Geländewagen und schwarze Vans durch amerikanische Krimis in Mode waren und sich jeder wie ein Held vorkam, der in diesen Zwei- bis Dreitonnern saß, reagierte Fielding mittlerweile sensibel beim Anblick dunkler Vans und vermutete hinter jedem den verdächtigen Wagen, der von Hildebrandts Haus geflüchtet war.

Im Schutz der Fichten schlich er sich näher an die Baracken heran. Die vorderste war mit neuen, senkrecht verschraubten Brettern verschalt, mit schwarzen Dachpfannen und neuen Thermofenstern ausgestattet, aber das Unkraut wuchs ungehindert an der Fassade und vor der Haustür. Sie musste schon lange leer stehen. Die beiden Hütten schräg dahinter waren aus der DDR-Zeit, graue verwaschene Fassaden, als bestünden sie aus Asbest. Darauf lag billiges Teerpappendach. Eingefriedet war das Areal mit einem desolaten Staketenzaun, dessen Zaunfelder vorne in Wegnähe noch intakt, im hinteren Bereich aber zum Teil herausgebrochen waren und vom nadeligen Waldboden langsam absorbiert wurden.

Fielding war jetzt auf Höhe der sanierten Baracke angekommen, befand sich aber noch im Wald. Langsam arbeitete er sich weiter voran. Er verbarg sich hinter dicken Stämmen, sah vorsichtig dahinter hervor und lief zum nächsten. Der Van stand zwischen der zweiten und dritten Baracke. Bis zu der mittleren hatte er es bereits geschafft. Die Fenster waren eingeschlagen, Rollläden lagen abgerissen vor den Fenstern oder hingen wie auf Halbmast in den toten Fensterhöhlen. Er schlüpfte an einem morschen Zaunfeld vorbei, das sich vom Pfosten losgerissen hatte und einen halben Meter davon weg stand, als sei es wie ein Tor halb geöffnet worden.

Er lief zur Längsseite der mittleren Baracke und hatte die dritte mit dem Wagen davor nicht mehr im Blick. Vorsichtig sah er durch die Fensterhöhlen ins Innere. Muffige und kalte Luft strömte aus dem Haus. Glassplitter hingen noch im Rahmen.

Nicht ungefährlich, jetzt einzusteigen. Aber vom Inneren könnte ich ungesehen einen Blick auf die letzte Baracke werfen, überlegte er. Gerade, als er an einem Glassplitter vorbei seinen Fuß hineinsetzen wollte, sah er den toten Vogel, der am Boden lag. Maden krochen aus dem Augenhöhlen und dem Schnabel. Voller Ekel zog sich Fielding zurück.

Doch besser nur um die Ecke spähen, dachte er. Er ging an die Giebelseite, wobei er darauf achtete, nicht auf die laut knirschenden Glassplitter zu treten. Von dieser Position aus konnte er die letzte Baracke gut sehen.

Etwa zwanzig Meter entfernt, schätzte er. Der Van war vom gleichen Modell wie der, den sie verfolgt hatten. *Wenn die Typen Neukamp in ihrer Gewalt haben, wäre das hier das ideale Versteck. Verborgen im Wald, aber von Erfurt aus gut zu erreichen,* überlegte er.

Diese Baracke war nicht völlig heruntergekommen und die Fenster waren intakt. Gerade in dem Moment, als er nach dem Nummernschild des Wagens schauen wollte, hörte er Stimmen. An der anderen Giebelseite mussten Leute die Baracke verlassen haben. Schnell ging er wieder in Deckung. Er hörte Schritte näher kommen.

Jetzt bloß nicht erwischen lassen. Schnell in den Wald laufen? Fielding suchte krampfhaft nach einer Fluchtmöglichkeit. Vom Winkel her stand er schlecht. Sie würden ihn sehen, wenn er durch das gleiche Zaunfeld zurückliefe. Dann atmete er auf. Die Türen des Vans wurden geöffnet. Der Wagen stand mit dem Heck zu ihm, sodass sie vorwärts den Weg zur Katzenberghütte oder zum Riechheimer Berg nehmen würden.

Er wurde mutiger und sah wieder um die Ecke. Zwei Leute stiegen ein. Der Fahrer war groß und korpulent. Vom Beifahrer sah er für den Bruchteil einer Sekunde das Profil, eine Sonnenbrille und eine Basecap. Es bestand keine Chance zur Identifizierung. Der Mann hatte seine Statur.

Neukamp?, schoss es Fielding sofort durch den Kopf. Neukamp hätte es sein können. Zu erkennen war er aber nicht. Seine Stimme war nicht zu hören, nur eine grummelnde, tiefe, die von dem bulligen Fahrer stammen musste, der damit den dröhnenden Bass des startenden V8-Motors zu synchronisieren schien. Der Fahrer gab Gas und das Ungetüm verzog sich zur Straße. Fielding lief nach vorne, blieb an der sanierten Baracke stehen und sah dem Van hinterher, der den Weg in Richtung Riechheimer Berg einschlug. Der Motor heulte bei Vollgas mit tiefem Bass auf, doch im selben Moment, als der Wagen nach vorne schoss, trat der Fahrer heftig auf die Bremse. Der Fahrer stieg aus, ließ die Tür offen stehen. Er ging zu einer Fichte. Dort zog er ein Rad hervor.

»Verdammter Mist«, fluchte Fielding leise zu sich.

Sie hatten sein Rad entdeckt. Jetzt stieg auch der Beifahrer aus. Zusammen sahen sie in seine Richtung. Der Fahrer warf das Rad zurück in den Wald, beugte sich ins Auto und stellte den Motor ab. Fielding ging hinter der Baracke in Deckung. Er hörte, wie die beiden die Türen zuschlugen. Schritte näherten sich ihm auf dem Kiesweg. Das mahlende Knirschen des Gerölls klang bedrohlich unter ihren Stiefeln.

Es war nur noch eine Frage der Zeit, bis sie ihn entdeckten. Sie würden das Areal systematisch absuchen und auf ihn stoßen. Der Fichtenwald war keine rettende Schonung mehr, er konnte ihn nicht ungesehen erreichen. Er sollte die vordere Baracke als Sichtschutz nehmen und versuchen, unbemerkt zur hinteren zu gelangen. Von dort würde er notfalls den Abhang an der Muschelkalkkante hinunterspringen. Es war keine senkrechte Felswand, sondern ein stark bewachsener Steilhang. Wenn er sich an den Ästen der Büsche und kleinwüchsigen Bäume festhielte, könnte er auch als Ungeübter den Abstieg schaffen.

In der Ferne hörte er ein Motorrad. Die Schritte stoppten, kehrten zum Wagen zurück. Das Motorrad kam näher, bis es am Wagen stehen blieb. Der Motorradfahrer könnte daran vorbeifahren, so schmal war der Waldweg nicht, aber der Fahrer hielt an, der Motor erstarb. Fielding lugte wieder um die Ecke. Der Motorradfahrer stand vor dem Van und nahm den Helm ab. Darunter kam der hagere Kopf des Wirts hervor. Selbst aus der Entfernung war er gut zu erkennen. Den Beifahrer konnte Fielding dagegen nach wie vor nicht identifizieren. Meist war er verdeckt oder Fielding sah ihn nur von hinten. Zudem hatte der Unbekannte Basecap und Sonnenbrille nicht abgenommen.

Der Wirt schien mit den beiden zu reden. Fielding hatte nur den Fahrer im Blick. Eine Autotür schlug zu. Der Beifahrer hatte sich in den Wagen gesetzt. Der Fahrer deutete auf Fieldings Fahrrad und wechselte noch ein paar Worte mit dem Wirt. Der Wind stand ungünstig und trieb die Worte in die falsche Richtung. Dann setzte der Wirt den Helm auf. Der Elektrostarter sirrte kurz, bevor der Einzylinder wie ein Lanz-Bulldog-Traktor blubberte. Der Wirt fuhr weiter über den Waldweg nach Hohenfelden, auch der Van startete und fuhr entgegengesetzt über den Riechheimer Berg in Richtung Erfurt.

Fielding atmete auf. Aber was hatte der Wirt mit den Leuten zu schaffen? Was hatte sie bewogen, die Suche nach ihm abzubrechen? Gab es einen Zwischenfall, der wichtiger war als ein Neugieriger im Wald?

Er überlegte seine nächsten Schritte. Er könnte zurück nach Erfurt fahren. Am Wochenende gab es aber nur den Bereitschaftsdienst durch einen Staatsanwalt, der irgendwo zu Hause in Reichweite des Telefons saß und eingreifen konnte, wenn er entsprechend alarmiert würde. Paulsen hatte dieses Wochenende keinen Bereitschaftsdienst. Hildebrandt war verschwunden und die anderen Staatsanwälte kannte er nicht, außerdem waren sie mit dem Fall nicht betraut. Zunächst müsste er sie umständlich informieren und mit dem Urschleim anfangen. Dazu fehlte ihm die Lust und die Geduld. Vielmehr interessierte ihn, was die Typen in der Baracke anstellten.

Er ging zum Weg zurück und holte sein Rad, das sie in das Brombeer- und Brennnesselgestrüpp geworfen hatten. Die Kette war abgesprungen. Mit einem Papiertaschentuch brachte er die öligen Kettenglieder ans Ritzel, drehte an den Pedalen, kurbelte langsam gegen das Knacken der Glieder weiter und schon saß die Kette wieder. Er hatte es sich schwerer vorgestellt. Es beruhigte ungemein,

ein schnelleres Fluchtmittel in der Nähe zu haben als seine lauffaulen Beine. Zur Sicherheit blickte er den Waldweg hinauf und hinunter, er konnte jedoch niemanden entdecken. Diesmal schob er das Rad tiefer in den Wald, damit sie es bei ihrer Rückkehr nicht finden würden, er aber zur Not schnell hinlaufen und durch das Unterholz flüchten könnte.

Anschließend kehrte er zur unteren Baracke zurück und horchte an den Fenstern, die zum Weg hin mit Rollläden verschlossen, auf der anderen Seite zum Abhang hin mit blickdichter Folie verklebt waren. Auf der Rückseite schienen die Unbekannten aus dem Van mit der Renovierung bereits begonnen zu haben, denn die Fenster waren neu und bodentief. Warum sie die Rückseite großzügig verglasten, um sie mit der milchglasartigen Folie sofort wieder blickdicht zu verkleben, als wäre dahinter eine riesige Toilettenlandschaft verborgen, erschloss sich ihm nicht. Die Eingangstür war aus alter DDR-Produktion, aber mit nachträglich montierten metallenen Gitterstreben einbruchssicher gemacht. An einer kleineren, mit vielen Ästen stark verzweigten Buche ein paar Meter abseits der Gebäude, kletterte er hinauf, um nach einem offenen Dachfenster Ausschau zu halten. Offensichtlich hatte jemand auch am Dach mit der Sanierung begonnen. Es waren vier große Panoramadachfenster eingebaut worden.

Plötzlich und ohne Vorwarnung brach mit einem lauten Knacken der dünne Zweig, auf dem er stand. In dem Augenblick, in dem er am Stamm nach unten rutschte, konnte er einen anderen Ast greifen und sich festhalten. Mit seinen in der Luft hängenden Beinen ruderte er suchend nach einem Untergrund für seine Füße. Lange konnte er sich nicht mehr halten. Mit letzter Kraft zog er sich ein Stück hoch, bis ein Fuß endlich Halt an dem Stumpf des abgebrochenen Zweiges fand. Er sah nach oben, griff nach den nächsten Ästen und suchte für die Füße eine stabilere Astgabel, in die er schräg einen Fuß stellte. Trotz der unbequemen Position wollte er unbedingt einen letzten Blick auf das Dach werfen.

Die Dachhaut war neu mit Teerpappe belegt worden. Jeweils zwei der vier Dachluken, die er eben schon gesehen hatte, rahmten links und rechts einen neu montierten, silber glänzenden Schornstein ein. Alle Fenster waren jedoch bündig verschlossen. Es machte also keinen Sinn, den Einstieg über das Dach zu versuchen. Außerdem hätte er von der Buche ohnehin nicht auf das Dach klettern können und von einer Leiter gab es keine Spur.

Der in der Astgabel eingeklemmte Fuß meldete sich mit einem stechenden Pochen. Bevor die Blutzirkulation im Fuß vollends eingestellt würde und er einschliefe, machte Fielding sich daran, von dem Baum herunterzuklettern.

Mit einem Stein könnte er die Scheibe einschlagen. Aber wenn die Baracke einem Unbeteiligten gehören würde, wäre das Einbruch, durch einen Amtsträger vollzogen. »Staatsanwalt als Einbrecher geschnappt«, Fielding sah schon die Schlagzeilen. Er könnte Paulsen anrufen und um Rat fragen, aber die Privatnummer hatte er nicht. Den Bereitschaftsstaatsanwalt kannte er noch weniger. Und den Pförtner? Was wollen Sie? Eine Privatnummer? Ein Unbekannter am Telefon, der sich als Kollege ausgibt? Der würde direkt auflegen oder sich zuvor wegen der Belästigung in Form der dreisten Anfrage noch mit einer Trillerpfeife wehren.

Fielding hatte keine andere Wahl. Er suchte die Einwahlnummer des Justizzentrums. Kein Netz. Klar. Er ging zum Weg auf die Lichtung. Immerhin schon zwei ganze Balken. Er lief auf dem Weg auf und ab. Schließlich meldete sich der Akku mit dem Befehl, sofort zu laden. Jetzt hatte er die Nase voll.

Er blickte sich nach rechts und links um, lief dann wütend an der sanierten Baracke vorbei, ließ die ruinöse, zweite Baracke links liegen, die ihn in einen muffigen, schimmeligen Geruch hüllte, der aus den zerborstenen Fenstern strömte. Er bückte sich kurz, stocherte mit einem Fichtenast einen kindskopfgroßen Stein aus dem Nadelboden, ging um die dritte Baracke herum und hatte sich zu diesem Zeitpunkt den nötigen Mut und die Respektlosigkeit in seiner Rage erlaufen, die für die Tat erforderlich war. Besonders wütend war er über die Typen im Van, die sein Rad achtlos weggeworfen hatten. Und als hätte es noch eines Wutanheizens bedurft, blitzte das Gesicht von Tina im Krankenbett kurz auf, betreut durch einen überaus fürsorglichen Mediziner. Damit fühlte er sich endgültig einsam und verlassen, aber vor allem als einziger Mensch auf dem Riechheimer Berg. Es war niemand da, der hätte Zeugenschaft abgeben können. Niemand, der hätte verhindern können, dass er sich der Erosionskräfte annehmen und den Verfall der Hütte beschleunigen wollte. Mit größter Verachtung gegenüber der grundlos hoch gesicherten Datsche warf er den Stein gegen ein Fenster.

Der Wurf war ein Akt der Befreiung. Die allerdings nur kurz andauerte. Genau so lange, wie der Stein brauchte, um ergebnislos von der vibrierenden, aber unversehrten Scheibe mit einem matten Rums auf den Boden zu plumpsen. Das Fenster schien ihn zu verhöhnen, als hätte er nur anklopfen wollen.

Okay, also noch mal von vorn, sagte er sich. Er hob den Stein vom Boden hoch und versuchte, sich wie ein Olympionike auf den Wurf zu konzentrieren. Er hielt inne und atmete mehrmals kräftig ein und aus. Er sammelte sich und summierte alles Negative auf, was ihm in letzter Zeit widerfahren war. Dabei murmelte er vor sich hin, als wollte er den Stein beschwören. Er packte seinen Zorn in den Stein, die Wut, seinen Frust über Tina, den Quacksalber-Arzt, dachte über Neukamp nach, der seine Entführung vielleicht nur gespielt hatte, und gleichzeitig über seinen eigenen Edelmut, Neukamp mit dem großen Stein im zweiten Anlauf endlich aus der Gefangenschaft in der elenden Baracke befreien zu wollen. Mit größter Kraft schmetterte er den Stein gegen das Fenster.

Er krachte in das untere Drittel der Scheibe und mit einem schrillen, ächzenden Knirschen gab das Glas unter der Folie nach. Der Stein blieb wie ein Pfeil in der Wunde stecken und erinnerte ihn an Kindertage, als sie im Winter Steine auf Eisplatten auf dem Weiher warfen, die schmatzend im Eismatsch hängenblieben. Fielen sie irgendwann, oft Tage später, durch das mürbe, altersschwache Eis auf den Grund, hatte der Winter verloren.

Fielding musste einen Stock zu Hilfe nehmen, um den Stein aus der Glasfläche zu pulen. Die Folie schützte das Glas wie bei einer Verbundwindschutzscheibe. Durch das Loch, das der Stein hinterlassen hatte, konnte er nicht viel erkennen. Er brauchte etwas, um das Loch zu vergrößern. Die Scheibe musste Risse bekommen haben.

Wenn ich Glück habe, dann ..., aber Fielding verwarf den Gedanken gleich wieder. Das Glück war ihm seit einiger Zeit abhandengekommen. Er suchte sich eine Zaunlatte aus einem halbwegs intakten Zaunfeld, brach sie heraus, steckte sie in das Loch und hebelte die Öffnung in der Scheibe größer. Dann warf er den Stein noch mehrmals gegen das angeschlagene Fenster, hebelte weiter und hatte schließlich eine so große Öffnung, dass er es wagen würde, hindurchzukriechen, nachdem er die Splitter vorsichtig aus dem Rahmen herausgezogen hätte.

Er ging so penibel vor wie ein Rettungsassistent beim Säubern einer Wunde. Wenn er sich mit einem Splitter in den Finger stach, könnte die Kriminaltechnik den Täter über die DNA-Spur schnell ermitteln, falls das Landeskriminalamt aufgrund eines Einbruchs in eine gottverlassene armselige Barackenbehausung einen Massengentest bei allen Einwohnern Thüringens, die älter als fünf Jahre wären, veranlassen würde. Doch dass hier jemand einstiege, würde eher nach einem Dummejungenstreich aussehen. Fielding musste grinsen.

Aber bevor er durch das Fensterloch kletterte, lief er erneut die hundert Meter zum Waldweg, sah rechts und links den Weg entlang, der noch genauso verlassen war wie zuvor. Die Luft war rein. Er ging zurück, fand unterwegs noch ein Stück Teerpappe von der Dachsanierung, das er auf den Fensterrahmen legte. Sicher ist sicher.

Halbwegs geschmeidig und langsam ließ er sich durch die Öffnung gleiten. Das hatte geklappt. Er klopfte sich den Staub von der Kleidung und schaute sich um.

Eine reine Männerwirtschaft, dachte er bei dem Durcheinander, bei dem Dreck und Staub, der überall herumlag. Aus diesem Chaos stachen einige Staffeleien heraus, Leinwände, bemalte oder noch weiß grundierte, und Farben in allen möglichen Behältnissen, in Tuben oder Einmachgläsern. »Party-Gurken«, »Erbsen«, »Sauerkirschen« las er auf den Gläsern, die mit blauer, roter oder gelber Farbe gefüllt waren, mit Mischtönen, schmutzigen, hellen, cremefarbenen, sandigen und grellbunten. In Eimern aus Kunststoff oder Blech ragten wie aus einem Köcher langstielige Pinsel. Auffallend war auch das Licht. Wer außen die graue, unansehnliche Baracke und die heruntergelassenen Rollläden wahrnahm, vermutete ein dunkles, muffiges Loch. Das Gegenteil war der Fall. Es war hell. Die milchglasartig folierten Scheiben auf der Südseite ließen das Licht fast ungefiltert hindurch und zusätzlich flutete es wie in einem Gewächshaus durch die vier Dachfenster hinein. Der Rest der Decke war mit weißen Styroporplatten verkleidet, die das Licht reflektierten und zugleich die Hütte dämmten.

Alles perfekt, dachte Fielding. Perfektes Atelierlicht für einen Maler, der die Einsamkeit suchte, die Stille und einen Boden, der das alles klaglos hinnahm. Denn der Boden war bekleckert wie in einem Hühnerstall, aber nicht mit weiß-grau-braunem Kot, sondern mit dem gesamten Farbspektrum, das dem unbekannten Künstler zur Verfügung stand.

Fielding sah sich die Leinwände auf den Staffeleien an. Der Maler schien entweder mehrere Stilrichtungen zu beherrschen oder er leitete eine Malgruppe, deren Teilnehmer diverse Stilrichtungen ausprobierten. Da trafen expressionistische, aber noch gegenständliche Motive, die ihn stark an Emil Noldes Œvre erinnerten, auf völlig abstrakte Werke, als wären sie mit Jackson Pollocks Action Painting angefertigt worden. An der hinteren Wandseite vor den mit Rollläden geschlossenen Fenstern stand auf einem Podest ein alter Diaprojektor, der auf eine große Leinwand an der Giebelseite zielte.

Dia-Abende machen sie also auch noch, dachte er, bevor ihm einfiel, dass man mit den Projektoren Bilder auf eine Leinwand projizieren und abmalen konnte. Ein Hort der Kopisten. Dieses Puzzleteil hatte er noch benötigt, um schließlich das analytisch zu verarbeiten, das ihm seit geraumer Zeit im Kopf herumschwirrte und er bisher aufgrund blockierender Gedanken der Sehnsucht und Wut über Tina und ihren Doktor nicht auf eine logische Kettenschnur hatte aufreihen können.

Er setzte sich in dem Durcheinander auf einen alten Kirschholzstuhl, fühlte vorher über die Farbkleckse und überzeugte sich, dass sie durchgetrocknet waren. Dann begann er mit dem Rätsel Patton.

22

Der Amerikaner kam mit seinem Learjet im Direktflug aus den USA nach Erfurt. Dort suchte er ein Hotel auf und hatte einen Termin mit Hildebrandt. Wenig später war er tot. Und in Hildebrandts Büro fand die Tatortgruppe ein Einschussloch. Der Sektionsbericht wies laut Verena Homburg aber als Todesursache einen Genickbruch aus und es gab Schmauchspuren in der Hand des Toten. Er musste daher die Waffe selbst abgefeuert haben, im Gerangel mit dem Täter. War Hildebrandt der Täter? Es sprach alles dafür.

Es musste kein Mord gewesen sein, der Kampf deutete auf Affekt, Totschlag oder Körperverletzung mit Todesfolge hin. Hildebrandt erschrak, flüchtete und erfand einen Zwischenfall im Hotel. Dort hätte es Schüsse gegeben. Oder besser noch: Er griff nach der Waffe des Toten, steckte sie ein, wickelte einen Mullverband um den Kopf des Toten, schleifte ihn unbehelligt – da vor ihm alle Mitarbeiter des Justizzentrums aufgrund eines Feueralarms das Gebäude verlassen hatten – in die Toilette und verschwand mit seinem Wagen aus der Tiefgarage in die Stadt. Von Patton müsste er vorher noch den Hotelnamen erfahren haben. Er fuhr zum Hotel, schlich sich ins Gebäude, vielleicht über die Tiefgarage, feuerte ein paar Mal die Waffe ab und war wenig später der Ermittler an der Seite der Kripo, der vorgab, die mysteriösen Schüsse aufklären zu wollen. So fingierte er sein Alibi, denn minutengenau ließen sich Mord oder Totschlag an Patton und die Schüsse im Hotel, das nicht weit weg vom Justizzentrum lag, nicht festlegen.

Hildebrandt war jedenfalls in krumme Geschäfte zum Nachteil Pattons verwickelt. Es gab zudem Hintermänner, die in einem schwarzen Van unterwegs waren und Hildebrandt entführt hatten, diesen merkwürdigen Tunichtgut Neukamp ebenfalls. Aber warum hatten sie ihm Neukamp auf den Hals gehetzt? Der halbherzige Angriff des angeblich Eifersüchtigen diente wohl nur dazu, in ihm Schuldgefühle zu wecken und sich seiner anzunehmen. Die Zeit im

Wagen sollte Neukamp dann nutzen, ihn zu den Ermittlungen auszuhorchen.

Ziemlich riskant, dachte Fielding, denn mit dieser Aktion war ein bisher Unbekannter ins Geschehen eingeführt worden. Außerdem hatten sie mit Hildebrandt einen Insider dabei, der sie präzise zu dem jeweiligen Ermittlungsstand hätte informieren können.

In dem Moment wurde ihm alles klar: Hildebrandt hatte die Entführung nicht überlebt. Die Blutspuren im Wohnzimmer stammten von Hildebrandt. Das hatte Verenas Team ermittelt. Sonst wäre der Umstand, die Karte Neukamp zu ziehen und ins makabere Spiel einzuführen, entbehrlich gewesen. Nur so konnte es sich abgespielt haben.

Fielding war mit sich und seinen analytischen Fähigkeiten zufrieden. Sollten sich doch die anderen auf die Kriminaltechnik, auf DNA-Tests und sonstige Nanospuren verlassen. Mit Logik, Analyse, Konzentration, ordentlicher Sachverhaltsermittlung und Subsumtion kam er immer noch am weitesten.

Würde man die beiden Typen im Van schnappen, wäre das Rätsel gelöst.

Die Hälfte ist schon mal geschafft, dachte Fielding. Welche Motive könnten dahinter stehen? Die meisten Tötungsdelikte geschahen im familiären Umfeld.

Davon ist hier nicht auszugehen, überlegte er. Jedenfalls war ihm von amerikanischer Seite bisher nicht übermittelt worden, dass Patton verwandtschaftliche Beziehungen, Freundschaften oder sonstige Bindungen in Erfurt unterhielt. Die Testamentseröffnung dürfte keine Überraschungen bergen. Wie so häufig wäre der Täter in seinem geschäftlichen Beziehungsgeflecht, im persönlichen Umfeld des Toten zu finden.

23

Mit einem klickenden Geräusch blitzte es plötzlich grell auf. Gleißendes Licht flutete den Raum aus, bläulich hell wie bei einem Dauerblitzlicht. Fielding erschrak und warf sich auf den Boden. Hatte er einen Sensor berührt, stillen Alarm und Gegenmaßnahmen ausgelöst? Vorsichtig hob er den Kopf.

Von Nahem betrachtet war der Boden noch schmutziger als aus der Vogelperspektive. Außerdem stank er nach ranzigem Leinöl. Das Licht kam von der Giebelseite. Etwas tickte wie ein Kurzzeitmesser aus der Küche. Sonst war nichts zu hören.

Fielding ging langsam in die Hocke, dann richtete er sich auf. Fehlalarm. Er war nach wie vor allein in der Hütte. An der Stirnseite glühte eine Höhensonne und tauchte ein Gemälde in UV-Licht. Das Gerät stand auf einem Stuhl, mit der geschlossenen Lehne zum Raum hin, deshalb war es ihm noch nicht aufgefallen. Davor hatten sie eine Staffelei postiert, niedrig gestellt und mit einem Bild, nur wenige Zentimeter von der künstlichen Sonne entfernt. Die Stromversorgung war offensichtlich intakt, ein Kabel mündete in einer Zeitschaltuhr, die auf einer Mehrfachsteckdose saß. Die rote Kontrollleuchte verblasste unter der UV-Bestrahlung zu einem blassen Gelb. Die Bestrahlung hatte die gleichen Auswirkungen wie echtes Sonnenlicht.

Irgendjemand will, dass das Gemälde künstlich altert, dachte Fielding. Er wollte sich die Konstruktion näher ansehen, als er in der Ferne ein Auto hörte. Es gab noch einige Datschen auf dem Riechheimer Berg, aber das Motorengeräusch entfernte sich nicht. Jemand stellte ganz in der Nähe den Motor ab. Zum Waldweg hin gab es nur die geschlossenen Fenster.

Leise ging er zu dem Rollladenband, zog sachte daran, um durch die kleinen Rechtecke zu lugen, die ihn immer an Perforationen zum Filmweitertransport in den Projektoren erinnerten. Wie durch eine Zielvorrichtung sah er mit halb zusammengekniffenen Augen durch die winzigen Lichtquadrate, aber zu spät.

Als er den dunklen Wagen vor der Baracke ausmachte, war der Fahrer längst ausgestiegen. Schritte näherten sich der Baracke. Im gleichen Augenblick hörte er einen Schlüsselbund klimpern. Der Besucher probierte erfolglos einen Schlüssel, er passte nicht. Fielding vernahm ein leises Fluchen. Wohin konnte er fliehen? Schnell durch das Loch im Fenster verschwinden? Das hätte er nicht mehr geschafft. Mit wenigen, vorsichtig und leise aufgesetzten Schritten eilte er zur Tür und stellte sich hinter einen Vorhang, der in der kalten Jahreszeit den Türbereich vor Zugluft abschirmen sollte.

Der Fremde hatte mittlerweile den richtigen Schlüssel gefunden, der sich zweimal im Schloss drehte. Knarrend öffnete sich die Tür. Das Türblatt verdeckte Fielding zunächst, dann trat der Unbekannte in den Raum. Der Mann hatte seine Größe, trug eine schwarze Lederjacke und fluchte erneut, als er das eingeschlagene Fenster sah. Er griff in die Jackeninnentasche, um eine Waffe oder sein Handy hervorzuziehen, doch Fielding war schneller.

Hinter der noch offenen Tür hatte er sich den nächstbesten Gegenstand gegriffen und dem Typen aus dem Hinterhalt in den Rücken gedrückt: »Hände hoch und mit den Armen an die Wand lehnen!«, rief er mit fester Stimme, die zu seiner eigenen Überraschung frei von Angst und nicht schwach klang.

»Alter Schwede! Wenn das mal nicht die verquarzte, sonore, nein, ich sollte ehrlich bleiben, die aufgeregte Fistelstimme von unserem Rechtsanwalt ist.«

»Staatsanwalt.«

»Im Kiefernwald. Du kommst ja wie gerufen!« Der Fremde drehte sich zu Fielding um.

»Neukamp, einfach mal die Klappe halten. Ich weiß, für dich ist das die schwerste Übung.«

Neukamp drückte den Quast zur Seite, den Fielding in der Hand hielt und dessen Stiel die Mündung einer Schusswaffe imitieren sollte. »Uups, was für ein Kaliber, das war jetzt aber wagemutig von mir. Das hätte auch dein Krückstock sein können.«

»Und ich dachte, dich gäbe es nur noch in Scheiben. Alles nur gespielt, dieses erbärmliche Schauspiel als Folteropfer. Es wäre an der Zeit, der Wahrheit etwas mehr Raum zu gewähren.«

»Oh, wie schwülstig. Die Bedingungen kennst du ja.«

»Sind mir gerade entfallen. Mir kamen ein paar Dinge dazwischen, die du vielleicht mal erklären solltest. Da war der ominöse Anruf, du seist entführt worden. Nur so eine kleine Andeutung meinerseits.«

»Lass mal den Schmalz stecken. Hätte ich mir auch gerne ausgedacht«, dabei hielt er Fielding seinen verbundenen Zeigefinger vor die Nase. »Bei unserem letzten Treffen hab ich dich nach einem Zeugenschutzprogramm gefragt. Was ist jetzt damit? Ich brauche Sicherheiten.«

»Darüber können wir reden. Lass erst mal hören, worum es geht.«

»Okay, kleiner Teaser vorab, dann will ich aber was Schriftliches, eine wasserdichte Garantie.«

»Vorher will ich wissen, was ihr mit Hildebrandt gemacht habt.«

»Hilde wer? Die Schwester von Willy? Wer soll das sein?«

»Tu nicht so, den kennst du genau. Hildebrandt, älterer Kollege von mir, groß, stämmig, Anfang sechzig, volles Gesicht.«

»Ah, ich hab da so eine Ahnung. Was soll nun wer mit ihm gemacht haben?«

»Wo habt ihr ihn verscharrt?«

»Was denn? Hildebrandt ist tot?« Neukamp sah ihn verwundert an.

Dieser verfluchte Schauspieler, dachte Fielding. Das musste er ihm lassen, Neukamp war ein Meister der Verstellung. »Du hast früher mal in einer Laienschauspielgruppe mitgemacht, stimmt's?«

»Fielding, lass den Quatsch. Manchmal ist es lustig, aber dann sollte man auch wieder ernst werden. Das letzte Mal war euer Kollege putzmunter.«

»Aha, du kennst ihn also. Wir haben in seinem Wohnzimmer Blut gefunden. Es stammt von ihm.«

»Och, hat sich der Gute geschnitten«, Neukamp zog die Schultern mit einer Geste des Bedauerns hoch. »Beim Schälen von Kartoffeln, Gurken oder weiß der Geier bei was. Und ich sag noch, man kann sich nur auf eine Sache konzentrieren, entweder Fernseh'n oder in der Küche Gemüse schneiden.«

»Jetzt red endlich und lass die Faxen.«

Neukamp ging zur Stirnseite der Baracke und schaltete die Höhensonne aus. Das Odeur von ranzigem Leinöl wurde gemischt mit der scharfen Geruchsnote von Ozon. Wildes, aggressives Ozon. Fielding hatte das Gefühl, als ob sich das Gas wie ein Reibeisen auf die Stimmbänder und Schleimhäute legen würde. Die Lampe knisterte und Neukamp deponierte sie vorsichtig auf den Boden. Er zog den Stuhl näher und setzte sich in die Raummitte. Dann deutete er auf einen Hocker.

»Setz dich, könnte dauern. Tina wird von mir erzählt haben.« Er merkte, wie Fielding bei dem Namen leicht zuckte. »Ja, sorry, aber ich musste sie erwähnen. Jetzt leiden wir beide mal kurz und beruhigen uns wieder. Ich war wie sie bei dieser Stadtillustrierten in Arnstadt und bin eher durch gute Karikaturen als durch Texte aufgefallen. Irgendwann habe ich gemerkt, dass ich meinen Neigungen nachgehen sollte, denn wenn schon arbeiten, dann auch auf dem Feld, das einem zusagt. Also habe ich gemalt, Aquarelle, einfache Tuschezeichnungen, mit Bleistift, Acryl oder Ölfarben. Dann war ich pleite. Bei der Zeitung hatten sie mich rausgeworfen. In meiner Naivität hab ich bei einer Galerie nachgefragt, ob ich ihnen meine Bilder verkaufen könnte, ob sie mich vertreten würden. Wo ich denn Kunst studiert hätte? Wieso, nähmen sie nur Diplom-Maler oder was? Gibt es den staatlich geprüften Kunstmaler, den Bachelor oder Master of Arts? Entweder du hast Talent oder du hast es nicht. Talent lässt sich nicht studieren. Na ja, ich sollte das Bild da lassen.«

»Was für ein Bild war es?«

»Irgend ein Ölbild.«

»Von dir entworfen?«

»Von wem sonst? Okay, ich hatte mich schon an einen namhaften Künstler angelehnt, wenn ich das mal so sagen darf.«

»Ach ja, da kommen wir der Sache schon näher.«

»Jetzt unterbrech mich nicht, die Sache ist ernst.«

»Schon klar«, fügte Fielding schnell an.

»Yves Klein hat doch unzählige Bilder in Blau gemalt, monochrom. Wer hat sie gezählt? Maler haben Skizzen angefertigt, Variationen, die Impressionisten Motive zu unterschiedlichen Tageszeiten, weil sich ständig das Licht veränderte. Ein paar Kopisten sind aufgeflogen.«

»Und da hast du gedacht, erfindest du weitere Bilder zu anderen Tageszeiten, wo du schon mal die Farbpalette in der Hand hattest. Und auf einmal waren sie von den Originalen nicht mehr zu unterscheiden oder keiner konnte sagen, ob es zu den dreiundvierzig Variationen einer Kathedrale nicht auch noch die vierundvierzigste gegeben haben könnte.«

„Ja, so ungefähr kannst du dir das vorstellen. Du lernst ja schnell. Letztens gab es in Köln einen spektakulären Prozess. Ein Fälscher hatte den plumpen Fehler begangen und ein Weiß verwendet, das es zum Zeitpunkt des Originals noch gar nicht gab. Als würde ich bei einem Portrait das Modell aus dem 19. Jahrhundert eine Quarzuhr oder ein Piercing tragen lassen.«

»Unter Geldmangel leiden so manche, ohne dabei kriminell zu werden. Kriminelle Energie ist allein schon dazu notwendig, um das heute Gemalte so alt aussehen zu lassen, als habe es dreihundert Jahre in Salons gehangen.«

»Jeder hat seine eigenen Tricks, mal gute und originelle, mal weniger gute, und dann fliegen sie auf. Ich habe mir einen Alterungskoffer zugelegt.« Neukamp stand auf und ging zu einem Tisch, auf dem Farben und Dosen sowie Becher mit Pinseln standen. Er bückte sich und zog unter dem Tisch einen fleckigen Attachékoffer hervor. Er knallte ihn auf den Tisch und schob rücksichtslos das Sammelsurium an Malerbedarf zur Seite. Eine Dose knallte auf den Boden und kullerte durch den Raum. Neukamp beachtete es gar nicht. Geräuschvoll ließ er die Verriegelungen aufspringen und klappte den Deckel nach oben. Fielding sah eine Ansammlung von Beuteln. Die transparenten waren mit Pulver oder Krümeln gefüllt, andere waren schwarz und verrieten den Inhalt nicht. »Tee, Kaffeesatz, Staub, hier ist alles, was man zum Altern braucht.«

»Ein Geriatrie-Koffer«, meinte Fielding.

»Was?«, Neukamp ließ sich in seinem Vortrag nicht stoppen und setzte sich wieder. »Mit der Höhensonne bekommen wir zum einen die Ausbleichung durch UV-Strahlung hin, wie sie nach zig Jahren erwartet werden muss, zum anderen das Craquelé.«

»Das was bitte, Krakeeler?«

»Nein, Craquelé, das sind feine Haarrisse in der Glasur von Keramiken, die sich aber auch bei ausgehärteten Ölgemälden finden, je nach Dicke des Farbauftrags. Das ist Tüftelei, Laborforschung, wenn ich das hier mal als mein Labor bezeichnen darf. Gehst du mit dem Bild zu nah oder zu lange an die Höhensonne, gibt es keine Haarrisse, sondern Blasen, dann kannste alles in die Tonne hauen.« Er tippte sich an die Stirn und rieb die Finger aneinander. »Du musst nicht nur hier oben was im Kasten haben, sondern auch Fingerspitzengefühl. Wir sind da Kunsthandwerker!«

»Kunsthandwerker in eurer Fälschergilde, wolltest du sagen.«

»Was ist, noch interessiert oder soll ich meinen Vortrag abbrechen? Musst du nur sagen.«

»Vergiss es, kannst fortfahren.«

»Also, es gab ein paar aufsehenerregende Prozesse gegen Kunstfälscher in letzter Zeit. Ich habe die ganze Berichterstattung gesammelt, das war echt Volkshochschule für mich. Profifälscher haben alte Leinwände aufgekauft, nach alten Farbvorräten oder Rezepturen gesucht, um die ohne moderne Chemie mit natürlichen, damals verwendeten Stoffen anzurühren. Einige haben regelrecht geforscht. In einem Nachrichtenmagazin über einen Kunstfälscher hab ich gelesen, dass er eine Mischung aus Bakelit und alten Pigmenten bei hundertzwanzig Grad direkt auf eine Leinwand gebacken hatte, um einen dreihundert Jahre alten Effekt mit spröder, ausgehärteter und rissiger Ölfarbe hinzubekommen. Da haben wir wieder das Craquelé. Das muss der doch ausgiebig getestet haben, stimmt's? Oder denk an die Gutachten, die die Fälschungen als echt anerkannten.«

»Was für Gutachten?«

»Na, von hochbezahlten Wissenschaftlern, Professoren, die in den Kunstfälscherprozessen als Gutachter aufgetreten waren. Die waren in ihrer Expertise nicht immer überzeugend. So manche Fälschung wurde glatt übersehen und für echt gehalten. Du kennst doch noch den Konrad Kujau.«

»Konrad wer? Ach, der mit den Hitler-Tagebüchern.«

»Da hat es erschreckend lange gedauert, bis Gutachter die Fälschung erkannt hatten. Aber wir kommen vom Thema ab. War das Bild fertig, musste also das Drumherum angepasst werden. Antike Rahmen standen hoch im Kurs. Zum Schluss wurden die Werke der Witterung ausgesetzt, sofern alles wetterfest war. Dann kam noch eine dem Jahr der vermeintlichen Entstehung angepasste Patina darüber, gezaubert aus Tee oder Kaffee, und zwischen Leinwand und Rahmen wurde eine exquisite Mischung von Hausstaub gestreut. Fertig war das uralte Produkt.«

»Und das Gefühl, Betrug zu begehen, kam dir dabei nicht? Du hast also auf dem Kunstmarkt so richtig mitgemischt. Das bedeutet«, begann Fielding nachdenklich, »in einem ohnehin schon intransparenten Markt habt ihr für weitere Unsicherheit gesorgt.«

»Mann, jetzt nerv nicht«, unterbrach ihn Neukamp barsch, »du immer mit deiner gestelzten Hochsprache. Stell dir vor, es ist Herbst, die Sicht liegt im Nebel unter fünfzig Meter. Und in dieser Wetterlage zünden wir ein paar Nebelkerzen. Soll ich dir was sagen? Das fällt keinem auf. So ist es.« Dabei legte er beide Hände auf seine Brust und versuchte, mit einem gesenkten Blick und nach oben blickenden Dackelaugen wie ein Unschuldslamm auszusehen. »Sind wir wirklich dafür zuständig, einen, wie du selbst sagst, intransparenten Markt aufzuhellen, die Luft zu klären?« Theatralisch schüttelte er den Kopf. »Außerdem: Der Fälscher aus Köln, ein genialer Kunstmaler, der mit dem falschen, viel zu modernen Weiß, der wurde durch die Talk-Shows gereicht wie ein Sportler, der von Olympia mit fünf Goldmedaillen nach Hause kommt. Die haben Filme gedreht, einen Hype daraus gemacht. Und du sprichst von Skrupeln? Ich sag dir was, die Leute wollen betrogen werden. Sie haben jahrelang den Banken ihr Geld hinterhergeworfen. Dann kam der große Crash, Verluste wurden abgeschrieben und neue Investitionsfelder gesucht. Immobilien. Dort platzte die Immobilienblase schneller als vermutet. Die Verluste wurden abgeschrieben, Vermögensberater aufgesucht, die zu Oldtimern und zu Kunstobjekten rieten. Also zieht die Geldkarawane weiter, bis ihr am nächsten Ort der nächste Super-Gau droht. Anleger, Stiftungen,

Unternehmen haben im großen Stil Kunst ersteigert. Die Liquidität von Unternehmen kann bedroht sein, wenn sie vorher bei Banken zur Sicherheit von Krediten Kunst hinterlegt haben. Zum Beispiel einen Picasso.«

»Warum gerade Picasso, hast du den auch gefälscht?«

»Für den sind andere honorige Personen zuständig. Literaturnobelpreisträger Dario Fo soll übrigens gestanden haben, zusammen mit seiner Malschule achtzig Picassos gefälscht zu haben. Dazu kommen weitere Fälschungsskandale. Angereichert durch die Behauptung, einige der Künstler könnten sich auch selbst gefälscht haben, was man Giorgio de Chirico nachgesagt hatte. Oder sie hätten Radierungen oder andere limitierte Auflagen mal schnell nachproduziert, wenn sie klamm geworden waren. Man druckte so lange, wie es der Druckstock hergab, der normalerweise nach erreichter Auflage unbrauchbar gemacht werden musste. Du siehst, ich warte hier auch auf den großen Crash, aber bis dahin habe ich wenigstens gut verdient. Und noch was: Bei allen Prozessen machte sich keiner die Arbeit, nachzuforschen, wie viele Fälschungen im Umlauf sind. Das interessiert keinen. Die sind nämlich genauso gut wie die Originale.« Neukamp stand wieder auf und ging zu der Höhensonne. Er fühlte vorsichtig am Gehäuse. Offensichtlich war die Lampe abgekühlt. Er klappte sie zusammen und schob sie vorsichtig wie einen Korb roher Eier unter einen Tisch.

»Es dürfte noch einen anderen Grund geben«, meinte Fielding, »wenn herauskommt, dass vom Künstler soundso viele Fälschungen im Umlauf sind, könntest du Auktionen vergessen. Ein ganzer Markt bräche zusammen. Also halten alle still.«

Fielding beobachtete Neukamp, der nichts erwiderte, sondern Pinsel in den Behältnissen anhob, die Borsten gegen den Rand aus Blech oder Glas drückte, um zu sehen, ob Terpentin die Borsten geschmeidig gehalten hatte.

»Otto Dix und Emil Nolde hast du also kopiert?«, fragte Fielding weiter und sah auf die Poster und Bildbände mit deren Bildern. »Diejenigen, die die Bilder kaufen, wollen eine Wertsteigerung und keine Wertvernichtung.«

»Nein, nein. So schnell mal eben Dix und Nolde kopieren geht nicht. Das wären aber meine nächsten Aufträge gewesen. Ich muss mich präzise in die Welt der Maler einlesen, habe Museen besucht, muss wissen, wie schnell haben sie gemalt, muss den Charakter ihrer Technik studieren, ihre Pinselführung untersuchen. Wie haben sie den Malgrund vorbereitet? Welchen Malgrund haben sie verwendet? Nicht alle konnten Leinwand verwenden, die war teuer und Kunst war zu Lebzeiten fast immer eine brotlose. Also suchten sie sich Pappen, Kartons, Holzplatten, Faserplatten, Masonit. Aus Kostengründen haben sie gelegentlich andere, verworfene Motive übermalt.«

»Tina sagte, du hättest damals als Volontär bei der Arnstädter Zeitung meistens Karikaturen gekritzelt. Es ist ein Unterschied, schnell mal mit ein paar Bleistiftstrichen eine Person zu beschreiben oder eine witzige Szene oder mit Öl oder Acryl eine fast fotorealistische Szenerie einzufangen.«

»Oh, wo siehst du hier Fotorealismus? Das traue ich mir nicht zu.« Neukamp ging die Staffeleien mit grundierten Leinwänden ab, als entwürfe er im Kopf weitere Motive, die er bald mit kühnen Pinselstrichen auf die Fläche brächte. »Ich habe versucht, Kunst oder Grafik-Design zu studieren«, erklärte er, »und bin an allen Hochschulen abgeblitzt. Die hatten Aufnahmetests, teilweise nur Mappenvorlagen oder kombiniert mit einem eintägigen Test. Immerhin wurde ich nach einer Vorauswahl zu den Tests eingeladen und kam zeitgleich mit der Konkurrenz an, die aus VW-Bullis ihre Originale ausluden. Das waren Alte Meister, dachte ich, aber mit Signaturen von Müller, Meier, Schulze aus unserer Zeit. Gegen die haste keine Chance, dachte ich und habe mich deshalb auf das Fälschen von Impressionisten und Expressionisten spezialisiert. Die sind etwas simpler in ihrer Ausführung. Kennst du Bilder von Dix? Bekannt ist sein Triptychon ›Großstadt‹. Sehr komplexe Darstellung verschiedener Charaktere, durchaus anspruchsvoll. Aber beim Portrait ›Die Schriftstellerin Sylvia von Harden‹, von Dix auf Holz gemalt, muss ich sagen, das werde ich hinbekommen. Das sind schlicht Karikaturen, nicht mit Bleistift, sondern mit Öl ausgeführt. Mit ein bisschen Übung …«, er brach ab und bewegte abwägend den Kopf hin und her. »Wo habe ich den Bildband?«, er wühlte auf einem Stapel mit Zeitungen, Büchern und zog einen dicken Wälzer hervor. »Hier, mein Dix-Kunstband, das gute Stück.« Er schlug das Buch auf. »Sieh mal, das Bild ›Die Eltern des Künstlers römisch zwo‹, schon anspruchsvoll, aber was sagt römisch zwei?«

Er wartete nicht auf eine Antwort von Fielding, sondern fuhr fort: »Das ist wie ein Elfmeter, denn jeder Kunstsachverständige erkennt durch die Nummerierungen der Werke mit römischen Ziffern, dass es eine manchmal unbekannte Anzahl von Variationen eines Motivs gibt. Hier, noch ein Beispiel, ›Der Streichholzhändler römisch eins‹, erneut eine unbekannte Menge an Varianten, da kannst du Käufern alles als Entwurf, Skizze und so weiter unterschieben.« Er blätterte weiter in dem Kunstband. »Ah, hier haben wir ja Sylvia von Harden. Der Hintergrund ist eine wunderschöne, einfach gestaltete rote Fläche, monochrom, ein kleiner Marmortisch rechts und die glatten Gesichtszüge der Sylvia. Dazu ein schlichtes rotes Kleid mit schwarzen Quadraten im Stil der Zwanzigerjahre. Das ist wirklich einfach zu kopieren. Wäre ich nicht unter Zeitdruck, würde ich dir eine erste Lehrstunde in Sachen Kopist gewähren. Eine andere Möglichkeit, dass gefälschte Bilder nicht bemerkt werden, ist, die Lücke von verschollenen Bildern zu schließen. Dix' Gemälde vom Schützengraben, 1937 noch in der Ausstellung über entartete Kunst gezeigt, ist verschollen. Das bietet eine große Freiheit für weitere Varianten, ich darf nur die römischen Nummern nicht vergessen.«

»Soweit so gut, aber was ist mit den Werkverzeichnissen über Künstler? Die engen ja wohl deine kreative Fälscherseele ein.«

»Du bist lustig. Werkverzeichnisse! Oh welch Gefahr!« Er reckte theatralisch die Fäuste gegen die Decke. »So blöd, wie du denkst, bin ich auch nicht. Was glaubst du, wie oft ich in Museen oder Ausstellungen gewesen bin und nette Gespräche mit Museumsleitern oder Kuratoren geführt habe. Werkverzeichnisse sind nicht verlässlich, ich sage nur Generation Praktikum. Wenn die Museen Glück haben, dann kümmert sich ein Kunsthistoriker im Rahmen seiner Abschlussarbeit oder einer Dissertation darum. Manche vertrauen allein auf die Aussage der Hinterbliebenen eines Künstlers, die vielleicht auch nicht zugeben möchten, dass sie zuvor mangels Liquidität das ein oder andere Werk an Sammler verkauft haben.«

»Woher willst du das alles wissen? Warst du dabei?«

»Du musst dich einlesen in die verflixt komplizierte Materie, nur Malen, den Pinsel schwingen, reicht nicht«, er schüttelte den Kopf. »Ein Kunstfälscher, der was auf sich hält, ist immer auch ein Kunsthistoriker. Ich bin es jedenfalls als Autodidakt geworden.«

»Das ist doch wieder eine von deinen berüchtigten Großmaulgeschichten.«

»Sag, was du willst, es gibt bei mir keine Denkverbote. Aber wie ich das sehe, brauchst du weitere Beispiele, um zu verstehen, was im Kunstmarkt so abgeht. Ich habe gerade schon die Hinterbliebenen des Künstlers erwähnt. Ideal sind immer die jung verstorbenen Maler wie Vincent van Gogh, der nur siebenunddreißig Jahre alt wurde. Jan Hulsker hat herausgefunden …«

»Jan wer?«, fragte Fielding.

»Jan Hulsker, das ist der Papst der Van-Gogh-Forschung«, rief Neukamp, als würde Hulsker jedem Fünftklässler im Kunstunterricht vorgestellt. »Er war mal Generaldirektor der Abteilung für kulturelle Angelegenheiten im niederländischen Außenministerium, der hat bereits Ende der Siebzigerjahre Absprachen zwischen den Van-Gogh-Erben und den Schuffeneckers vermutet, um mit den Ablegern der Originale ein nettes Zubrot zu verdienen.«

»Wer sind jetzt schon wieder die Schuffeneckers?«, fragte Fielding leicht genervt und irritiert von dem Faktenwissen Neukamps.

»Ich merke schon, dass ich nicht zu viel voraussetzen darf. Émile Schuffenecker wurde in der Presse gerne als zweitrangiger Genremaler bezeichnet. Mittlerweile ist unstrittig, dass einige der Gemälde van Goghs auf sein Konto gehen. Er war ein Freund von van Gogh und hat nach dessen frühem Tod geahnt, dass die Preise bald in den Himmel schießen würden. Mindestens achtzig Gemälde wurden gefälscht, wie viele von ihm?« Neukamp zog die Schultern hoch. »Die Fälschungen ziehen sich durch diverse Werkverzeichnisse van Goghs, als wäre es der rote Faden des Kunstwissenschaftlers. Oh, ich vergaß: Ohne sie als solche zu benennen.«

»Ach, da schließt sich wieder der Kreis zu den Werkverzeichnissen«, sagte Fielding ernüchtert.

»Genau, gut erkannt. Außerdem verfügen Kunsthistoriker meistens nicht über naturwissenschaftliches oder maltechnisches Wissen. Im Grunde genommen brauchst du verschiedene Experten, die sich in Physik, Chemie, Maltechniken und Fälschungstechniken auskennen. Sie sollten mich dazu einladen.«

»Dich? Im Ernst?«

»Selbstverständlich! Was glaubst du, wie viele Hacker für das BKA tätig sind, wie viele ehemalige Einbrecher Berater von Sicherheitsfirmen sind?«

»Stimmt«, musste Fielding zugeben, »das habe ich auch schon gehört. Kriminelle Energie lässt sich transformieren.«

Fielding stand ebenfalls auf, schaute sich in der Baracke um und stöberte in den Büchern, Heften und Loseblattsammlungen, die neben den Farbtöpfen auf den Tischen lagen. Er zog einen weiteren Bildband hervor.

»Das ist der Nolde-Prachtband mit Super-Vorlagen. Reich mal rüber«, forderte Neukamp.

Fielding blätterte selbst in dem Buch, bis Neukamp es ihm aus den Händen wand. »So was bekommt man als Anfänger locker hin. Nolde hatte ich mir für die Wintermonate vorgenommen, die Werke sind so simpel gestrickt, da brauche ich kein italienisches Licht wie heute. Aber wahrscheinlich werde ich nicht mehr zu den Bildern kommen. Sieh mal, ist das nicht easy, ›Herbstwolken‹. Da juckt es mich in den Fingern, ein einziger abstrakter Farbenrausch. Was fällt dir bei Gewitterwolken ein, bei Regenwolken? An welche Herbstfarben denkst du bei dem Bild? Schnell ein paar passende Farben auf der Palette angemischt, unter den drohend dunklen Wolken, die eine Ahnung von Winter bringen sollen, duckt sich eine Bauernkate, klein, verwaschen, undeutlich. So was ist kinderleicht. Auch ›Figur mit Maske‹. Das beherrscht jeder kunstsinnige Gymnasiast. Mit solchen Übungen fängst du an und steigerst dich langsam.«

Fielding staunte über Neukamp. Welche Verwandlung sich in ihm in den letzten Tagen vollzogen hatte, eine Konversion vom prolligen Beifahrer zum kunstsinnigen, sensiblen Maler, der sich eine poetische Bildsprache und Analysefähigkeit eines Künstlers angeeignet hatte. Schon einige Male hatte sich Fielding in den Menschen getäuscht, hatte angenommen, der ein oder andere lebte so unstrukturiert in den Tag hinein, um sich dann als Spezialist auf überraschendem Gebiet zu entpuppen.

»Trotzdem, der Markt mit Galeristen, Auktionshäusern, Eigentümern von Kunsthandelsunternehmen oder Kunstsammlungen und den Malern selbst«, Fielding machte eine Pause, da sich Neukamp in einen weiteren Bildband vertieft hatte, den er unter Zeitschriften hervorgezogen hatte. »Sag mal, hörst du mir überhaupt zu?«

Neukamp nickte automatisch.

»Dieser Markt«, fuhr Fielding fort, »ist doch untereinander vernetzt. Ihr könnt doch nicht plötzlich ein ganzes Sortiment vorher nicht bekannter Bilder auf den Markt werfen. Gemälde fallen nicht vom Himmel. Ein seriöser Käufer verlangt immer eine geklärte und nachvollziehbare Provenienz. Muss ich dir das noch erklären?«

»Ich weiß, was Provenienz bedeutet, die Herkunft des Bildes. Unterschätz uns nicht. Die Gemälde stammen aus der Sammlung Eisenstein.«

»Jüdischer Besitz?«

»Die Eisensteins sitzen in Haifa. Ihre Familie hatte Deutschland Anfang der Dreißigerjahre noch vor dem Holocaust verlassen können und da ihre Umsiedlung nach Israel noch vor Januar 1933 stattfand, konnten sie ihren gesamten Besitz retten. Die Familie hatte aufgrund der Nazigräuel den Kontakt zu Deutschland abgebrochen und lebte sehr zurückgezogen. Jetzt geht es ihnen wirtschaftlich schlecht, ihr Unternehmen ging in die Insolvenz und sie waren gezwungen, ihre Sammlung zu veräußern.«

»Und welche Maler hast du bisher schon kopiert?«

»Langsam, das kommt alles später, wenn ich Sicherheit habe. Wie gesagt, gib mir was an die Hand, dass ich in ein Zeugenschutzprogramm aufgenommen werde, und ich lege alles offen.«

»Das wird schon klappen, aber besser wäre es, wenn du mir jetzt schon …«

»Still, da kommt jemand.« Neukamp war auf einmal ganz aufgeregt und ging zu den mit Rollläden verschlossenen Fenstern. Er zog weiter am Band und lugte wie zuvor Fielding durch die winzigen Schlitze. »Das sind meine Leute, die sollten dich hier nicht sehen.« Er lief zur Tür und schloss ab.

»Die sollten uns beide hier nicht sehen«, warf Fielding ein, »wenn sie dir schon einen Fingernagel gezogen haben, verstehen die wenig Spaß.«

24

Draußen war der Van vor die ruinöse Baracke gefahren, der Motor ging aus und man hörte Türen schlagen. Die Insassen mussten ausgestiegen sein.

»Keine Angst, sie schlachten schon nicht ihre beste Kuh im Stall.« Kaum hatte er den Satz beendet, rief jemand, rüttelte energisch an der Tür und trommelte auf das Türblatt.

»Neukamp, komm raus, wir wissen, dass du da drin bist.«

Neukamp hielt sich den bandagierten Zeigefinger vor die Lippen, deutete auf das Loch im rückwärtigen Fenster und gestikulierte wild, um Fielding deutlich zumachen, dass er verschwinden sollte. Fielding ging zum Fenster, sah vorsichtig aus der Öffnung in Richtung Giebelseite. Dort stand einer der Typen aus dem Van und blickte in Richtung Tür. Er hatte Fielding noch nicht bemerkt, auch nicht das eingeworfene Fenster, aber sobald er da rausklettern würde, wäre er entdeckt. Er machte Neukamp ein Zeichen, dass sie an der Ecke standen.

»Was wollen die von dir? Warum haben sie dich entführt und dir den Fingernagel gezogen?«, wollte er flüsternd wissen.

»Sie haben kalte Füße bekommen. Als das mit Patton in der Zeitung stand, dachten sie, sie wären aufgeflogen. Sie haben gut verdient mit meinen Fälschungen, aber jetzt wollten sie die letzten Bilder von mir abholen und dann Schluss machen. Aber so wie ich die kenne, nur vorübergehend, bis sich die Aufregung um den Amerikaner gelegt hatte. Dann würden sie irgendwo wieder anfangen. Mit mir oder einem sonstigen hoffnungsvollen Talent. Und die gibt es an den Kunsthochschulen in Massen.«

Er sah wieder durch die Schlitze. Sie zogen ab. Die beiden Typen waren zurück zum Wagen gegangen, öffneten die Türen und setzten sich hinein. Sie starteten den Motor jedoch nicht.

Fielding äugte ebenfalls durch die Schlitze der Rollläden. »Sieht komisch aus«, meinte er, »verschwinden werden sie nicht, scheinen zu beraten, was sie als Nächstes tun sollten.«

»Dann geh endlich, lauf hinten raus. Wir treffen uns in Erfurt, sagen wir heute Abend zwanzig Uhr an den Domstufen.«

Fielding zögerte noch, aber Neukamp winkte ihn hinaus. Als er ein Bein aus dem Fensterloch gestreckt hatte, peitschten plötzlich Schüsse durch den Wald. Er sah erschrocken zu Neukamp. Neben dessen Kopf waren ein paar kleine, kreisrunde Öffnungen in der Wand zu sehen, aus denen Tageslicht quoll. Ein weiterer Schuss krachte durch einen Rollladen und brachte klirrend eine Scheibe zum Bersten. Die Splitter flogen durch den Raum. Ein Sonnenstrahl, der durch ein Dachfenster schien, ließ die Luft mit winzigen Glaspartikeln glitzern.

»Wirf dich auf den Boden!«, rief Fielding Neukamp zu. Er hatte sein Bein zurückgezogen und unter dem Tisch Deckung gesucht. Neukamp warf sich zu ihm. »Wie war das mit der besten Kuh im Stall? Inder sind es schon mal nicht, diese Kuh ist ihnen nicht heilig.«

»Spar dir deine Witze, ich hoffe, die machen nur Theater.«

Neukamp täuschte sich. Die Schüsse aus einer Pistole waren erst der Auftakt. Einer der Unbekannten holte eine abgesägte Schrotflinte aus dem Van, lud durch und feuerte gegen die Baracke. Die alte Holzwand steckte die Schrotkugeln weg wie ein altes Bärenfell, aber durch die Rollläden mit ihrem spröden, dünnen Plastik prasselten die Bleikugeln und ließen die restlichen Glasscheiben zerspringen. Die Splitter flogen durch den Raum und bedeckten auch den Tisch, unter dem die beiden lagen.

»Langsam wird's ungemütlich«, zischte Fielding.

»Warte«, Neukamp drehte sich, robbte zu einem kleinen Schrank und holte einen Schraubendreher aus einer der Schubladen. Dann robbte er weiter und fing an, am verdreckten und mit Glassplittern übersäten Dielenboden zu schrauben.

»Renovieren lohnt nicht mehr!«, rief Fielding ihm zu.

Neukamp ließ sich nicht beirren und schraubte weiter, entfernte zum Schluss eine gelöste Diele und holte ein Bündel hervor, das er auseinanderwickelte. Darin Wachspapier, das er ebenfalls auffaltete. Eine Pistole kam zum Vorschein. Fielding erkannte sie als P1, die sie auch bei der Bundeswehr eingesetzt hatten. Neukamp nahm ein

Magazin, steckte es in den Griff und lud die Waffe durch. Draußen schossen sie weiter gegen die Hütte, die Wände hielten den Kugeln stand, aber die Fenster waren zerbrochen, die Rollläden boten zwar noch Sichtschutz, aber keine schützende Deckung. Bei einigen Schüssen schepperte es blechern.

»Das war zu erwarten, Mist«, brachte Fielding gepresst hervor.

Die Angreifer hatten offensichtlich mit ihrer Schrotsalve Farbtöpfe getroffen. Ein sattes Rot floss auf Fieldings Knie zu. Bis ihn das Stöhnen von Neukamp alarmierte.

»Was ist los? Getroffen?«

Neukamp nickte mit schmerzverzerrtem Gesicht. »Mein Bein. Musst du abbinden. Schnell.« Fielding robbte auf Neukamp zu. Ihm wurde flau im Magen beim Anblick der Blutlache. »Hast wohl noch kein Blut gesehen?«, spöttelte Neukamp.

»Doch, zuletzt in Frankreich. Ich wollte das Steak medium. Das heißt bei denen, der Koch stellt sich eine Minute mit dem Fleisch in Händen neben den Herd. Hey, lachst ja gar nicht.« Er stieß Neukamp an, der keinen Mucks von sich gab. »Mensch, jetzt dämmer mir nicht weg.« Fielding öffnete Neukamps Gürtel und zog ihn aus den Schlaufen. Auf dem Tisch hatte er ein volles Päckchen Papiertaschentücher gesehen. Geduckt auf dem Boden hockend tastete er mit dem Arm über seinem Kopf auf der Tischplatte, bis er das Päckchen fand, und nutzte es als Druckverband. Er legte es auf die Einschusswunde, aus der Blut pulsierte, band dann den Gürtel so eng wie möglich darüber und verknotete das sperrige Lederband. Es wirkte, der Blutstrom am Bein ebbte ab.

Auch die Schüsse hörten auf.

Haben ihr Pulver verschossen, dachte Fielding, aber dann hörte er die Angreifer an der Eingangstür hantieren. Ohne Vorwarnung eröffneten sie wieder das Feuer und schossen mit der Schrotflinte und der Pistole auf das Schloss. Neukamp oder die Typen selbst hatten die Baracke aber aus gutem Grund hochgerüstet. Als Fielding zuvor um das Gebäude geschlichen war, hatte er die solide Vergitterung bemerkt. Sie mussten auch das Türschloss gesondert gesichert haben, denn es hielt ihren Schüssen stand. Ihre Schritte entfernten sich. Fielding sah auf Neukamp. Bald musste Hilfe her.

Auch wenn er die Blutung vorerst gestoppt hatte, Neukamp war dennoch schwer verletzt und musste dringend operiert werden. Schlaff, ohne Muskeltonus, lag er neben dem rückwärtigen Fenster. Fielding nutzte den Moment, sah aus den Schlitzen der Rollläden. Die beiden Angreifer waren zum Van gegangen und hatten die Heckklappe geöffnet.

Das ist wieder kein gutes Zeichen. Sie planen den nächsten Angriff, dachte Fielding. *Wie kommen wir nur hier raus?*

Er nahm einen der Stühle und wollte ihn mit aller Kraft gegen das eingeschlagene Fenster schleudern. Doch dann besann er sich, das hätte die beiden nur alarmiert, auf die Rückseite zu laufen. Daher drückte er den Stuhl gegen das Glas. Unten, an der Stelle, an der er das Loch erweitert hatte und durchgekrochen war, gab das Verbundglas nach. Mit den Stuhlbeinen konnte er nach und nach das Loch so öffnen, dass er Neukamp hätte durchziehen können, doch die beiden Angreifer waren bereits zurückgekehrt. Sie machten sich wieder an der Tür zu schaffen. Es gluckerte und durch die Türritze sickerte eine wässrige Flüssigkeit. Sofort roch es nach Benzin.

Die wollen uns ausräuchern!

Fielding sah zu Neukamp. Da fiel der Blick auf die Pistole, die immer noch an seiner Seite lag. Fielding griff zu der Waffe, lud durch, zielte auf die Tür und drückte ab. Zugleich durchdrang ein heftiger Stich seine Hand. Der Schlitten des Verschlusses hatte ihm beim automatischen Nachladen die Haut um den Knöchel am Zeigefingeransatz aufgeschnitten. Er hatte die Waffe zu hoch angefasst. Das war ihm beim Bund auch schon passiert. Der tiefe Riss in der Haut füllte sich schnell mit Blut.

Er biss die Zähne zusammen und hoffte, der plötzliche Schuss würde die Belagerer vertreiben. Leider hörte er sie weiter mit dem Benzinkanister vor der Tür hantieren.

Trotz der Verletzung schoss er erneut. Diesmal prallte die Kugel auf den Schließzylinder, der Funke brachte das Benzin-Luft-Gemisch zur Explosion und sprengte mit ohrenbetäubendem Knall die Tür aus der Zarge und das halb aufgehebelte Fenster aus dem Rahmen. Die Druckwelle riss ihn zu Boden. Eine Feuerwand im

Eingang versperrte den Gangstern den Weg hinein und ihm den Weg hinaus. Der Qualm im Inneren war so dicht, dass er kaum noch etwas erkennen konnte. Er blieb am Boden, hielt sich gebückt, auch, weil unten in Bodennähe die Sicht noch klarer war. Die heißen Gase hingen unter der Decke. Er wusste, drei Atemzüge, und er würde bewusstlos werden. Die Hitze ließ die Styropordämmung an der Decke schmelzen. Heiße, brennende Kunststofftropfen zischten an ihm vorbei auf den Boden, der zu einem Drip-Painting von Jackson Pollock zu werden schien.

Fielding hielt die Luft an, packte Neukamp unter den Achseln, zog ihn zum aufgesprengten Fenster, zwängte sich hindurch ins Freie und schleppte Neukamp hinterher, zerrte ihn an die Kante des Muschelkalkabhangs zu einem Brombeergestrüpp, das sie beide sicher verbarg. Im Dickicht kroch er am Rand entlang, so weit, bis er den brennenden Eingangsbereich im Blick hatte. Das erste Drittel des Hauses stand in hellen Flammen, die sich weiter voran ins Gebäude fraßen.

Die herausgesprengte Tür liegt auf einem Baumstamm, dachte er zunächst. Dann sah er die Schuhe an dem vermeintlichen Baumstamm. Es war einer der Angreifer, vermutlich erschlagen von der Wucht des herauskatapultierten Türblatts. Der zweite Täter war nicht zu sehen.

Erleichtert hörte Fielding das laute Brummen des V8-Motors, gedämpft durch das Prasseln der Flammen. Doch der Motor des Vans erstarb bereits nach wenigen Augenblicken. Stattdessen nahm Fielding ein näherkommendes Motorrad wahr. Der überlebende Täter schien Verstärkung angefordert zu haben.

Fielding entschloss sich, zu Neukamp zurückzukriechen. Die brennende Hütte wurde langsam zu heiß, er musste den Abstand vergrößern, dem Muschelkalkabhang konnte er sich jedoch nicht weiter nähern. Er musste mit dem Schwerverletzten an der Baracke vorbei zum maroden Zaun und von dort in den Fichtenwald. Der war dunkel, bot durch die dicken Stämme guten Schutz und er könnte den Abstand zum Forstweg verringern. Er zog Neukamp unter den Achseln, wie ein Rettungsschwimmer einen Ertrinkenden, über den Waldboden.

Er hatte den alten Zaun fast erreicht, konnte die Stelle, an der ein ganzes Zaunfeld fehlte, schon sehen, als der zweite Täter mit einer abgesägten Pumpgun näher kam.

Fielding würde es nicht schaffen. Neukamp war zu schwer, er konnte ihn nur zurücklassen und um sein Überleben kämpfen.

Der Angreifer mit der schwarzen Lederjacke verringerte langsam den Abstand zwischen ihnen, er musste sie bereits gesehen haben, wachsam und argwöhnisch schlich er heran, mit dem Gedanken an seinen toten Komplizen und dem unerwarteten Schuss aus dem Haus im Kopf.

Als Fielding Neukamp losließ und der Unbekannte erkennen konnte, dass Fielding unbewaffnet war, sprang er plötzlich auf sie zu. Fielding hatte keine Chance, er ergab sich und hob die Hände, aber der Angreifer, der nur noch zehn Schritte entfernt war, lud mit einem hässlichen Ritsch-Ratsch die Waffe durch und legte auf ihn an. Fielding war am Ende, nicht mehr in der Lage nachzudenken oder mit ihm zu sprechen, um Empathie zu erwecken. Er schloss die Augen.

Der Schuss krachte laut in die Stille hinein, wie aus einem Bärentöter, doch Fielding spürte keinen Schmerz. Das Adrenalin hatte ihn nicht unverwundbar, aber schmerzlos gemacht. Er öffnete die Augen und sah den Unbekannten vor sich, der seine Waffe weiterhin auf ihn gerichtet hatte.

Von der Seite näherte sich der Motorradfahrer. Er hatte ein Jagdgewehr im Anschlag, ein kleines, leicht und unauffällig zu tragendes Tesching, aus dem vorne Rauch herauskräuselte, als habe jemand eine Zigarette hineingestopft. Niemand bewegte sich. Dann stemmte der Motorradfahre seine Waffe mit dem rechten Arm in die Hüfte und zog sich mit der linken Hand den Helm vom Kopf.

Es war der Wirt. Er war zur Verstärkung gekommen. Erst in diesem Moment sah Fielding die kleine Staubwolke vor den Füßen des Angreifers. Der Wirt hatte einen Schuss direkt vor ihm in den Waldboden gejagt.

Mit einem Mal kam Fieldings Lebenswille wieder. Der Wirt war nicht auf der Seite der Angreifer. Fielding lief schnell zum Waldweg, weil er aus der Ferne ein Martinshorn hörte und auf einen Notarzt hoffte. Mit dem verbleibenden Angreifer müsste der Wirt allein fertig werden.

»Herr Kollege, kommen Sie hierher!«

Irgendjemand hatte nach ihm gerufen. Er schaute sich um, sah die lichterloh brennende Baracke, in deren Gluthölle es immer wieder kleine Explosionen von Töpfen mit Lösungsmitteln oder Pinselreiniger gab. Die Rauchwolke hatte sich zunächst auf der Lichtung verbreitet, mit zunehmender Temperatur des Brandes quoll der Qualm nun senkrecht in die Höhe.

»Kommen Sie, schnell«, rief wieder jemand. Durch das Knistern und Knacken des Feuers drang immer lauter das Martinshorn der Rettungskräfte. »Herr Kollege!«

Jetzt erst sah ihn Fielding. Hinter einer Fichte war die große Gestalt von Hildebrandt hervorgetreten, der ihm zuwinkte. Hildebrandt hatte seine Entführung überlebt und zerstörte die vorletzte der Hypothesen, die Fielding zuvor aufgestellt hatte. Daher blieb nur die Variante, dass Hildebrandt seine Entführung simuliert hatte, um im Untergrund seine Bande zu koordinieren.

Endkontrolle. Er muss an den Tatort geeilt sein, um seine Leute zu überwachen, schoss es Fielding durch den Kopf.

Der Rettungswagen zusammen mit dem Notarzt kam schaukelnd über die Schlaglochstrecke näher. Die Frontscheinwerfer leuchteten grell mit an- und ausgehendem Fernlicht. Darüber das Karussell des Blaulichts. Der Rettungswagen bog vom Waldweg auf die Lichtung und hielt neben der sanierten Hütte, fuhr noch einmal an und rangierte nah an die Wand, um der Feuerwehr Platz zu machen, die mit zahlreichen Löschfahrzeugen, darunter einem wasserführenden Fahrzeug aus Elxleben, angerückt war. Die Feuerwehrleute sprangen aus den Wagen, traten hinter den Fahrzeugen an und nahmen die Einsatzbefehle entgegen.

Wie aus dem Nichts kam hinter der vorderen Baracke Paulsen hervor. Fielding musste ihm unbedingt mitteilen, dass Hildebrandt aufgetaucht war. Außerdem musste sich ein Arzt um Neukamp kümmern, der vor dem Zaun am Brombeergestrüpp lag. Er gab Hildebrandt ein Zeichen, dass er kommen würde, tippte auf die Armbanduhr, versuchte ihn hinzuhalten, dann lief er zu Paulsen.

»Dort hinten liegt Neukamp, schwer verletzt. Kümmern Sie sich um ihn, ich sag gleich dem Notarzt Bescheid. Neukamp muss durchkommen, er will über die Hintermänner aussagen, wenn er von der Kronzeugenregelung Gebrauch machen kann. Mit ihm können wir die Sache und bestimmt auch den Mord an John Patton aufklären. Hildebrandt ist im Wald, er will mich sprechen, ich versuche, ihn aufzuhalten.« Fielding lief weiter zu Hildebrandt, sah sich noch einmal kurz um und konnte zu seiner Erleichterung verfolgen, dass Paulsen um den Brandort herum zu Neukamp eilte.

Feuerwehrleute gingen zum Löschangriff über. Sie mussten sich auf ein kontrolliertes Abbrennen beschränken und ein Übergreifen der Flammen auf den Wald verhindern. Die Hütte selbst war nicht zu retten. Er lief auf einen der Feuerwehrleute zu, der Befehle ausgegeben hatte.

»Hallo Sie, sind Sie der Einsatzleiter?«, rief Fielding, dann sah er das Namensschild auf der Brust. »Sankt Hartung, schnell, unter dem Türblatt liegt jemand.«

»Für Wunder bin ich nicht zuständig, das ›St.‹ steht für Stefan, ich bin der Ortsbrandmeister. Ich sag dem Wehrführer Bescheid, Kamerad Schneider ist beim Verteiler.« Hartung winkte einen der Feuerwehrleute zu sich. »Volker, ein Bürger steht unter Schock«, dabei deutet er auf Fielding, »ein weiterer muss durch den Atemschutztrupp gerettet werden.«

Schnell wurden die Strahlrohre auf die Giebelseite gelenkt, um den Eingangsbereich herunterzukühlen, damit der Atemschutztrupp an die Person unter dem Türblatt herankam und Notarzt sowie Rettungsassistenten sich nähern konnten. Fielding sah nur noch, wie sie unverrichteter Dinge aufstanden und mit einer Trage zu Neukamp eilten, der auf der anderen Seite des brennenden Gebäudes am Waldrand lag. Der Angreifer unter der Tür musste tot sein, schloss Fielding aus der Ferne.

Hildebrandt winkte ihn heran. »Schnell, er ist weg«, rief er.

Erst jetzt bemerkte Fielding, dass der Van nicht mehr da stand. In dem Durcheinander hatte sich der andere Täter unbemerkt entfernen können.

»Wohin?«, fragte Fielding, obwohl er von Hildebrandt keine ehrliche Antwort erwartete. Paulsen war zu weit weg. Er musste hinter der Brandstelle bei Neukamp sein, dem Arzt helfen. Mit einem ohrenbetäubenden Krachen und einem Meer an Funken stürzte das Dach der Baracke in die Glut. Über dem Wasserstrahl des Angriffstrupps der Feuerwehr quoll weiß-gelber Rauch in den Himmel. Fielding blieb keine Wahl. Er musste Hildebrandt folgen. Nur so hielt er Anschluss zu dem fliehenden Täter. Als er beobachtete, wie die Rettungsassistenten Neukamp zum Krankenwagen trugen, sah er noch eine Chance, sich mit Paulsen abzustimmen und ihn über die nächsten Schritte zu informieren, die er einleiten müsste. Vor allem, wie sie Hildebrandt festsetzen könnten.

»Augenblick, ich muss noch nach Neukamp sehen«, rief Fielding Hildebrandt zu und lief zu den Sanitätern, die Neukamps Trage in die Führungsschiene des Wagens hoben. »Kriegt ihr ihn durch?«, fragte er. Sein Herz schlug ihm bis zum Hals. Von Neukamp hatte er in der letzten Stunde einen völlig anderen Eindruck gewonnen. Er schien kunstgeschichtlich bewandert und malte wie ein Profi, leider auf der anderen Seite des Rechts. Aber dieses entwicklungsfähige Talent hätte er nie hinter der rustikalen Fassade des Großmauls vermutet. »Wohin fahren Sie?«, fragte Fielding.

»Ins KKH, aber vermutlich suchen Sie besser in der Pathologie oder in der Gerichtsmedizin nach ihm«, rief ihm der Rettungsassistent sarkastisch zu.

»Was ist los?«, fragte er.

»Und überhaupt. ›Kriegt ihr ihn durch?‹ Wie ich diese Frage hasse. Einmal in Erster Hilfe aufgepasst und ich hätte ›na klar‹ antworten können. Aber bei der Verletzung einer Schlagader nicht auf den Gedanken zu kommen abzubinden? Mann, Mann, so blöd muss man erst mal sein.«

»Was soll das heißen, nicht abgebunden? Ich hatte ihm das Bein mit einem Gürtel abgebunden.«

»Ach ja? Da war aber kein Gürtel. Nichts. Nur Blut, Blut, Blut und keine Erstversorgung!«, schnauzte der Sanitäter. »Das Blut sprudelte, als sei er unmittelbar vor uns angeschossen worden. Man hätte die Blutung stillen müssen, Gürtel, Strick, auch zwei Schnürsenkel hätten es getan.«

Fielding schüttelte den Kopf. Das war ihm unerklärlich. Er schaute sich nach Paulsen um, um ihn zu fragen, ob ihm etwas aufgefallen war. Aber von Paulsen gab es keine Spur. Verflucht. Das war wie im Theater. Abgang auf der Bühne durch die linke Kulissentür. Auftritt des nächsten Schauspielers durch die rechte. Nur applaudierte hier niemand.

»Was heißt KKH?«

»Katholisches Krankenhaus, am Urbicher Kreuz.« Mit diesen Worten schloss der Mann die Tür. Fielding konnte gerade noch erkennen, wie sich der Notarzt über Neukamp beugte und mit einer Schere das Hosenbein aufschnitt.

»Kommen Sie, Herr Kollege«, Hildebrandt zog ihn am Ärmel. Unbemerkt war er zurückgekommen und stand plötzlich neben Fielding, der dem Notarztwagen hinterherblickte.

Keine Erstversorgung? Habe ich den Gürtel so lasch geschlossen, dass er sich geöffnet haben könnte?

»Schnell, wir müssen los«, mahnte Hildebrandt erneut.

Ist Hildebrandt für mich gefährlich? Fielding konnte sich die Frage nicht beantworten. Es war riskant, und mit Blick auf Neukamp liefen hier einige Sachen ziemlich schief und außerhalb seiner Kontrolle. Aber Hildebrandt zu folgen, war für ihn die einzige Möglichkeit, den Hintermännern und dem Verbrechen an Patton auf die Spur zu kommen, sollte Neukamp tatsächlich nicht überleben. Er wollte nur den Kontakt zu Paulsen nicht verlieren und sah sich immer wieder um. Doch in dem Gewimmel von Feuerwehrleuten und Polizisten war der Staatsanwalt nicht auszumachen.

25

»Ich habe Ihren Namen schlicht vergessen, tut mir leid«, sagte Hildebrandt, »deshalb immer mein hilfloses ›Herr Kollege‹.«

»Das ist kein Problem. Johannes Fielding. Paulsen ist auch hier oben«, sagte er und ging in die Offensive. »Ich habe nur ganz wenig mit ihm sprechen können, haben Sie ihn gesehen?«

An seinem ersten Tag in der Staatsanwaltschaft hatte er Hildebrandt nur kurz getroffen, bevor dieser in das Hotel gefahren war, in dem es Schüsse gegeben hatte. Damals hatte Hildebrandt einen dunklen Anzug getragen. Hier auf dem Riechheimer Berg hatte Fielding ihn erst auf den zweiten Blick erkannt. Hildebrandt war leger gekleidet, trug dunkelblaue Sneakers, Blue-Jeans und eine anthrazitfarbene Fleece-Jacke. In seiner randlosen Brille spiegelten sich je nach Kopfbewegung die Spitzen von Kiefern und Fichten vor rauchgrauem Himmel. Er hatte offensichtlich bei den Gläsern gespart und sie nicht entspiegeln lassen.

Hildebrandt schien erschrocken. »Wo haben Sie Paulsen gesehen?«

»Der lief hier herum. Jetzt ist er weg.«

Hildebrandt schien zu zögern. Irgendetwas blockierte ihn plötzlich. »Vorne ist zu«, sagte er im Gehen, »es kommen ständig Rettungswagen und Feuerwehr, der Waldweg ist zu schmal für so viele Fahrzeuge. Es gibt jetzt nur einen Weg raus, Richtung Hohenfelden.«

Klar, dachte Fielding, *Hildebrandt kennt sich aus, er geht ja in der Baracke ein und aus.*

Hildebrandt ging mit großen Schritten den Waldweg in Richtung Katzenberghütte. Hinter der heruntergekommenen Nurdachhütte hatte er seinen Volvo geparkt. Die Blinker blitzten auf, er öffnete die Fahrertür und wies Fielding mit einem Armschwenk zur Beifahrertür. »Paulsen hat vielleicht auch den Weg nach Hohenfelden genommen«, überlegte Hildebrandt laut, sah sich rechts und links um, eine suchende Bewegung, die nur für den Bruchteil einer Sekunde etwas Hilfloses an sich hatte.

Fielding konnte Hildebrandts Verhalten nicht so recht deuten. *Sucht er Paulsen oder will er wissen, ob ein Zeuge uns beide beobachten kann?*

Sie setzten sich in den Wagen, den Hildebrandt unbemerkt im Trubel der alarmierten Fahrzeuge dort abgestellt hatte, und fuhren los, vorbei an der Abzweigung zum »Sonnenhof« und weiter den unbefestigten Weg geradeaus, der von riesigen Pfützen übersät war, wie Manövergebiete um das Munsterlager in der Lüneburger Heide. Er konnte teilweise nur Schritttempo fahren, kurvte um einige Tümpel herum, fuhr durch flacher scheinende Pfützen und holperte über knorrige Wurzeln, die nach Wandererfüßen angelten. Für den Stufenheck-Volvo stellte der unwegsame Untergrund kein Problem dar, kein Ächzen, Stöhnen oder Klappern der Karosserie war zu hören.

Die letzten Spuren von Rotblond in Hildebrandts lichtem, weitgehend grauem Haar und die Sommerbräune des letzten Urlaubs passen auch irgendwie zu Volvo und Schweden, dachte Fielding.

Bald kamen sie zu einem eingezäunten Steinbruch und einer von schweren Kipplastern platt gewalzten Piste, die tiefe Rinnen der zwillingsbereiften Lastwagen aufwies, in die Hildebrandt nicht geraten durfte, sonst wäre der Wagen am Unterboden hängengeblieben. Endlich ging die Schotter- und Lehmpiste in glatten Asphalt über. Der Volvo schoss nach vorne, als sei er nach einem Entwicklungssprung erwachsen geworden. Schnell brachte er sie zu dem Museumsdorf am Eichenberg am Rand von Hohenfelden.

»Waren Sie schon mal hier im Museum?«, fragte Hildebrandt unvermittelt in die Stille hinein, die jeder zum Nachdenken gebraucht hatte.

Fielding schüttelte den Kopf, da er jedoch merkte, dass Hildebrandt starr auf die schmal gewordene Teerstraße blickte, die zur Hauptstraße führte, sagte er: »Nein, aber wenn ich hier mit allem durch bin, werde ich es besuchen.«

Mit dem Geplänkel will Hildebrandt nur ablenken, jeder bastelt jetzt an Fragen, um möglichst viel Informationen vom anderen zu erhalten, ohne eigenes Wissen preisgeben zu müssen, vermutete er. Das waren taktische Spielchen, bei denen Hildebrandt im Vorteil sein musste.

Fielding hatte zwar in der Vorbereitung auf den Wechsel in die Staatsanwaltschaft das Fortbildungsprogramm der Deutschen Richterakademie gewälzt und sich schließlich für einen Lehrgang zur Vernehmungslehre und Methoden der Aussagenanalyse angemeldet, aber das lag alles in der Zukunft und war noch nicht belegt. Was hatte er dazu schon bei Kanzler Kolb lernen können? Politische Taktiken vielleicht, aber hier ging es um Leben und Tod. Er saß neben einem Mörder.

Dann dachte er an Verena Homburg und an den Sektionsbericht. Demnach fanden sich bei John Patton Schmauchspuren an den Händen, er musste die Waffe selbst abgefeuert haben. Entweder hatte Hildebrandt in seinem Büro, in dem das Einschussloch in der Wand entdeckt wurde, in Notwehr gehandelt oder Patton hatte sich nicht mehr anders zu helfen gewusst, als einen letztlich vergeblichen Warnschuss gegen die Attacke des Angreifers abzugeben.

»Das war kein Zufall, dass Sie oben an den Baracken waren, oder?«, fragte Fielding.

»Nein, zielgerichtet.« Hildebrandt blickte zu seinem Beifahrer hinüber, als erwartete er eine Nachfrage. »Ich bekam einen Hinweis«, fuhr er fort, »es hieß, auf dem Riechheimer Berg gäbe es eine Fälscherwerkstatt. Mehr nicht, keine genaue Ortsangabe. Dort gibt es einige Datschen und das Ausflugslokal, den ›Sonnenhof‹. Aber nichts Konkretes. Sie können nicht mit einem Durchsuchungsbeschluss die circa zwanzig Objekte durchsuchen. Also bin ich hingefahren und habe die Gegend erkundet.«

»Das ist doch die Aufgabe der Kripo!«

»Was ist Ihnen aufgefallen?«, fragte Hildebrandt und ignorierte seinen Einwurf.

»Mir? Ich war auf einer Radtour. Fast am Verdursten. Vielleicht war deshalb die Apfelschorle beim Wirt das Köstlichste, was ich je getrunken habe. Konnten Sie den Wirt befragen?«

»Klar, aber dem war nichts bekannt, obwohl er mit den Gästen gut ins Gespräch kommt. Hat er Ihnen die Anekdote auch erzählt?

Da kam mal eine alte Frau mit einem Rollator vom Parkplatz hoch. ›Für Sie habe ich was Besonderes‹, hat der Wirt gesagt und gab ihr ein Glas Heilwasser. Aber sie dürfte nicht verraten, dass sie hier oben auf einer Heilwasserquelle sitzen würden. Wissen Sie was? Die Frau hat den Rollator oben stehen gelassen und ging ohne ihn fort.«

Soviel zum Thema »Geplänkel«, dachte Fielding, *er will mich einlullen. Sicher Teil der Vernehmungslehre, Vertrauen bilden, Empathie vorgaukeln, Nähe entwickeln, er erzählt dem zu Vernehmenden Dinge und darf erwarten, dass sein Gegenüber dann auch auspackt und ins Erzählen kommt.*

»Was hat der Notarzt gesagt, kommt Neukamp durch?«

Da haben wir es, folgerte Fielding. *Kehrtwende um hundertachzig Grad, eben noch die muntere Wohlfühl-Anekdote, aber jetzt will er sich sicher fühlen, weil Patton tot ist, und er hofft, den Hauptbelastungszeugen Neukamp wird es auch erwischt haben. Also erwartet er Informationen von mir.*

Fielding zuckte mit den Schultern und in dem Moment war es ihm egal, ob Hildebrandt es sah oder nicht. »Wie kamen Sie auf die Baracken?«, fragte er.

»Intuition. Ich stand davor, die hintere war ja saniert, die vordere ruinös, alles verwildert, hier hatte seit Jahren niemand mehr einen Fuß auf den Boden gesetzt. Ich habe gedacht, hier hat mal einer richtig Geld in die Hand genommen!«

»Ist nicht Ihr Ernst!«

»Stimmt. Lassen Sie mich ausreden. Hier hat jemand so richtig Geld in die Hand genommen und ist damit getürmt. Hat alles zurückgelassen. Und wenn Sie im Verborgenen ungestört arbeiten wollen, wo gehen Sie hin? In eine hermetisch abgeriegelte Datsche? Das wäre verdächtig. Aber es kommt doch keiner darauf, dass hier etwas passiert. Haben Sie die zweite Baracke gesehen? Wahrscheinlich von den Typen extra so hergerichtet, vermüllt, stinkig und mit Kadavern hinter eingeschlagenen Fenstern. Wer so was sieht, macht sich nicht die Mühe, auch noch in die dritte Baracke zu sehen, der läuft bereits angewidert zurück zum Waldweg. Was hat Ihnen Neukamp noch sagen können?«

Typische Vernehmungstaktik, vermutete Fielding. Mit der langen Vorgeschichte gab Hildebrandt Unwichtiges von sich preis, um knallhart wichtige Fragen anzuschließen. Durch seine ausschweifende Vorrede wollte er Fielding animieren, ebenfalls lang und nicht einsilbig zu antworten. Raffiniert. Aber Fielding wusste, wie er kontern konnte.

»Bis auf die Hintermänner hat Neukamp umfassend ausgesagt und ich habe Paulsen bereits alles mitteilen können.« Er zog sein Smartphone aus der Tasche. Dass der Akku leer war, konnte man nicht erkennen. Außerdem brachte er Paulsen als seinen Rettungsanker ins Spiel. Würde Hildebrandt seinen Tod planen, wüsste er jetzt, dass es nichts bringen würde und Paulsen Mitwisser geworden wäre. Es war das gleiche Prinzip, dass Prostituierte auf dem Straßenstrich nutzten, die ins Auto des Freiers einstiegen und behaupteten, dass ihre Kolleginnen das Kennzeichen des jeweiligen Freiers aufschrieben. Die Sicherheit, in der sich Fielding wähnte, währte jedoch nur kurz. Denn er spielte den Gedanken weiter. Der Freier würde fragen, wo denn die Kolleginnen Schantall und Monnicke, oder wie sie auch immer hießen, wären, er könnte niemanden sehen. Die Versicherung für Fielding, angeblich alles von Neukamp Ausgeplaudertes an Paulsen weitergereicht zu haben, war ebenso fragil. Hildebrandt hatte bereits so viel Dreck am Stecken, da kam es auf eine Leiche mehr oder weniger nicht an.

»Wir haben uns alle Sorgen um Sie gemacht«, sagte Fielding, »Sie waren im Dienst nicht aufgetaucht. Ich sollte sogar bei Ihnen zu Hause nachsehen.«

»Und? Waren Sie da?«, fragte Hildebrandt ungerührt.

»Natürlich, war ja mein Auftrag. Die Scheibe zum Garten war zertrümmert und es waren Blutspuren an den Splittern. Außerdem lief die Kaffeemaschine noch.«

»Das war wohl das Dramatischste, die haben Sie hoffentlich ausgestellt.«

»Witzig, ich habe nichts angefasst. Vielleicht die Leute von der Spurensicherung.«

»Nicht das volle Programm, oder?«

»Was sonst? Sie hätten tot sein können, entführt. Wir haben ein Kapitalverbrechen vermutet.«

»Ich hatte Urlaub genommen«, sagte Hildebrandt.

»Auf die Idee waren wir auch gekommen, die Verwaltung wusste aber von nichts. Wenn Sie Urlaub genommen hätten, wäre das in der Urlaubskartei vermerkt. Da war aber nichts.« Fielding wusste nicht, was er davon halten sollte. »Und was war mit der eingeschlagenen Scheibe? Und warum verlassen Sie das Haus, während der Kaffee durchläuft? Was hat Sie aus dem Haus getrieben? Ich sag Ihnen was: In Ihrer Planung lief etwas aus dem Ruder. Sie mussten schnell handeln ...«

»... und aus dem Untergrund agieren. Das ist richtig. Anders ging es nicht.« Hildebrandt war auf der Einmündung zwischen Nauendorf und Kranichfeld angekommen. Er schien kurz zu überlegen, ob er nun rechts oder links abbiegen sollte.

»Links geht's nach Erfurt«, sagte Fielding.

»Ist schon klar, ich kenne mich hier aus.«

Wohin wäre er gefahren, hätte ich nicht eingegriffen?, überlegte Fielding, als Hildebrandt nach links abbog. Dann fiel ihm auf, dass er seit Stunden nicht an Tina hatte denken müssen.

Es beruhigte ihn, weg vom Kopfkino mit Tina zu kommen, sich von ihr abzunabeln und über den Verlust hinwegzukommen. Oder zeigte ihm das Addieren der Stunden, in denen er nicht an sie dachte, in Wirklichkeit, wie sehr er an ihr hing? Fielding wurde unsicher, Tina nahm wieder den Platz in seinem Kopf ein, den er für ein klares Denken hätte brauchen können. Gegenüber Hildebrandt musste er wachsam sein. Bei nächster Gelegenheit sollte er in Erfurt unter einem Vorwand den Wagen verlassen und Paulsen alarmieren.

»Übrigens raste ein schwarzer Van von Ihrem Haus davon, als ich Sie suchte. Der Van, mit dem Neukamp entführt wurde und der mehrmals an den Baracken gesehen wurde. Die Leute müssen Ihnen doch auch aufgefallen sein?«

»Ach«, Hildebrandt winkte lässig ab. »Das sind Handlanger, Befehlsempfänger. Es geht mir um die Hintermänner. Einen wird es oben beim Brand erwischt haben. Die kriegen wir alle. Aber Herr

Fielding: Halten Sie sich zurück, vertrauen Sie niemandem.« Er wurde leise und nachdenklich, als würde der Wagen abgehört. »Wir haben ein Leck in unserer Behörde«, flüsterte er, »und das will ich finden. Deshalb habe ich eine Auszeit genommen und aus dem Untergrund ermittelt.«

Fielding blieb argwöhnisch. Er traute Hildebrandt nicht über den Weg. In Nauendorf mussten sie anhalten, weil ein Wohnwagengespann mit dem Rückwärtssetzen nicht zurechtkam. Mehrmals rangierte der Fahrer in die Hauptstraße und bemühte sich vergeblich, in seine schmale Grundstückseinfahrt zurückzusetzen. Er gab auf und musste den Anhänger schließlich abkoppeln. Dabei sah Fielding das Piktogramm eines Radweges zum Riechheimer Berg und ihm fiel ein, dass Tinas Rad noch im Gestrüpp lag. Das könnte seine Rettung sein. Das mulmige Gefühl im Magen, weil er neben Hildebrandt im Wagen saß, schwächte sich bei der Idee sofort ab: »Lassen Sie mich aussteigen, ich muss mein Rad holen, das oben am Riechheimer Berg liegt.«

»Das ist ja wohl der schlechteste aller Einfälle«, meinte Hildebrandt trocken, fast belustigt. »Sie glauben nicht, was da jetzt los sein wird. Schluss mit Spaziergang, Lustwandeln und Radtourismus. Da sind nicht nur Löscharbeiten, da ist die Kripo, der Kriminaltechnische Dienst, alle Spuren müssen gesichert werden, immerhin gab es dort mit Neukamp und dem Angreifer unter der Tür zwei Tote. Schwere Brandstiftung, Schießerei und sonstige Delikte, da werden Sie wohl ein paar Stunden in den Verhören der Kollegen brauchen, um zu erklären, wie das Rad in Tatortnähe gekommen ist. Oder wo haben Sie das abgestellt?«

»Es liegt tatsächlich am Waldrand vor den Baracken. Die Unbekannten in diesem schwarzen Van haben es gesehen und ins Gestrüpp geworfen. Ich hatte es rausgezogen und ein paar Meter weiter in den Wald geschoben. Vielleicht ist es noch nicht entdeckt worden.«

»Sonst käme es in die Asservatenkammer und da bliebe es bis zur Rechtskraft des Urteils.«

Fielding war in einer Zwickmühle. Er wollte alles von Hildebrandt erfahren, durfte aber von sich nichts preisgeben. Folglich würde er zunächst alles klein und unbedeutend lassen und lieber über unwichtige Dinge reden. Also über das Fahrrad. »Sie müssen wissen«, druckste er bemüht verlegen herum, »das Rad gehört gar nicht mir, sondern einer Freun…, ähm, Bekannten, die es gerne wieder haben möchte.«

Hildebrandt holte tief Luft. »Okay, ich regele das für Sie.«

Endlich war die Straße frei und es ging weiter nach Erfurt. »Wahrscheinlich müsste ich zur Bereitschaftspolizeiabteilung Thüringens in der Kranichfelder Straße«, murmelte Hildebrandt vor sich hin. »Die Bereitschaftspolizei Thüringen ist ein der Landespolizeidirektion unmittelbar nachgeordneter Polizeiverband«, dozierte er jetzt lauter, »nein, besser, wir fahren zur Polizeidirektion Erfurt, zur Kriminalinspektion in der Andreasstraße. Aber nicht, dass Sie meinen, ich fahre nur wegen einem alten Damenfahrrad da rüber. So lernen Sie gleich die Dienststelle und die Kollegen der Kripo kennen. Mit denen haben wir ohnehin öfter zu tun. Und ich kann mich um die ersten Ermittlungsergebnisse der Kollegen kümmern. Ein Update sozusagen.«

Sie fuhren in den Hinterhof des Landgerichts am Domplatz. Hildebrandt musste eine Parkkarte besitzen, denn wie von Geisterhand und ohne Geplänkel an einem Terminal öffnete sich die Schrankenanlage. Sie stellten den Wagen ab und gingen um das altehrwürdige Gebäude herum in die Andreasstraße. Als wäre er hier zu Hause, ging Hildebrandt mit Fielding im Schlepptau durch die Türen und ignorierte Hinweise wie »Diskretion – Bitte Abstand halten«.

»Ach, Berger und Schlundt!«, rief Hildebrandt begeistert, die drei schienen sich zu kennen. Auch Fielding hatte den Eindruck, sofort wiedererkannt zu werden.

»Sieh einer an, endlich kümmert sich mal einer um den da!«, dabei zeigte der Finger von Berger oder Schlundt direkt auf Fielding.

»Schön, Sie kennen sich also bereits«, freute sich Hildebrandt.

»Und ob«, sagten beide im Chor.

»Wir hatten schon das Vergnügen«, ergänzte Berger. Fielding konnte jetzt die Namensschilder auf den Brusttaschen der beiden Beamten lesen.

»Ah, Einstand gefeiert mit den Kollegen?«, fragte Hildebrandt.

»So kann man es nennen, jeder auf seine Art. Ich sage nur versuchter Einbruch, Diebstahl von Autokennzeichen und des Autos selbst. Angeblich gehört die Wohnung seiner Lebenspartnerin, die aber unter der angegebenen Adresse in Berlin nicht erreichbar ist oder es meldet sich ein Arzt. Vielleicht war der Herr dort mal in Behandlung. Das Auto habe nicht er, sondern ein gewisser Robert Neukamp gestohlen. Auch er scheint untergetaucht zu sein und ist nicht auffindbar.«

»Kein Wunder. Er kann Ihnen nicht mehr antworten«, verteidigte sich Fielding, »er ist erschossen worden.«

»Hören Sie das, Herr Hildebrandt, was der da immer an abenteuerlichen Erklärungen abliefert, Ihr neuer Kollege? Und woher wollen Sie wissen, dass Neukamp erschossen wurde? Das liegt ja nicht einmal uns vor. Oder wollen Sie da auch dabei gewesen sein?« Er sah Fielding scharf an.

Fielding nickte, was die Stimmung der beiden Uniformierten nicht unbedingt aufhellte.

»Meine Herren, ganz kurz, deswegen sind wir nicht gekommen. Herr Fielding vermisst ein Rad.«

»Ein Fahrrad? Dann Fahrradpass, Rahmennummer, Typ, Farbe und so weiter«, sagte Berger.

»Zuletzt hat er es auf dem Riechheimer Berg gesehen«, sagte Hildebrandt.

»Lassen Sie mich raten. Es ist gar nicht das Rad von Herrn Fielding. Wahrscheinlich nur geliehen?«

Fielding nickte wieder und Berger und Schlundt sahen sich vielsagend an. Ihre Köpfe waren inzwischen rot angelaufen.

Hildebrandt spürte, dass die beiden kurz vor einer emotionalen Eruption standen. »Er hat das Rad zurücklassen müssen, aufgrund einer heftigen Schießerei, die er im Wald gehört hat. Er war auf der Suche nach Robert Neukamp, den er in einer dienstlichen Angelegenheit befragen wollte. Besagter Neukamp ist bei dem Schusswechsel ums Leben gekommen.«

»Ach, das ist ja mehr als merkwürdig«, sagte Berger, »wir fragen nach irgendetwas, was auch nur in der Nähe von ihm war, und entweder ist es gerade geklaut worden oder derjenige verstorben. Herr Hildebrandt, wo haben Sie diesen Todesengel aufgegabelt?«

»Herr Fielding, warten Sie bitte draußen im Wagen auf mich«, bat ihn Hildebrandt und gab ihm seine Autoschlüssel. Berger und Schlundt schüttelten die Köpfe, als sie sahen, dass der dubiose neue Kollege mit dem Schlüssel von dannen zog.

Fielding war einerseits froh, dass er das Revier verlassen konnte, andererseits verwundert, warum ihn Hildebrandt bei seinem sogenannten Update der Ermittlungsergebnisse nicht dabeihaben wollte. Was hatte seine Ausgrenzung zu bedeuten? Weiteres Misstrauen?

Er lief von der Andreasstraße zurück zum Domplatz an der Schranke vorbei zum Volvo und setzte sich auf den Beifahrersitz. Er sah sich kurz um und nahm sich vor, keine Zeit zu verlieren, Hildebrandt konnte jeden Moment zurückkommen.

Vorsichtig öffnete er das Handschuhfach, immer darauf bedacht, in keine Falle zu tappen, zum Beispiel durch einen Schnipsel, der im Fach eingeklemmt war und unbemerkt herausfiel, wenn jemand das Fach öffnete. Aber es schien nichts präpariert zu sein. Darin lag ein kleines Stativ mit Navigationsgerät und eine in Kunstleder gebundene, dicke Ringbuchkladde mit der Bedienungsanleitung des Wagens. Er fächerte den Katalog auf, spielte Daumenkino, aber es war nichts Verdächtiges hineingelegt worden.

In einer weiteren Mappe, in Kunststoff gehüllt, befand sich das Serviceheft mit den Stempeln einer Erfurter Vertragswerkstatt. Darunter fand sich noch ein Eiskratzer. Mehr nicht.

Im Seitenfach der Fahrertür waren ein Wischtuch und ein Synthetikschwamm gegen beschlagene Scheiben verstaut. Unter seinem Sitz stieß er gegen einen Behälter und angelte ihn hervor. Aber auch das war enttäuschend, ein Straßenatlas von Deutschland und den Nachbarländer. Er schlug die Thüringenseite auf, kein Eintrag, keine Markierung einer Stelle, die etwas verraten hätte. Nichts. Das Ding schien neuwertig zu sein. Dann fiel ihm das Navi ein. Wer brauchte heutzutage noch einen Straßenatlas?

Er sah sich erneut um, konnte aber keine Spur von Hildebrandt entdecken. Es war ihm dennoch zu heikel, das Gerät zu montieren.

Allerdings hatte der Wagen auch ein eingebautes, wie er unterwegs auf der Fahrt festgestellt hatte. Warum führte er ein zweites Navi mit sich? Vielleicht war es von seinem Vorgängerwagen übrig geblieben? Wo sollte er es sonst lagern als im Wagen? Das schien ihm eine einleuchtende Begründung zu sein. Er steckte den Schlüssel in die Zündung und schaltete das Navi ein. Er ging in das Untermenü »letzte Ziele«. Hildebrandt schien sich in Thüringen auszukennen. Irgendeine Ferienadresse auf dem Darß, Ostsee, je ein Ziel in Dresden und München-Grünwald waren gespeichert. Dann gab es noch einen Eintrag in Berlin.

»Berlin, Berlin, wir fahren nach Berlin«, skandierte Fielding, als er ihn las, »Berlin, Berlin, wir fahr…«, er stockte. Die Erkenntnis kam abrupt und traf ihn völlig unvorbereitet. Es war nicht irgendeine Adresse in Berlin, sondern seine ehemalige Berliner Adresse. Es war exakt das Haus, in dem Tina jetzt wohnte.

Er erinnerte sich an den ominösen Anrufer, der Neukamp entführt hatte, ob inszeniert oder nicht, er hatte ihm damit gedroht, dass es Tina genauso erginge. Fielding hatte es für einen Bluff gehalten, um jetzt zu erfahren, dass Hildebrandt und seine Hintermänner sogar ihre Anschrift herausgefunden hatten. Er musste sie warnen. Aber lebte sie überhaupt in ihrer Wohnung oder war sie bei ihrem Arzt eingezogen? Er musste dringend Paulsen informieren und zog die Flucht in Hildebrandts Wagen in Betracht. Doch er wollte diesem Polizistenpaar Berger und Schlundt nicht noch mehr Futter geben und entschied sich, zu Fuß zum Justizzentrum zu laufen. Er griff zum Türöffner.

In dem Moment klopfte es an der Scheibe. Fielding war für Sekunden starr vor Schreck und fühlte sich ertappt. Dann kam er zu sich und drehte schnell den Zündschlüssel heraus. Berger stand neben der Beifahrertür und hielt einen Becher in der Hand. Fielding wollte den Fensterheber bedienen, aber ohne Zündung funktionierte er nicht. Hätte er die Tür geöffnet, wäre der Inhalt des Bechers gegen Berger geprallt. Das hätte erneut für ausreichend Stimmung gesorgt. Fielding tat so, als müsse er erst den passenden Schlüssel suchen, schaltete die Zündung wieder ein und ließ das Fenster herunter.

»Hier, vom Chef einen schönen Gruß. Dauert noch eine Weile. Nichts für ungut.« Berger drückte ihm den Coffee-to-go-Becher in die Hand.

Fielding nahm ihn, sagte jedoch nichts, sondern schloss nur das Seitenfenster.

Was läuft hier, verdammt noch mal?, dachte er und sah Berger hinterher, der sich am schmalen Durchgang an der Schranke vorbeimogelte. Er nahm den Plastikdeckel ab und schnüffelte. Nach Rizinusöl roch es nicht, aber er war nicht sicher, ob man das überhaupt riechen konnte. Da klopfte es schon wieder. Berger war zu Fieldings Verwunderung zurückgekommen und hatte bestimmt sehen können, wie er mit allergrößtem Misstrauen an dem Kaffee schnüffelte. Er ließ das Fenster erneut herunter. »Was noch? Habe ich vergessen, Danke zu sagen?«

»Sowieso. Übrigens: Ihre betagte Altölschleuder steht noch im Getreide von Möbisburg. Irgendwann wollen die mal ernten. Was glauben Sie, was die dann über Ihren alten klapprigen Golf sagen?«

»Beifang. Wertvoller Beifang. Steht übrigens im Rapsfeld und nicht im Getreide. Raps gehört zur Gattung Kohl.«

Wahrscheinlich war der Kaffee das Wettergebnis frustrierter Beamter, die gegen Hildebrandt gewettet hatten, dass sein junger Kollege, der es mit dem Eigentum anderer nicht so genau nahm, mit seinem Volvo längst auf und davon war. Diese Auslegung überzeugte ihn derart, dass ihm der Kaffee richtig gut schmeckte. Berger hatte innerlich gebrodelt. Dass er seinen Golf erwähnt hatte, war schlicht und einfach sein Ventil, um Druck abzulassen. Nichtsdestotrotz musste er sich um den Wagen kümmern, sonst schleppten sie ihn tatsächlich ab. Gerade, als er den Becher in einem Müllbehälter entsorgte, bog Hildebrandt um die Ecke.

»Eine Chance haben wir noch, Sie fahren morgen früh raus auf den Riechheimer, nehmen Sie einfach die Tram bis Urbicher Kreuz und gehen entweder an der Suhle Quelle oder am Kinderheim vorbei Richtung Willrodaer Forsthaus, falls Sie das Rad nicht in Ihren Wagen packen können. Die Truppen da oben haben bisher kein Rad gefunden. Sie suchen allerdings bisher nur in unmittelbarer Tatortnähe, aber morgen ist die Bereitschaftspolizei an der Reihe, die einen größeren Radius Schritt für Schritt durchkämmen wird. Dann wäre es zu spät.«

Der Ratschlag klang wie von einem väterlichen Freund und hätte auch von Paulsen kommen können. So verschlagen und scheinheilig dieser Hildebrandt auch war, Fielding erkannte hinter dem freundlichen Hinweis erneut einen Trick und glaubte, Hildebrandt längst entlarvt zu haben.

»Wohl eine Wette gewonnen?«, fragte er. »Auf jeden Fall danke für den Kaffee.«

Hildebrandt nickte nur anerkennend. »Menschenkenntnis haben Sie ja. Berger und Schlundt sind nicht gut auf Sie zu sprechen. Natürlich haben Sie sich mit meinem Wagen nicht aus dem Staub gemacht. Die beiden haben eine zu düstere Meinung von ihren Zeitgenossen. Ein wenig mehr Außendienst würde ihnen gut tun.«

Fielding warf ihm die Schlüssel zu und Hildebrandt setzte sich hinters Steuer. »Kommen Sie, Zeit für meine Wiederauferstehung!«

26

Während der Fahrt zum Justizzentrum musterte Fielding den Kollegen von der Seite. Hildebrandt hatte ein Pokerface aufgesetzt, sodass es unmöglich war, aus ihm schlau zu werden. Er hatte die Adresse von Tina nicht nur ermittelt, der Umstand, dass sie noch im Navi gespeichert war, zeigte, dass sie auch angefahren worden war. Er hatte sie ausgekundschaftet.

Es war frustrierend, dass er Hildebrandt über eine Faktenanalyse nicht auf die Spur kam und das Geschehene nicht in eine logische Folge bringen konnte, obwohl er nach wie vor glaubte, systematisch denken zu können. Das galt jedoch offensichtlich nur für ein so überflüssiges Feld wie die Nonsens-Kaffeewette. Hildebrandt war ein Kaliber, dem er noch nicht begegnet war. Andere verloren irgendwann ihre Maske und zeigten, wer wirklich dahintersteckte. Hildebrandt musste unglaublich abgebrüht sein, um ohne jede Gefühlsregung mit ihm in die Höhle des Löwen zu gehen, in das Justizzentrum. Hier könnte sich Fielding leicht auf die Seite von Paulsen schlagen und ihm alles, was bisher passiert war, berichten.

Auf dem Parkplatz des Justizzentrums angekommen zeigte Hildebrandts Kaltblütigkeit jedoch einen Hauch von Ermüdung: Anstatt auszusteigen, lässig die Tür des Volvos hinter sich zuzuwerfen und mit der Fernbedienung ein von den aufblitzenden Blinkern quittiertes Schließsignal auszulösen, blieb er neben dem Auto stehen und schien einen anderen Wagen zu suchen. Dann öffnete er die fast schon geschlossene Tür, setzte sich zurück auf den Fahrersitz, beugte sich zum Handschuhfach und zog das mobile Navi heraus, das er mit einem Saugnapfstativ an die Windschutzscheibe heftete. Fielding bedeutete er mit einem Wink, ebenfalls wieder Platz zu nehmen. »Er ist nicht da, aber dann werden wir ihn eben an seinem zweiten Arbeitsplatz besuchen.«

»Wen?«, fragte Fielding, aber Hildebrandt hielt nichts davon, neben seiner Montagearbeit zu antworten oder überhaupt auf Fragen zu reagieren, stattdessen programmierte er das kleine Gerät. Er hatte ein fest eingebautes und fuhr nun mit einem zweiten Navi los. Der Sinn hierfür erschloss sich Fielding nicht.

Vielleicht das Navi aus einem Zweitwagen oder zum Rausnehmen beim Wandern, überlegte er. Er hatte auch immer noch keine Antwort auf seine Frage, wer einen zweiten Arbeitsplatz zu haben schien. Daher war er unsicher, ob er die fragile Ruhe, die ihm bei der Hinfahrt zum Justizzentrum den Anschein von Sicherheit vermittelt hatte, nicht durch weiteres Insistieren gefährden würde.

Auf dem eingebauten Navi erschien der Stadtplan von Erfurt wie zuvor auch. Parallel dazu wurde das gleiche Bild auf dem zweiten angezeigt, das an der Scheibe montiert war. Allerdings stand dort das Ziel nicht fest, sondern ein kleines rundes Symbol bewegte sich wie der Volvo durch die Stadt. Hildebrandt kam dem roten Punkt nie zu nahe. Sobald der Punkt anhielt und sie sich ihm im dichter werdenden Berufsverkehr näher kamen, musste auch Hildebrandt an einer roten Ampel stoppen und der rote Punkt gewann wieder an Abstand.

Es musste sich um ein Peilgerät handeln, mit dem Hildebrandt jemanden verfolgte. Ein Abtrünniger aus seiner Fälscherbande, den er heimlich verfolgen wollte? Ein Anruf mit einem geklauten Handy und der Ort eines konspirativen Treffens wäre ausgemacht. Warum also der Aufwand mit einem Peilsender? Der musste am gegnerischen Wagen unauffällig montiert werden. Ein Fahnder? Ein Kollege der Kripo oder der Staatsanwaltschaft, der ihm auf den Fersen war? Dann ergab das merkwürdige Verhalten auf dem Parkplatz des Justizzentrums Sinn. Er schien dort einen Wagen vermisst zu haben. Das konnte ja nur ein Wagen eines Kollegen sein.

Wie auch immer, Fielding näherte sich über Hildebrandt tiefer den Strukturen und Sphären derer, die Patton auf dem Gewissen hatten und jetzt auch Neukamp. Wenn er doch Paulsen endlich ein Signal geben könnte.

An den roten Ampeln hätte er sich den anderen Wartenden in der Ampelschlange bemerkbar machen können, aber Zeit für lange Erklärungen blieb nicht und ein Morse-SOS würde sicherlich nicht weiterhelfen. Er überlegte, schließlich gefiel er sich nicht in der Opferrolle. Doch seine Neugier überwog. In seinem Bauch rumorte nicht die Angst, er hatte eher das Gefühl, als schwebte er wie ein Unbeteiligter über den Dingen, mit dem nötigen Abstand, wie ein Chronist, der Fakten sammelte und zum Schluss einen Rapport abgeben musste. Hätte Hildebrandt ihn töten wollen, so seine Überlegung, wäre dies in dem Chaos auf dem Riechheimer Berg ein Leichtes gewesen. So kurz vor dem Ziel wollte er nicht aufgeben und hoffte, noch heute den Hintergründen um Patton, Neukamp und den Kunstfälschungen auf die Spur kommen zu können.

Der rote Punkt näherte sich einem Industriekomplex in Erfurt Nord. An einer Halle blieb er stehen. Keine Ampel. Keine Kreuzung. Der Fahrer musste sein Ziel erreicht haben. Hildebrandt hatte abseits, ohne Sichtkontakt geparkt. Er zog den Signalempfänger von der Halterung, stopfte ihn in sein Jackett und stieg aus. Fielding hatte gerade seine Tür geöffnet, aber Hildebrandt stoppte ihn. »Nein, bleiben Sie bitte im Wagen. Es ist nur zu Ihrer Sicherheit.«

Welche Sicherheit? Er gaukelt mir eine Sicherheit vor, die ich mir wünsche, aber mir nur einrede. Mein Kleinreden der Gefahr ist doch so kindlich wie das Pfeifen im dunklen Wald, dachte Fielding. Er fügte sich, um ihn nicht zu provozieren und sah ihm nach, wie er hinter der Halle verschwand.

Hildebrandt hat mir gar nichts zu sagen, dachte Fielding und ging ihm nach. Allerdings war das Ergebnis mager. Als er um die Hallenecke blickte, sah er einige Meter vor sich Hildebrandt, der Sichtschutz hinter einem Berg aus Europaletten gefunden hatte. Was auch immer er von dieser Position erkennen konnte, Fielding sah lediglich seine gebückte Rückenansicht mit einem durch seine Haltung glattgezogenen dunkelbraunen Jackett. Doch er hörte das Zuschlagen einer Autotür oder einer Heckklappe.

Hildebrandt ging rückwärts und wäre im Umdrehen fast mit Fielding zusammengestoßen. »Im Auto bleiben, Herrgott, hatte ich gesagt. Ich bin für Ihre Sicherheit verantwortlich und will hier keinen Papierkram mit Fragen wie ›Warum haben Sie nicht‹ und so weiter. Verstanden?«

Fielding fühlte sich ertappt, nickte und lief ihm hinterher zum Wagen. Beide stiegen ein. Hildebrandt schnaufte, offensichtlich war er Anstrengungen nicht mehr gewohnt. Er zerrte den Peilempfänger aus der Jacke, montierte ihn wieder an die Halterung und nahm erneut die Verfolgung auf. Der rote Punkt hatte Fahrt aufgenommen und bewegte sich Richtung Innenstadt.

»Haben Sie was gesehen?«, fragte Fielding.

»Nicht viel«, sagte Hildebrandt. Er schien nachzudenken. »Also, passen Sie auf«, begann er plötzlich, als der rote Punkt an einer Ampel stoppte und sie den Abstand beibehalten wollten, »die Halle muss eine Art Lager sein. Ware wurde eben abgeholt und wird scheinbar in die Innenstadt verfrachtet.«

Fielding überlegte. Als Ware bezeichnete Hildebrandt offensichtlich die Gemälde. Vielleicht riss die Gier die Bande auseinander. Jemand machte das Geschäft ohne Hildebrandt. Er hatte als Ermittler und Tippgeber möglicherweise ausgedient. Nun heftete er sich an die Fersen der Komplizen und forschte sie aus. Betrug unter Betrügern. Dass das genauso strafbar war wie im ordentlichen Geschäftsleben, hatte er im Jurastudium gelernt. Die Fahrt ging zurück über die Nordhäuser Straße.

»Die Leute wollen betrogen werden«, sagte Fielding in die Stille hinein. Dadurch kam ihm der Satz noch bescheuerter vor, aber er versuchte, sich bei Hildebrandt anzubiedern. Und er wollte ihn provozieren, damit er mehr von sich und seinem Plan offenbarte.

»Was sagen Sie da?«, fragte der irritiert.

»Ich meine, wer gibt schon zwanzig Millionen für ein Gemälde aus? Da fehlt doch der Gegenwert. Bei einem Rembrandt, okay, aber für einen Gerhard Richter, Neo Rauch, Damian Hirst und überhaupt, woher kommen die zwanzig Millionen, die Sammler dafür ausgeben? Hier wird Schwarzgeld gewaschen oder überflüssiges Erbe abgeschöpft.«

»Wollen Sie mit mir über den Kunstmarkt sprechen?«

»Sieht ganz danach aus. Sie haben doch auf dem Riechheimer Berg gesehen, dass es da …«

»Nicht jetzt, gerne später«, sagte Hildebrandt gelangweilt.

Fielding schien ihn nicht provoziert zu haben, er wollte einfach im Moment nicht über das Thema reden und gab ihm so auch nicht zu erkennen, welche Kenntnisse und Interessen er in diesem Bereich besaß.

Sie kamen an der Vorderfront des Gutenberg Gymnasiums vorbei und fuhren in Richtung Justizzentrum. Der Punkt bewegte sich weiter zum Gothaer Platz und stoppte in der Alfred-Hess-Straße. Hildebrandt wurde langsamer, ließ sich auf dem anfänglich doppelspurigen Teilstück der Alfred-Hess-Straße vom nachfolgenden Verkehr überholen und stoppte den Wagen in einer Parklücke. »Moment, bleiben Sie sitzen, ich brauche nur einen kurzen Augenblick«, erklärte er und stieg aus.

Fielding verrenkte sich fast den Hals, um Hildebrandt mit seinen Blicken zu verfolgen, der hinter dem Wagen sein Handy hervorholte und mit jemandem sprach. Durch den Autoverkehr konnte Fielding kein Wort verstehen.

Hildebrandt setzte sich nach wenigen Minuten wieder hinter das Steuer und fuhr weiter. Der rote Punkt blinkte vor einer stattlichen Villa. Offensichtlich war das verfolgte Ziel ein dunkler Kombi. Hildebrandt fuhr vorbei und hielt zwei Grundstücke weiter in einer Einfahrt. »Sie warten bitte hier. Und mit Warten meine ich im Auto. Klar?«, sagte er unmissverständlich.

Da hatte Fielding längst einen anderen Plan für sich gefasst. Hildebrandt schien nicht sehr gesprächig zu sein und verfuhr augenscheinlich nach der Methode, diejenigen, die ihm möglicherweise schaden könnten, einfach unter seine Fittiche zu nehmen und wie eine Gouvernante zu beaufsichtigen. Irgendwann würde er ihn fallen lassen. Diesen Moment wollte Fielding nicht abwarten. Er folgte Hildebrandt mit einigem Abstand und prägte sich alles ein, was ihm für eine spätere Beweissicherung wichtig erschien, den Wagen Hildebrandts, die Villa und Anfahrt in der Alfred-Hess-Straße sowie das Kennzeichen des dunklen Kombis. Hildebrandt war hinter der Villa verschwunden. Fielding ging zur Briefkastenanlage und studierte die Klingelschilder. Es wunderte ihn nicht, dass es sich um den Sitz einer Galerie handelte. Gemälde mussten schließlich präsentiert werden und wenn sie gefälscht waren, musste der Rahmen umso repräsentativer sein.

Er hatte genug gesehen. Er sollte zum nahegelegenen Justizzentrum laufen, Paulsen alles berichten und mit ihm den Laden hochnehmen, bevor sich die Komplizen bis aufs Messer bekämpften.

Nach dem Riechheimer Berg wollte er kein zweites Inferno. Er war schon fast auf der Straße, als seine Neugier die Oberhand gewann. Schnell eilte er zurück und lugte hinter der Villa um die Ecke, wo er einen Garten mit Terrasse vermutete. Und er behielt recht.

Eine großzügige Terrasse war halbrund auf Hochparterre-Ebene angebaut, auf Säulen ruhend, darüber ein repräsentativer Balkon. Auf der Terrasse mühte sich jemand mit dem Rücken zu ihm ab, Leinwände in Holzkisten zu packen und die Kisten mit Sperrholzplatten zuzunageln, um sie versandfertig zu machen. Hinter Eibenbüschen entdeckte er Hildebrandt, wie er von der anderen Hausseite ebenfalls die Szene beobachtete. Gerade, als Fielding kehrtmachen und zum Justizzentrum laufen wollte, drehte sich der Unbekannte um. Fielding erschrak.

Es war Dirk Paulsen. Er musste einen Tipp bekommen haben, wo die Fälscherbande ihre Werke untergebracht hatte. Offensichtlich hatte er verdächtige Kisten geöffnet und musste sie wieder schließen, bevor die Täter zurückkamen.

Waghalsige Unternehmung, dachte Fielding. Er musste Paulsen unbedingt vor Hildebrandt warnen, der bestimmt seine Truppe um Verstärkung gerufen hatte. Es galt, keine Zeit mehr zu verlieren. Fielding stürmte um die Ecke. »Herr Paulsen, kommen Sie, schnell.«

Paulsen schien erschrocken, griff in sein Blouson, während Fielding Hildebrandt im Auge behielt. Der kam fluchend hinter den Eiben hervor, zog eine Waffe und zielte auf Paulsen.

»Schießen Sie nicht«, rief Fielding, »wir wissen alles!«

Fielding hielt sich nahe der Schusslinie auf. Hildebrandt nahm Paulsen ins Visier und herrschte ihn an, seine Hände hochzunehmen. Er schien nicht auf Fielding zu achten, der unbewaffnet für ihn keine Gefahr darstellte.

Ich muss deeskalierend einwirken, dachte Fielding, doch im gleichen Augenblick krachte ein Schuss. An Hildebrandts Waffe war deutlich das Mündungsfeuer zu sehen. Paulsen klappte zusammen, als sei der Boden unter seinen Füßen weggezogen worden.

Fielding stürzte zu ihm hin, warf sich schützend auf seinen Kollegen und prallte gegen eine der Holzkisten, die bei Paulsens Sturz umgefallen war. Ein Hüftknochen meldete sich mit stechendem

Schmerz. Hildebrandt schien so überrascht über den Einsatz Fieldings, dass er das Feuer einstellte.

Paulsen lag auf dem Bauch und gab keinen Laut von sich. Erst als er ihn in eine stabile Seitenlage bringen wollte, sah Fielding das Blut, das ihm aus der Brust sickerte. Er winkelte Paulsens Bein an, damit er ihn stabilisieren konnte, zog einen Arm heran, als es metallisch klimperte. Mit einem erstaunten Blick zog Fielding unter Paulsens Körper eine verchromte Pistole hervor.

»Liegen lassen!«, rief Hildebrandt, der mit der Waffe im Anschlag näher kam. Er zielte weiter auf Paulsen und nicht auf Fielding. Zeitgleich sah Fielding die roten Laserpunkte von Zieleinrichtungen, die Sondereinsatzkommandos verwendeten.

»Nicht schießen. Notarzt vor!«, rief Hildebrandt, der in der einen Hand seine Pistole, in der anderen ein Smartphone hielt. Dann kamen sie aus den Büschen, schwarz vermummte Beamte des Sondereinsatzkommandos. Fielding legte die Waffe neben Paulsen auf den Boden.

Hildebrandt, der nach wie vor frei herumlief und den keiner festzunehmen schien, steckte seine Pistole in ein Lederholster unter seinem Jackett, zog einen Klarsichtbeutel aus dem Jackett, stülpte ihn um, sodass seine Hand wie in einem Fäustling steckte, und fasste damit die verchromte Waffe an. Sorgfältig zog er die Folie über die Waffe.

»Das sollten Sie sich merken, Herr Kollege, man muss nur so tun, als verpacke man einen Hundehaufen, dann geht man sicher, das Ding nicht zu berühren, das keine DNA vom ermittelnden Beamten aufweisen sollte. Das wird übrigens die Waffe sein, die er im Kampf John Patton entrissen hat«, sagte Hildebrandt zu Fielding, der sich wünschte, Hildebrandt würde sich endlich seinen Namen merken und nicht immer vom »Herrn Kollegen« reden.

»Was waren das unterwegs eigentlich für Thesen? Hatte ja was Marxistisches, die Leute wollen betrogen werden und so weiter«, fuhr Hildebrandt fort, der anschließend eine Spur lauter »wann kommt endlich der Notarzt« ins Smartphone bellte.

»Muss man im Kontext sehen«, stotterte Fielding, der den Blick nicht vom ohnmächtigen Paulsen abwenden konnte. »Ich wusste bis eben nicht, auf welcher Seite Sie stehen.« Er rieb sich die schmerzhafte Hüfte, wollte aber vor Zeugen nicht die Hose öffnen und nachschauen, ob bereits Blut am Bein herunterlief. Er sah auf Paulsen. Es schien noch Leben in ihm, der Puls ging leicht und der Brustkorb hob und senkte sich. Endlich kamen Rettungsassistenten mit einer Trage und ein Notarzt um die Ecke gelaufen. Jetzt erst machte er Platz und entfernte sich von Paulsen.

Hildebrandt nahm ihn mit zurück ins Justizzentrum, wo er im Foyer Verena Homburg sah, die sofort auf ihn zulief. »Erste Ergebnisse. Willst du was hören?«

Fielding schüttelte nur den Kopf über die rhetorische Frage, doch Verena fuchtelte schon mit einem kleinen Cellophantütchen vor seiner Nase herum. »Hier, rate mal.«

»Schwarze Krümel. Stimmt's?«

»Fast. Das war mal ein Personalausweis, den haben wir bei der schwer verbrannten Leiche auf dem Riechheimer gefunden. Lautete auf Christian Starzewski.«

»Gratuliere, ein Quantensprung in unseren Ermittlungen, wenn wir einen der Täter so schnell identifizieren können. Wer war der andere, der dicke Typ aus dem Van?«

»So schnell geht's dann auch nicht, leider ein Quantensprung im wahrsten Sinne des Wortes, denn es ist ein Mikro- oder vielmehr ein Nanometer, den der Personalausweis gebracht hat. Der Ausweis wurde Starzewski nämlich vor einigen Wochen gestohlen. Den Verlust hat er umgehend bei den Behörden angezeigt. Bei dem Toten müssen wir also auf die DNA-Analyse warten und hoffen, dass wir ihn im Rechner finden. Trotzdem hat uns der Ausweis Glück gebracht. Wir haben mit Starzewski Kontakt aufgenommen: Er hat in Gügleben eine Schlosserei und in einen schwarzen Van ein Schienensystem eingebaut.«

»Schienensystem, wofür?«

»Für Bilderrahmen, das wusste er natürlich nicht, aber er hat ein Phantombild der Leute angefertigt und einer der Typen ist in der Szene als Giant Tom bekannt. Wahrscheinlich haben sie beim Warten seinen Ausweis mitgehen lassen.«

27

Ein paar Tage später bestellte sich Fielding einen Dienstwagen. Er bestand auf einen Kombi. Beim Einsteigen schmerzte die Hüfte. Vom Schmerz her machte es keinen Unterschied, ob ein Knochen gebrochen oder der Körper nur eine Prellung davon getragen hätte, hatte ein Arzt einmal gesagt. Die Hüfte war geprellt, aber ein Trümmerbruch würde sich Fieldings Auffassung nach nicht anders anfühlen.

Er fuhr durch die Stadt, kam an der Villa in der Alfred-Hess-Straße vorbei. Er hielt nicht an. Die Tempo-30-Zone reichte aus, um an den heruntergelassenen Rollläden zu erkennen, dass die Galerie vorerst dichtgemacht war. Sachverständige gingen nun zunächst den Verkäufen nach und versuchten herauszufinden, ob hier ausschließlich mit Fälschungen oder auch mit authentischen Kunstwerken gehandelt worden war.

Er hatte in den letzten Tagen viel im Internet recherchiert und sich mit einem Gutachter in Verbindung gesetzt. Der Kunstsachverständige, zugleich Professor für Kunstgeschichte, hatte ihm von den Problemen seiner Zunft und dem Erfindungsreichtum der Fälscher berichtet, die Analysen so schwer machen würden. Auf den ersten Blick wäre eine gut gemachte Fälschung nie zu erkennen. Man müsste das Gemälde einer naturwissenschaftlichen Untersuchung unterziehen, die alles umfasste, den Rahmen, vor allem die Holzart, die Firnis, die Qualität und Zusammensetzung der Leinwand. Mit Röntgenstrahlen und Infrarotaufnahmen könnten ohne zerstörende Untersuchungen die Strukturen darunter gesichtet werden. Bei der Pigmentanalyse müssten mikroskopisch kleine Teilchen entnommen werden. Dann erst käme man zum eigentlichen Motiv des Bildes und prüfte den Hintergrund. Wurde von hinten nach vorne gemalt? Wie waren die Figuren ausgestaltet? Waren der Pinselstrich und die Farben typisch für den Maler?

Das alles würde der Experte erst erkennen, wenn er sich ausgiebig mit dem Werk auseinandergesetzt hätte. Er müsste sich die Genres ansehen. Handelte es sich um ein Portrait, wäre das Werk mit anderen Portraits des Künstlers zu vergleichen. Deutlich würde es in erster Linie beim Vergleich der Kopfformen, da Künstler selten von ihren Proportionen abwichen. Signaturen wären ebenfalls nicht zu unterschätzen. Manche Maler setzten sie sparsam ein, manchmal kritzelten sie nur ihre Initialen an den Rand. Hier galt es zu prüfen, ob sie immer an der gleichen Stelle zu finden waren. Bei Fälschungen hätten sie oft die ausführlichste Variante, denn Fälscher gingen gerne auf Nummer sicher. Es hätte Fälle gegeben, da entdeckte man auf der Leinwandrückseite einen Hinweis auf den Maler, damit auch der Naivste verstünde, dass das Gemälde wirklich vom Künstler stammte.

Fielding spielte während des Staus am Ende der Alfred-Hess-Straße am Radio, ging die Stationstasten durch und kam zufällig an ein Radiofeature über Malerklassiker. Das Thema war Rembrandt. Bei ihm waren auch deshalb immer Zweifel an der Echtheit einiger Gemälde bestehen geblieben, weil er zeitweise fünfzig Schüler gehabt hätte, die für ihn hätten arbeiten müssen, sagte der Radiosprecher. Dann wurde ein Kunstsachverständiger zugeschaltet, den die Redaktion offensichtlich unterwegs auf der Autobahn oder im Zug erreicht hatte, denn die Telefonverbindung krächzte so antik brüchig, als stammten die Leitungen aus der Klassikepoche.

Er wurde bombardiert mit Fragen wie: Was stammte wirklich von Rembrandt? Was von den Schülern? Wie war Rembrandt überhaupt noch an einem Gemälde beteiligt? Ab wann ist es noch ein Gemälde von Rembrandt, ab wann das seines Schülers? Die Antworten klangen nicht im Entferntesten nach Antworten. Vielmehr blieben noch mehr Rätsel zurück.

Die Diskussion im Radio erinnerte Fielding an die Produktion von Waren im Ausland, die den Stempel »Made in Germany« tragen durften, obwohl sie in Billiglohnländern fabriziert wurden. Bei Hemden legte der Hersteller mit unerschütterlicher Überzeugung dar, dass es zu Recht »Made in Germany« hieße, weil die Hemdknöpfe in Deutschland angenäht worden seien.

Fielding hatte den Anfang der Sendung nicht mitbekommen, aber aufgrund der Berichterstattung über den Fälscherskandal in

Erfurt waren die Medien zur Zeit voll von Reportagen über Unregelmäßigkeiten in der Kunstszene. Schließlich musste der Sprecher selbst einräumen, dass die Hörerinnen und Hörer nicht unbedingt schlauer geworden wären. Der Sachverständige reagierte spitz und fragte zurück, wer denn von den Hörerinnen und Hörern zu den Kunstsammlern gehören würde, die ein ernsthaftes Interesse an Aufklärung hätten. Er könnte jedem nur garantieren, dass in ihren Häusern echte Vierfarb-Siebdrucke hängen würden. Außerdem stritten sich die Gutachter bei dem Vincent-van-Gogh-Selbstportrait »Studie bei Kerzenlicht« seit über fünf Jahrzehnten, ob das Gemälde echt wäre oder nicht. Der damalige, inzwischen verstorbene Eigentümer hatte sogar mit Beschlagnahmungen anderer van-Gogh-Werke gedroht, sollte sich das Bild als Fälschung erweisen. Unter diesem Druck würde es tatsächlich noch objektive Gutachten von Sachverständigen geben?, fragte der Moderator. Doch an diesem Punkt hatte der Experte selbst die Nase voll. Musik wurde eingespielt und zeigte an, dass der zugeschaltete Gast nicht mehr mitspielen wollte.

Als Fielding den Stau schließlich hinter sich gelassen hatte, fuhr er am Innenministerium vorbei die Parkstraße entlang und aus der Stadt hinaus. Von der vierspurigen Straße durch den Steigerwald aus sah er das Waldschlösschen am »Hubertus«, wo er Neukamp verloren hatte, der im observierten Van gekidnappt worden war. Er fuhr weiter Richtung Stadtilm, bog in Werningsleben ab und nahm die Landstraße nach Riechheim. An der Kreuzung mit der Bushaltestelle fuhr er links auf den Riechheimer Berg Richtung »Sonnenhof«. An den Baracken auf dem Katzenberg hielt er an.

Auch Tage nach dem Brand roch es immer noch verkohlt. Die Malerbaracke war nur noch ein weißes Aschefeld, aus dem einige Balken wie überdimensionierte abgebrannte Streichhölzer ragten.

Ein Metalltisch stand verbogen auf drei Füßen, die Hitze hatte in die einst plane Fläche Wellen geschlagen. Einige rotbraune ausgeglühte Dosen lagen verbeult auf dem Tisch und darunter, aber alle Inhalte waren verschwunden.

Er duckte sich unter dem weiß-roten Polizeiabsperrband hindurch. Sie hatten das Areal großzügig abgesperrt, aber so nachlässig, dass es für Schaulustige keine Hürde darstellte. Er ging hinter das Aschefeld. Im Gebüsch, wo er Neukamp schwer verletzt abgelegt hatte, lag eine mit Asche überzogene Schlange. Er ging näher.

Das Reptil erwies sich als platter, an einem Ende gelochter Riemen. Es war Neukamps Gürtel, mit dem er ihm das Bein abgebunden hatte.

Was war passiert? Er erinnerte sich an Paulsen, den er zu Neukamp geschickt hatte. Vorher hatte er ihn jedoch informiert, dass Neukamp alles über die Hintermänner wüsste. Paulsen konnte sein Glück wahrscheinlich kaum fassen, sein neuer Kollege Fielding präsentierte ihm den Verräter Neukamp auf dem Silbertablett. Er musste nur noch vollstrecken und löste bei dem Angeschossenen den Gürtel, sodass Neukamp verblutete.

Fielding beließ den Gürtel an der Stelle. Jetzt noch Spuren zu sichern, die die Kriminaltechnik übersehen hatte, war überflüssig. Paulsen war tot. Er hatte den Schuss von Hildebrandt nicht überlebt. Deshalb gab es auch kein Ermittlungsverfahren mehr gegen ihn. Fielding hatte mit Paulsen voll auf den falschen Mann gesetzt.

Glücklicherweise konnte Hildebrandt keine Gedanken lesen. Er hätte Hildebrandt fast ins Lenkrad gegriffen, ihn niedergeschlagen oder kampfunfähig gemacht. Aber die massige Gestalt Hildebrandt hatte auf ihn derart furchteinflößend gewirkt, dass er sich von seinem Instinkt hatte leiten lassen, ihn weiter zu beobachten und nicht aktiv einzugreifen. Die Sache mit Paulsen ging ihm nahe, ebenso, dass Neukamp es nicht geschafft hatte. Neukamp war als großmäulige, labile Persönlichkeit aufgetreten, doch hinter dieser Fassade hatte er sich als sensibel, intelligent und kreativ entpuppt und seinen Halt und seine Bestätigung schließlich in der Kunst gefunden. Er war sicher, dass Neukamps Talent nach allem in die richtige Bahn hätte gelenkt werden können.

Paulsen hingegen war eine seiner größten Enttäuschungen. Er war nicht nur sein Mentor, der ihm beratend als Berufsanfänger zur Seite gestellt worden war, er fühlte sich von ihm verraten und machte sich selbst Vorwürfe, so von seiner vermeintlichen Menschenkenntnis getäuscht worden zu sein. Hildebrandt war für ihn immer der Täter gewesen. Es hätte alles gut gepasst: Patton hatte sich wegen der Fälschungen und des Betrugs an Hildebrandt gewandt, der in die Fälscherstrukturen eingetaucht war und sich von ihnen hatte schmieren lassen. So ein lukratives Feld mit Renditen, vergleichbar mit dem Drogenmarkt, wurde nicht ohne den Versuch der Bestechung aufgegeben. Nur war darauf nicht Hildebrandt angesprungen, sondern Paulsen. Der hatte ein Faible für schnelle Autos und Villen, hatte, ohne dass die Kollegen davon etwas ahnten, eine prachtvolle Millionenvilla am Ilmpark in der Klassikerstadt Weimar bezogen und ein paar Sportwagen in die großzügige Garage gestellt. Seine Ehe war auseinandergebrochen und kinderlos geblieben. Es hatte offensichtlich niemanden gegeben, auf den er hätte Rücksicht nehmen müssen. Daher hatte er alles auf eine Karte gesetzt.

Hildebrandt wiederum war im Pech. Seine Frau war an Krebs gestorben und mit der ausbezahlten Lebensversicherung hatte er sich ein gehobeneres Haus geleistet, was den Verdacht sofort auf ihn gelenkt hatte. Da blieb noch die Frage nach den Schüssen im Hotel.

Paulsen hatte erfahren, dass sich Patton bei Hildebrandt angemeldet hatte. Über Outlook konnte er im Netzwerk in die Terminkalender der Kollegen schauen. Paulsen hatte aber unbedingt das Gespräch mit Patton führen, ihn abwimmeln oder ein Tauschgeschäft anbieten wollen. Dazu musste Hildebrandt abgelenkt werden. Also hatte Paulsen Giant Tom, den Fahrer des Vans, ins Hotel geschickt, in das Patton eingecheckt hatte, um Hildebrandt mit ein paar Schüssen in die Wand anzulocken, der sich Sorgen um Patton gemacht haben dürfte. Der Plan war aufgegangen. Daraufhin hatte Paulsen in Hildebrandts Büro auf Patton gewartet und war dort mit ihm in Streit graten.

Fielding ging zurück zum Waldweg und fand im Gestrüpp Tinas Fahrrad. Er zog es heraus, entfernte Dornenranken und Brennnesseln, schob es zum Wagen, klappte die Rücksitze um und manövrierte die sperrige Ladung in den Kombi. Auf der Fahrt zurück sah er am Gasthaus vorbei.

Olaf stand im Biergarten und nahm gerade auf einem Block eine Bestellung auf. »Moment bitte, ich muss kurz einen besonderen

Gast begrüßen.« Mit diesen Worten kam er auf Fielding zu. »Schön, dass Sie auch mal in Friedenszeiten bei uns Halt machen.«

»Ich wollte mich nur bedanken«, sagte Fielding.

»Schon in Ordnung. Ein kühles Landbier oder eine Schorle?«

»Keinen Alkohol. Aber Sie haben hier Heilwasser, habe ich gehört?«

Der Wirt legte den Kopf schief und sah ihn fragend an. »Ihnen habe ich die Rollatorengeschichte auch schon erzählt?«

»Nein, aber so was spricht sich herum. Die von Coca-Cola sind an einer Lizenz interessiert«, flunkerte Fielding.

»Mit Konzernen mache ich keine Geschäfte«, sagte Olaf knapp und unmissverständlich, dann drehte er sich konspirativ nach allen Seiten um und als die Luft rein zu sein schien, fügte er an: »Na, kommen Sie, ich zeig Ihnen mal was, einfach mir unauffällig folgen.«

Er ging ins Gasthaus. Im Vorraum stand ein großer Rundtisch und an der Wand gegenüber der Tür hing ein riesiges Ölgemälde mit einem Panoramablick auf das Thüringer Becken. Der Wirt trat links durch eine Tür hinter die Theke. Aus der Vitrine griff er sich ein Limonadenglas, öffnete an der Spüle mit dem Edelstahlbecken, in dem sechs senkrecht nach oben stehende schwarz-weiße Bürsten auf zu spülende Biergläser warteten, einen Messinghahn und ließ das Glas voll laufen.

»Das hier ist unser Heilwasser. Frisch aus der Leitung.«

»Und das wirkt?«

»Der Glaube versetzt Berge.«

Von Westen her baute sich ein Gewitter auf. Der Große Inselsberg und der auslaufende Höhenzug des Thüringer Waldes Richtung Eisenach waren in dunklen blau-grauen Wolken verschwunden. Aufkommende Böen jagten durch die spärlichen Kiefern und über die Magerwiesen des Riechheimer Bergs. Nach Adonisröschen, die hier zwischen den Silberdisteln zu finden waren, suchte keiner mehr.

Fielding machte sich auf den Weg zurück in das Justizzentrum, hielt kurz an der Kuppe unterhalb des Lokals an und blickte auf das

Panorama, das nach und nach von den Regenwolken erfasst wurde. Die Wachsenburg strahlte mit dem rot eingedeckten Bergfried wie ein Leuchtturm, bis auch sie vom Gewitter eingehüllt wurde. Vom Westen kommende Unwetter teilten sich immer auf und folgten den Flüssen Ilm und Gera, deshalb sei der Berg eine trockene Region, hatte Olaf, der Wirt, ihm vor der Rückfahrt gesagt.

Tatsächlich konnte er relativ lange im Trockenen fahren, bis ihn unterwegs die ersten Tropfen trafen.

28

Im Justizzentrum holte er das Rad aus dem Wagen und schleppte sich, so schnell es ihm mit der geprellten Hüfte möglich war, durch den Regen über den Parkplatz zum Treppenhaus, stellte das Rad unter und ging nach oben. Nach der Treppe hielt er an, um sich zu dehnen und zu strecken. Die Prellung würde ihn noch Wochen lang begleiten.

Unvermittelt rammte ihm jemand einen Waffenlauf in den Rücken. »Hände hoch! Schön langsam, wird dir nicht schwerfallen, wartest wohl auf die Rente ab dreißig«, schrie der Angreifer.

»Das kann nur jemand mit Tourette-Syndrom sein«, Fielding drehte sich blitzschnell um, riss den Lauf zur Seite und kickte mit dem Fuß alles weg, was irgendwie nach Gewehrlauf aussehen könnte. Eine Krücke flog in hohem Bogen auf den Granitboden. Das Scheppern hallte durch das großzügige Foyer des Justizzentrums.

Der Angreifer hatte sich auf den Krückstock gestützt, den Fieldings Fuß traf. Jetzt, jeglichen Halts beraubt, schwankte er wie eine Eiche beim Abholzen, unschlüssig, in welche Richtung er fallen sollte, bevor er zur Seite kippte. In dem Moment kamen Berger und Schlundt die Treppen hinaufgelaufen.

»Das ist Körperverletzung!«, rief Berger.

»Kann ich bezeugen«, bekräftigte Schlundt aufgebracht.

»Dann zeugen Sie mal«, sagte Fielding lapidar und half dem Angreifer auf die Beine. »Willkommen, am dritten Tage auferstanden von den Toten. Wie hast du das gemacht? Ich dachte, du wärst tot!« Fielding ließ es sich nicht nehmen und schlug Robert Neukamp herzlich auf die Schulter, was dieser mit einem leichten, schmerzverzerrten Grinsen quittierte. »Ich hätte nie gedacht, dass ich mich mal so über deine große Klappe freuen würde«, fuhr Fielding fort. Dann drehte er sich zu Berger und Schlundt, die mit einem langen grauen Pappbecher vor ihm standen. »Euer Kaffee ist heute so ohne Aroma.«

»Kein Wunder, der Kaffee ist diesmal ein Abschleppbescheid«, sagte Berger und rollte den vermeintlichen Becher auseinander. Sie hatten ein Blatt auf DIN A5 gefaltet und dann gerollt. »Wir wollten das nur persönlich abgeben«, sagte Berger, »es war an der Zeit, der Golf wurde langsam eins mit dem Rapsfeld.«

Fielding nahm den Bescheid. Zur Abholung des Wagens sollte er knapp zweihundert Euro bereithalten. Keine Schecks, keine EC- und Kreditkarten. Nur Bargeld.

Schlundt grinste.

»Das ist aber sehr aufmerksam und fürsorglich, dass Sie zu zweit kommen. Dann kann ja der eine auf den anderen aufpassen«, sagte Fielding, »und, das möchten Sie doch bestimmt gerne anfügen, wer zuletzt lacht und so weiter, stimmt's?« Er wartete die Reaktion nicht ab, faltete das Blatt zusammen, hob die zweite Krücke vom Boden auf, reichte sie Neukamp und legte einen Arm auf dessen Schulter. Langsam schlurften sie den Gang entlang und näherten sich Fieldings Büro, während Berger und Schlundt noch einen Augenblick das sonderbare Duo beobachteten, bevor sie zurück in ihre Dienststelle gingen.

»Jetzt erzähl mal«, forderte Fielding Neukamp auf, als sie in seinem Büro saßen, »was ist so alles passiert? Ich dachte wirklich, es hätte dich erwischt, wie all das Blut floss, der Sanitäter, der mich fertig gemacht hat, weil angeblich die Wunde nicht abgebunden war, ich war so geschockt, ich weiß überhaupt nicht …«

»Komm mal wieder runter, es ist doch alles gut. Ich weiß noch, wie ich zur Baracke auf den Riechheimer Berg fuhr und wie sich im nächsten Moment ein engelsgleiches Wesen über mich beugte.«

»Eine Nahtoderfahrung!«, rief Fielding aufgeregt dazwischen.

»Nein, es war die Aufwachstation. Dazwischen klassischer Filmriss von einigen Tagen. Du kannst mir alles erzählen. Ob ich Stunden oder Monate weggetreten war, kann ich nicht mehr sagen. Jedenfalls haben mich die Ärzte wieder gut hinbekommen. Ich wollte nur Danke sagen. Ohne dich hätte ich es vermutlich nicht gepackt. So, muss jetzt wieder Geld verdienen. Wir seh'n uns.«

»Stopp! So schnell kommst du mir nicht davon. Was ich immer noch nicht verstanden habe, ist, warum du mich bei der Verfolgungsjagd niederschlagen wolltest, als ich mit meinem Wagen in dem Acker gelandet war. Ich habe meine Theorien, aber so richtig überzeugend …« Fielding würgte den Satz ab und schüttelte den Kopf.

»Keine künstliche Erregung, bitte. Tina ist eine tolle Frau und ich wollte mal testen, was das für ein Kerl ist, der bei dieser Braut landen konnte. Das hatte ich während meiner Arnstädter Zeit nicht geschafft.«

»Witzig, jetzt mal ehrlich. Was steckte dahinter?«

»Habt ihr unser Rollkommando schon auseinandergenommen?«

»Du meinst Giant Tom und euer Unterstützersystem im Hintergrund? Die haben wir festnehmen können. Die Verhöre laufen.«

Neukamp nickte. »Ich habe da so ein paar krankheitsbedingte Lücken auf der Festplatte, aber Giant Tom, unser bulliger Kerl fürs Grobe, war ein Kontrollfreak. Der wollte immer wissen, was macht der und der, wie weit sind die Ermittlungen und so. Er hatte mich wie einen Agenten auf dich angesetzt, sollte mal den verprellten Lover mimen und prüfen, ob ich was rausbekomme, ob ihr dem Paulsen auf die Schliche kommt und so.«

»Aber woher wusstest du, dass ich mit Tina befreundet bin? Ihr hattet doch seit eurer Arnstädter Ausbildung keinen Kontakt mehr?«

»Zufall. Ich hab euch ein paar Wochen zuvor in einem Café gesehen. Hinten an der Krämerbrücke. Nein, war das eine traute Zweisamkeit. Mir schossen gleich die Säfte in die Glieder, ich mein, die Tränen in die Augen, als ich das junge Glück händchenhaltend so vor mir sah, als hätte jeder Angst, der andere falle gleich in die Gera, wenn ihr euch loslasst. So ein Kitsch, weißt du, das prägt sich meinem geschulten Malerauge ein. Auf Jahre.«

»Dennoch, wenn ich einen niederschlage, komme ich nicht an Informationen. Dann folgt eine Anzeige und fertig.«

»Moment mal. Das war doch kein ernsthafter Angriff. Nie und nimmer hätte ich zugeschlagen. Wirke ich etwa wie ein Schläger?

Okay, manchmal, immer seltener, habe ich eine große Klappe, aber ich kann niemandem wehtun. Ich wollte den verprellten, gekränkten Eifersüchtigen spielen, der seinem Nebenbuhler eins auswischen möchte, es dann aber doch nicht macht, um Schuldgefühle beim anderen auszulösen. Aber du musstest ja vorpreschen und mich über die Schulter in den Raps hebeln. Na ja, der Rest hat trotzdem wie geplant geklappt. Das war übrigens alles ganz spontan angeordnet, dich hatten wir gar nicht auf dem Schirm, sondern Hildebrandt. Wir wollten ihn mal ein paar Wochen irgendwo nett einquartieren, bis wir die wichtige Kunstauktion hinter uns hatten. Deshalb auch das Manöver in der Geibelstraße. Hildebrandt sollte entführt werden, im Van, ich sollte sichern, doch Hildebrandt wehrte sich, das mit dem Äther klappte nicht, Giant Tom flog mit ihm in die Scheibe und er entkam. Unser Tom hat auch seine schwachen Minuten. Ja, und mittendrin kamst du auf die Bühne. Ich hab dich gleich als die überflüssige Hälfte der Krämerbrücken-Romanze erkannt. Das Ende kennst du ja.«

»Was ist eigentlich mit den Eisensteins?«

»Mit wem?«

»Na, die Eisensteins aus Haifa, die mit ihrer Kunstsammlung.«

»Das hast du geglaubt?« Neukamp lachte und schüttelte den Kopf. »Ich könnte dir ja was erzählen, aber vorher hätte ich gerne eine schriftliche Aussage zur Kronzeugenregelung oder zum Zeugenschutzprogramm.«

»Oh, an diesem Punkt waren wir schon mal und danach ging es ziemlich drunter und drüber«, erinnerte ihn Fielding an das Flammeninferno auf dem Riechheimer Berg.

»Muss ja nicht zur Gesetzmäßigkeit werden.«

»Dann leg mal los.«

»Wo ist das Schriftliche?«, insistierte Neukamp und drehte sich theatralisch nach einem imaginären Blatt Papier um.

»Ich werde mich dafür einsetzen. Mein Wort.«

»Na, wenn das nicht eine wasserdichte Garantie ist«, spöttelte Neukamp und rollte die Augen. »Aber um meinen guten Willen zu zeigen, kommt noch ein Bonus-Track hinterher. Die Geburt der Eisensteins verlief sehr dynamisch und kundenorientiert, weil ein

Käufer meines Werkes, das ich freilich unter einem anderen Namen signierte, eine Historie hinter dem Bild hören wollte.«

»Ich dachte, er kauft Kunst und kein Geschichtsbuch.«

»Denkst du. Die Geschichte macht ein Produkt oft zu etwas Unbezahlbarem. Geschichte sorgt nicht nur für Patina, sondern auch für exorbitante Preise. Sieh dir den Oldtimer-Markt an. Ein seltenes Exemplar ist teuer, wird im einstelligen Millionenbereich gehandelt. Wenn es aber eine Rennhistorie dahinter gibt, dann sind wir schnell im zweistelligen Millionenbereich. Wie letztens, als bei einer Versteigerung ein Mercedes Silberpfeil für dreiundzwanzig Millionen verkauft wurde, nur weil Fangio mal drin saß und damit Rennen fuhr. Bestimmt nicht im Schongang. Noch außergewöhnlicher das Auktionsergebnis für einen Ferrari 250 GTO. In dem roten Flitzer verunglückte ein prominenter Sportler tödlich. Der Wagen war eigentlich Schrott, wurde in Maranello wieder aufgebaut und zum Rekordpreis verhökert. Achtundzwanzig Millionen! Das ist big business, sag ich dir. Da liest man doch die Verkaufsanzeigen mit dem Hinweis ›Unfallwagen‹ ganz anders. Und so was beherrschen wir: Die Geschichte hinter dem Gemälde. Die liefern wir wie auch das Bild. Das ist ein Komplett-Rundumservice, den wir uns bezahlen lassen. Wir sind Dienstleister.«

Neukamp erhob sich schwerfällig und auch Fielding hatte durch seine angeschlagene Hüfte Probleme, vom Bürostuhl aufzustehen. Wie zwei Neunzigjährige gingen sie gebeugt und in verkrampfter Haltung zur Tür.

Fielding brachte Neukamp zum Fahrstuhl. Wortlos gaben sie sich die Hand, während der Aufzug seine Kabinentür öffnete. Kurz bevor sich die Türen schlossen, rief ihm Fielding »wir hören voneinander« hinterher.

Robert Neukamp ist schon ein komischer Vogel, dachte er, als er im Flur an die Glasfront trat, von der er den Parkplatz überblicken konnte. Das Gewitter hatte Erfurt erreicht. Sturmböen peitschten den Regen gegen die Scheiben, spielten mit den Tropfen und schickten sie wie einen Schwarm Sardinen hin und her. Neukamp war unten angekommen, ging auf seinen Krücken über den Platz. Der

Kofferraum einer dunklen Limousine öffnete sich automatisch, Neukamp warf seine Krücken hinein und drückte einen Knopf, woraufhin sich die Klappe sanft nach unten bewegte. Er ging auf die Karosserie gestützt um den Wagen und setzte sich auf den Beifahrersitz. Lautlos sauste der Wagen davon. Fielding konnte den Fahrer nicht erkennen. Alles blieb im Dunkel der getönten Scheiben, auch Neukamp selbst.

Überhaupt blieb alles um ihn herum nebulös und geheimnisvoll, wie in einem düsteren Gemälde von Rembrandt, in dem wenige, sparsame Lichteffekte eine ungeheure Spannung erzeugten. Hell-Dunkel-Kontraste, das beherrschte Neukamp bestens.

Fielding hatte keine Ahnung, warum Neukamp in einer Limousine mit Chauffeur saß. Aber er würde sich für ihn einsetzen und sicherstellen, dass die Kronzeugenregelung angewendet werden konnte. Das würde Neukamp einige Jahre an staatlich strukturiertem Tagesablauf einsparen helfen. Mit ihm würde es spannend weitergehen, davon war Fielding überzeugt. Entweder er brachte alles zum Strahlen oder es kam alles im Feuer um.

29

Zurück auf dem Weg ins Büro traf er Hildebrandt.

»Ich nehme erst mal ein paar Tage frei«, sagte Fielding lässig zur Begrüßung.

»Oh, Sie haben doch gerade erst bei uns angefangen«, sagte Hildebrandt und Fielding vermisste das »Herr Kollege« in seinem Satz. Bevor er das ansprechen konnte, fiel ihm allerdings die Geschichte mit dem Navi und der Berliner Adresse ein.

»Sagen Sie mal, Herr Hildebrandt, als ich in der Andreasstraße in Ihrem Wagen gewartet habe, spielte ich ein wenig mit Ihrem Navi und entdeckte so rein zufällig meine Berliner Adresse. Wie kam die denn da rein?«, fragte er.

Hildebrandt ließ Fieldings Spionieren bis auf ein Heben der Augenbrauen unkommentiert und begann stattdessen mit seiner Erklärung: »Ich hatte den Erstkontakt zu Patton, legte eine Ermittlungsakte an und bereitete mich auf den zweiten Termin mit ihm vor. Mir fiel auf, dass in der Akte ein paar Seiten fehlten. Ich hatte die Paginierung vergessen, wusste aber genau, dass der Vorgang dicker war als das schmale Heft, das ich aus der Registratur erhielt. Niemand konnte mir das erklären. Ich musste davon ausgehen, dass jemand Zugriff zu der Akte entweder in der Registratur oder an meinem Arbeitsplatz hatte. Das konnte Paulsen sein – oder Sie.«

»Stopp, ich kam doch erst an dem Tag an, als Patton ermordet wurde.«

»Ja, aber Paulsen, den ich in Verdacht hatte, Ermittlungsergebnisse weitergetragen zu haben, hatte sich sehr für Sie eingesetzt, als die neue Stelle ausgeschrieben wurde. Waren Sie ein Komplize von Paulsen, den er elegant und unauffällig in die Staatsanwaltschaft einschleusen konnte? Ihre Adresse in Berlin habe ich zur Entfernungsermittlung ins Navi eingetragen. Wie lange brauchen Sie für die Strecke nach Erfurt? Hingefahren bin ich nicht, dafür wurde es zu turbulent. Die Ereignisse überstürzten sich, das haben Sie ja selbst erlebt. Patton wurde getötet, parallel dazu die Schüsse im Hotel, danach wollte die Fälschertruppe mich einschüchtern, entführen oder bedrohen. Der Sturz mit einem der Angreifer in die Terrassentür, das war dieser bullige Kerl, der sich als Giant Tom herausstellte, gab für mich den Ausschlag, unterzutauchen. Ich konnte über die Gärten fliehen und verschwand erst mal von der Bildfläche. Den Rest kennen Sie. So, und nun, wenn die Ermittlungen auf den Punkt gebracht werden müssen, wollen Sie eine Auszeit nehmen?« Hildebrandt schüttelte den Kopf. »Es gibt für Sie zwar keine förmliche Probezeit mit Urlaubssperre, aber mit wem wollen Sie das abgestimmt haben?«, fragte er, während sie den Flur weiterliefen.

»Mit mir«, sagte Fielding nüchtern und desinteressiert. Hildebrandt lächelt unsicher, weil er diesem Fielding inzwischen alles zutraute. Während er sich noch eine passende Antwort überlegte, waren sie vor der Bürotür des Chefs angelangt, die sich plötzlich öffnete. Dr. Wessels trat auf den Flur.

»Ja, meine Herren, das wird aber auch Zeit. Sie haben sich ja sehr rar gemacht. Ich bin es gewöhnt, dass sich unsere Neuen am ersten Tag vorstellen.« Mit den Worten, die auch als Tadel hätten durchgehen können, winkte Dr. Wessels beide herein. Sie gingen durch das leere Vorzimmer in das Büro des Chefs.

»Na ja, Anfängerfehler«, warf Hildebrandt ein, während sie Platz nahmen, »die Sache mit Paulsen hat uns alle ein wenig aus dem Rhythmus gebracht.«

»Das denke ich auch«, meinte Dr. Wessels, jetzt wieder in einem versöhnlicheren Ton, »insbesondere, weil ich den Abschlussbericht der Soko Mähdrescher immer noch nicht in Händen habe.«

»Soko Mähdrescher? Was soll das denn sein?«, fragte Hildebrandt und blickte zu Fielding.

»Das habe ich mal so bezeichnet«, meinte Dr. Wessels und lachte, wobei sein ganzer Körper in ein unkontrolliertes Zittern verfiel, er verschluckte sich und hustete, so erheiterte ihn sein Witz, während ihn die beiden regungslos anschauten.

»Die hab ich eingestellt«, sagte Fielding.

Das Lachen erstarb wie ein abgewürgter Motor und Fielding fühlte sich für einen kurzen Moment wie ein Wunderheiler, der das Altherrenwitzgehabe des Chefs zum Ersticken bringen konnte.

»Sie haben bitte was gemacht?«, fragte der Oberstaatsanwalt mit lauter, energischer Stimme, die keinen Widerspruch duldete.

»Geringe Schuld«, ergänzte Fielding provozierend knapp.

»Hier rasiert jemand den ganzen Vorplatz ab, unser Aushängeschild des Justizzentrums wird planiert und Sie subsumieren das unter Geringfügigkeit?«

»Das Äußere lässt nie auf das Innere schließen und in Anbetracht der letzten Ereignisse ist die Optik eines Vorplatzes mit pulverisierten, vormals phallokratischen Pfosten eine exzellente Metapher der aktuell erfolgten Aufwertung dieser Einrichtung«, sagte Fielding und dachte an die neue Generalstaatsanwältin Cimmioni. Fielding ließ den Satz kurz sacken. »Meine Herren, ich empfehle mich.«

Mit diesen Worten ging er ins Vorzimmer und wäre fast mit der zurückkehrenden Sekretärin Gerda Richter zusammengestoßen. Sie sah ihm irritiert hinterher, steckte dann den Kopf in die noch offene Tür des Chefs. »Darf ich Ihnen Kaffee oder Tee reichen?«, säuselte sie vergnügt, doch Wessels und Hildebrandt standen noch ganz unter dem Eindruck des selbstbewussten Abgangs ihres Novizen Fielding.

Hildebrandt fasste sich schneller. »Bringen Sie zwei Cognacs.«

Wessels sah ihn erstaunt an, nickt dann aber Frau Richter zustimmend zu: »Ja, aber für mich nur einen.«

30

Fielding war blank. Nur ein paar kümmerliche kleine Scheine lagen in seiner Geldbörse und das Konto war fast auf dem Nullpunkt. Sein Gehalt war von der Zentralen Gehaltsstelle noch nicht angewiesen worden. Als sie Paulsens Schreibtisch durchsucht hatten, waren sie auf Fieldings Personalbogen gestoßen, mit seiner Bankverbindung und den weiteren Unterlagen, die Fielding ausgefüllt seinem Mentor übergeben hatte. Der war jedoch entweder zu sehr mit anderen Dingen beschäftigt gewesen oder hatte es mit Absicht versäumt, sie an das Personalreferat weiterzureichen.

Fielding konnte mit Blick auf die Barschaft seinen Golf aus dem Abschleppdepot nicht auslösen. Sein Besuch bei seinen Eltern war allerdings bereits angekündigt und er brauchte dringend eine andere Umgebung zum Abschalten. Er wollte einfach an nichts denken müssen und sich von seiner Mutter verwöhnen lassen.

Er kaufte sich daher eine Bahnkarte zweiter Klasse und suchte sich im Großraumwagen einen freien Doppelplatz. Draußen blinzelte die Sonne an dicken Regenwolken vorbei über die Äcker, als wollte sie dem abziehenden Tief hinterherwinken. Es hatte zuvor so lange geregnet, dass die Pfützen in den Ackerfurchen wie verschüttetes Quecksilber glänzten. Aber das Tief wollte sich nicht ergeben. Der erneut aufkommende Sturm rüttelte am Wagon. Ein Wasserschleier kam immer näher über den Wald und die Wiesen auf die Bahnstrecke zu, bis der Wind die ersten Tropfen gegen die Scheibe drückte. Sie wurden diagonal über das Glas getrieben, vereinigten sich und stoben noch schneller in die untere Ecke. Dann fuhr der Zug in eine dunkle Wolke, die schwer über dem Land hing, als wollte sie alle ertränken, die nicht rechtzeitig Schutz gefunden hatten.

Am Heimatbahnhof war der Bus vor seiner Nase weggefahren, also ging er zum Taxistand, schüttete das Bargeld in seine Hand und hielt es einem Taxifahrer hin. »Wie weit komme ich damit?«

Der Taxifahrer verdrehte die Augen, aber eine kurze Strecke war besser als gar keine. »Für ein paar Meter reicht's.« Er startete den Wagen, stellte das Taxameter und das Navi ein und fuhr los. »Zählen Sie mal durch«, sagte er und als ihm Fielding den Betrag nannte, meinte er, dass das nicht zu schaffen wäre.

»Meine Eltern werden zahlen.«

»Was glauben Sie, wie oft ich das höre, nachts nach der Disco. Aber die Eltern sind entweder nicht da oder im Tiefschlaf. Dann warte ich eine Stunde umsonst, nee, danke.«

Er fuhr tatsächlich nur bis zum letzten Cent und blieb oben auf einer Anhöhe stehen. Der Regen hatte fast aufgehört. Der Scheibenwischer glitt im schwächsten Intervall über die Scheibe. In der Ferne waren die Lichter seines Wohnortes im Dunst des aufsteigenden Nebels zu erkennen, es würde eine lange Nachtwanderung werden. Und das mit Gepäck.

»Okay, eine Zugabe kriegen Sie noch«, sagte der Taxifahrer, schaltete den Motor aus und rollte ins Tal. Es war eine schnurgerade Strecke und die angestrahlten Katzenaugen der Leitpfosten wirkten in der Dunkelheit wie die Einflugschneise zur Landebahn eines Großflughafens. In der Senke rollte der Wagen aus. Rechts war ein Rastplatz, in die er einbog, offensichtlich war dem Fahrer die Strecke bekannt.

»Warten Sie, einen Joker habe ich noch im Ärmel.« Fielding fielen die Sonderbriefmarken zur Fußball-WM 2014 ein, er kramte in seiner Brieftasche und zog einen 10er-Streifen hervor.

»Okay, so wird's was«, sagte der Fahrer, packte die Marken und stopfte sie in die Hemdtasche, startete und fuhr ihn bis zur Haustür der Eltern.

Wenn der Abstand zwischen den Besuchen lange genug war, kam er gerne bei seinen Eltern vorbei, auch wenn nervende Fragen seiner Mutter zu Beginn erst überwunden werden mussten. Fragen nach Katja – »und es ist wirklich aus mit euch beiden, kein Kontakt mehr, sie war doch so nett und auch die Eltern, angenehme, kultivierte Leute« – aber, die ließen dann nach. Sie spulte ein lukullisches Verwöhnprogramm ab und sein Vater saß daneben und fragte nach dem Job, nach Bundeskanzler Werner Kolb. Jetzt würde er nach seiner neuen Aufgabe als Staatsanwalt fragen, nach Delikten und Fällen, ob er den Wechsel aus Berlin, dem Zentrum der Macht, in die Provinz schon bereute oder endlich zur Ruhe gekommen sei, in einen geregelten Arbeitsprozess, der ihm Zeit für eine Familiengründung ließe. Das wäre dann wieder das Stichwort für seine Mutter, die »ach, hoffentlich findet der Bub bald die richtige Frau« sagen würde.

Kaum hatte er die Tasche aus dem Taxi gewuchtet und die Tür zugeschlagen, kamen seine Eltern durch die Haustür und mit einem kühnen Sprung hechtete Langhaardackel Axel zwischen ihren Beinen hervor, hetzte hinunter auf den Gehweg und lief ungestüm auf Fielding zu. Bellend sprang er an ihm hoch, winselte und jaulte, verzog die Schnauze und musste niesen. Kräftig wedelte der Schwanz hin und her.

»Das ist mal eine treue Seele«, sagte Fielding, »ich habe dir auch einen Kauknochen mitgebracht.« Als habe es der Hund verstanden, lief er voran ins Haus und steuerte im Flur den Fressnapf an. Fielding und seine Eltern folgten ihm. Im Flur stellte Fielding seine Reisetasche ab.

»Du kommst aber spät, wir wollten dich schon über dein Handy anrufen«, sagte seine Mutter, »aber dein Vater wollte das nicht. Ohne Freisprecheinrichtung sei das nicht erlaubt.« Dabei warf sie einen tadelnden Blick zu seinem Vater, der als übervorsichtiger Mensch einem Staatsanwalt keine Ordnungswidrigkeit zutrauen würde.

»Ich hatte doch gesagt, ich komme gegen Abend, ohne Uhrzeit«, sagte Fielding, »außerdem habe ich mir so eine Einrichtung fürs Auto gekauft. Bei der Staatsanwaltschaft darf ich mir die früheren Lässigkeiten nicht mehr erlauben.« Er öffnete die Tasche und zog ein in Zeitungspapier eingeschlagenes Päckchen hervor. Er reichte es Axel, der wild an dem Papier riss und nicht eher Ruhe gab, bis er den Kauknochen zwischen den Pfoten hielt und mit den Zähnen bearbeitete.

»Wir dachten, du kämst früher, so am Nachmittag, aber du bist mit dem Taxi gekommen. Hast du den Wagen nicht mehr?«

»Doch, doch, später, lass mich erst mal ankommen.«

»Na ja, es ist wegen der Pressefrau, die wartet schon so lange«, sagte seine Mutter, die auf Axel sah und mit dem Fuß einen kleinen Berg aus Zeitungsfetzen in eine Flurecke schob.

»Wegen was, bitte?«

»Na, wegen der Journalistin, das muss sie dir doch gesagt haben«, erklärte seine Mutter.

»Das Interview«, fügte sein Vater hinzu, »an was für einem Fall sitzt du, Ermittlungen gegen die Regierung vielleicht?«

»Was Schwerkriminelles?«, fragte seine Mutter.

»Das wird sie uns bestimmt sagen, wenn sie wiederkommt«, sagte Fielding.

»Sie kommt nicht wieder.«

»Auch gut.«

»Weil sie gar nicht weg war. Sie wartet drinnen.«

»Im Moment verstehe ich wirklich nichts«, sagte Fielding. »Ihr lasst eine wildfremde Frau in die Wohnung und steht dann hier draußen? Das hättet ihr aber früher nicht gemacht, als noch Eduard Zimmermann ›Aktenzeichen XY‹ brachte.«

»Soll ich mal nach der Schmuckkassette schauen?«, fragte seine Mutter besorgt in einem flüsternden Ton.

»Vielleicht ein gute Überlegung«, sagte Fielding, ging ins Wohnzimmer und anschließend in das angrenzende Esszimmer. Auf dem Tisch standen noch Kaffeegeschirr und Marmorkuchen. Er zuckte mit den Schultern. »Hier ist niemand.«

»Merkwürdig, sie war doch eben noch hier«, sagte seine Mutter, die ihm gefolgt war und drehte sich um die eigene Achse.

»Moment mal.« Fielding eilte an den beiden vorbei in den Flur und die Treppe hinauf zu seinem Jugendzimmer. Die Tür war nur angelehnt. Leise drückte er sie auf, vielleicht würde er die Unbekannte erwischen, wie sie heimlich in seinen Unterlagen wühlte, wie sie nach irgendeinem Geheimnis suchte, das ihm selbst unbekannt war.

Das Zimmer schien leer, dann sah er einen Körper unter seiner Bettdecke, Schuhe standen vor dem Bett und ein bestrumpfter Fuß ragte unter der Decke hervor. Er schlich näher und hielt den Atem an. Das Kopfkissen war von langen, glatten blonden Haaren bedeckt, das Gesicht der Liegenden strahlte eine innere Zufriedenheit aus, obwohl sie nach einem langen, erschöpfenden Tag müde und abgeschlagen einen heimeligen Ort der Ruhe gesucht haben musste.

»Sollen wir die Polizei rufen?«, fragte seine Mutter besorgt, die zusammen mit dem Vater im Türrahmen stand.

»Lass mal, das bin ich selbst«, sagte Fielding leise. »Und ich will jetzt erst mal was essen. Kommt, gehen wir runter.«

»Du willst erst was essen? Jetzt verstehe ich gar nichts mehr«, sagte seine Mutter fassungslos.

Behutsam schloss Fielding die Tür.

Unten bekam er heißen Kaffee und Marmorkuchen.

»So, jetzt erzählt, was hat euch die Frau gesagt, warum ist sie hier?«, fragte er, während seine Mutter ihm einschenkte.

»Na, sie will eine Reportage machen«, sagte seine Mutter.

»Über dich, Johannes Fielding, vom Bundeskanzleramt nach Thüringen in die Staatsanwaltschaft. Geschichten aus der Provinz, oder so ähnlich«, ergänzte sein Vater.

Fielding kaute mit dicken Backen Marmorkuchen gegen den Heißhunger, dann roch er aus der Küche herzhafte Linsensuppe. Seine Mutter brauchte gar nicht nachzufragen und servierte ihm einen dampfenden Teller.

»Kennst du sie? Ich meine, die Frau liegt da oben in deinem Bett. Das hab ich zum Glück neu bezogen. Aber für dich«, sagte seine Mutter, während sie ihm einen Esslöffel reichte.

Fielding hatte nicht zugehört. Wie konnte sich ein Mensch nur so täuschen? Sie war nie weg gewesen. Sie war immer bei ihm. Und sie war krank. Weit weg in einer fremden Stadt. Ein junger Arzt hatte ihr geholfen, wieder auf die Beine zu kommen. Nicht mehr und nicht weniger. Er war der Idiot, der seine Fantasie mit einer Überdosis Selbstmitleid, Eifersucht und mit was sonst noch allem gefüttert hatte.

»Johannes, jetzt red doch Junge, wer ist diese Frau? Kennst du sie?«, wiederholte seine Mutter.

»Ja, ich glaube, jetzt kenne ich sie. Das ist was Ernstes, Mutter.«

»Dann schau ich doch noch nach der Schmuckkassette«, flüsterte sie.

»Nein, mit was Ernstes meine ich, was du früher immer gesagt hast. Sie heißt Tina. Tina Brinkts. Sie ist meine Freundin.«

Seine Mutter sah seinen Vater ratlos an. »Lass jetzt doch mal die jungen Leute zur Ruhe kommen«, sagte der gelassen.

Mit Genuss aß Fielding die Linsensuppe mit frischer, geräucherter Mettwurst. Es war eine seiner Lieblingsspeisen aus Kindertagen und seine Mutter bereitete sie gerne zu, wenn er einen seiner seltenen Besuche angekündigt hatte.

Dann kam Tina auf Socken und Zehenspitzen ins Zimmer und legte ihm von hinten die Hände auf die Augen. »Rate mal, wer das ist?«, sagte sie.

»Katja?«

Tina knuffte ihn herb in die Seite.

»Tina, so eine Überraschung! Das trifft sich aber gut. Sag mal, kannst du mir mit ein paar Scheinen aushelfen, ich bin gerade etwas klamm.«

»Fielding! Du bist unmöglich!«, sagte sie und für Fieldings Geschmack auch eine Spur zu laut.

»Nachschlag?«, fragte seine Mutter und hob die Kelle mit dampfender Suppe.

Die Personen

Johannes Fielding	Staatsanwalt
Dirk Paulsen	Staatsanwalt
Peer Hildebrandt	Staatsanwalt
John D. Patton jr.	Reicher Amerikaner, Kunstsammler und Investor
Tina Brinkts	Journalistin, Freundin von Johannes Fielding
Robert Neukamp	Exfreund von Tina Brinkts
Dr. med. Dirk Mahler	Hausarzt von Tina Brinkts
Frau Kessler	Nachbarin von Tina Brinkts
Pit	Gerichtsmediziner
Dr. Josef Wessels	Leitender Oberstaatsanwalt
Gerda Richter	Sekretärin des Leitenden Oberstaatsanwalts
Verena Homburg	Leiterin des Dezernats »Höchstpersönliche Rechtsgüter« der Kripo
Dr. Elena Cimmioni	Thüringer Generalstaatsanwältin
Werner Kolb	Bundeskanzler, früherer Chef von Johannes Fielding

Fred Kerscht	Neuer Persönlicher Referent von Bundeskanzler Werner Kolb
Olaf	Wirt auf dem Riechheimer Berg
Berger und Schlundt	Zwei Beamte in der Polizeidirektion Erfurt – Kriminalinspektion
Fred Bauer	Taxifahrer
Stefan Hartung	Ortsbrandmeister der Gemeinde Elleben
Volker Schneider	Wehrführer der Freiwilligen Feuerwehr von Riechheim
Christian Starzewski	Schlosser in Gügleben

Danke

Dank gilt meiner Ehefrau, Andrea Felser, die mir den kreativen Freiraum in der Familie ermöglicht hat und wertvolle Korrekturhinweise gab. Zu den Testleserinnen gehörten Astrid Seehaus, die neben ihren zahlreichen Verpflichtungen als Autorin und Verlegerin Zeit für das Manuskript fand, und Maria Göckeritz, die sich als Bibliothekarin über neuen Lesestoff freute und als Folge ein ganzes Wochenende mit Korrekturlesen verbringen musste. Auch die Kommentare von Olaf Büchner haben dem Werk gut getan.

Ich danke dem Sutton Verlag für das vergangene aufregende Jahr, in dem mein Krimi »Sonne, Wind und Tod« mit dem Thüringer Krimipreis ausgezeichnet wurde.

Die hier vorliegende Fortsetzung wurde von Saskia Parakenings und der Cheflektorin des Sutton Verlages, Julia Ströbel, in bewährter Weise lektoriert.

Klaus Paffrath
im Sommer 2015

Bitte beachten Sie auch den folgenden Buchhinweis: